Alexandra Fischer-Hunold

Das zauberhafte Puppenhaus

Alexandra Fischer-Hunold, geboren in Düsseldorf, studierte Germanistik und Anglistik und arbeitete in einem Reisebuchverlag, bevor sie sich vollständig der Schriftstellerei widmete. Sie hat zahlreiche Kinder- und Jugendbücher aus den Bereichen Fantasy, Krimi und Abenteuer geschrieben. Alexandra Fischer-Hunold lebt mit ihrer Familie in Westfalen.

Alexandra Fischer-Hunold

Das zauberhafte Puppenhaus

you & ivi

Bücher für coole Mädchen.
www.piper.de/youandivi

MIX
Papier aus verantwortungsvollen Quellen
FSC® C014496

Originalausgabe
ISBN 978-3-492-70531-8

Umschlaggestaltung: zero-media.net, München
Umschlagabbildung: FinePic®, München
Satz: Tobias Wantzen, Bremen
Gesetzt aus der Calluna
Druck und Bindung: GGP Media GmbH, Pößneck
Printed in Germany

Kapitel 1

Juline wusste nicht, wie lange sie schon wach in ihrem Bett gelegen und neugierig in die Nacht gelauscht hatte. Sie genoss Chiaras leises Schnarchen ebenso wie die vorsichtigen Schritte, die sie ab und an über den Flur huschen hörte, wenn sich eine ihrer neuen Mitschülerinnen auf den Weg zum Klo machte, oder wie das leise Klappern der altmodischen Fensterläden. Alles klang spannend für sie. An Schlaf war nicht zu denken! Sie konnte einfach immer noch nicht glauben, dass sie endlich – *endlich!* – hier war.

Nach der turbulenten Anreise inklusive Staus, Autopanne, der langen Warterei auf den ADAC im Nieselregen und die ständig wiederholte Frage ihrer Mutter, ob Juline sich auch ganz sicher sei, dass sie nicht doch lieber mit ihnen auf die Konzerttournee kommen wollte, den nervösen Blicken ihres Vaters auf seine Armbanduhr (ihr Flieger ging um 5:00 Uhr früh), waren sie mitten in der Nacht angekommen.

Kurz bevor ihr klappriger Bus auf die lang gezogene Einfahrt eingebogen war, huschte das Scheinwerferlicht einen Wimpernschlag lang über ein weiß lackiertes

Schild aus Holz. Und da hatte Juline es buchstäblich schwarz auf weiß lesen können: *Internat Haus Sonnenbühl.*

Sosehr sie sich auch die Nase an der Scheibe platt gedrückt hatte, außer den dicken, großen Tannen, die dicht gedrängt wie Riesen die Einfahrt säumten, hatte sie beim besten Willen nichts erkennen können. Aber Juline war darüber nicht ernsthaft traurig oder enttäuscht gewesen. Immerhin war sie zwei Jahre, acht Wochen, die Herbstferien und drei Tage zu spät dran. Da kam es auf die paar Stunden doch auch nicht mehr an, bis sie ihr neues Zuhause richtig in Augenschein nehmen konnte. Alles, was zählte, war, dass sie endlich am Ziel ihrer Träume war.

Kaum hatte der Bus ruckelnd vor der breiten Treppe auf dem knirschenden Kies gestoppt, hatte Juline ein Mädchen die Stufen zu ihnen hinunterspringen sehen.

»Herr und Frau Taubert? Und du musst Juline sein.«

»Stimmt!«, strahlte Juline das fremde Mädchen an.

Es breitete theatralisch die Arme aus. »Herzlich willkommen in unserer berühmt-berüchtigten Lehranstalt!« Sie zwinkerte. »Ich bin Sophie Hartlieb aus der Elf und zurzeit die Aufsicht über deinen Schlafflur«, stellte sie sich vor. »Herr Leonard, also unser Direktor, wäre gerne hier gewesen, um dich und deine Eltern persönlich in Empfang zu nehmen«, erklärte Sophie, während sie sich tatkräftig einen von Julines Koffern schnappte. »Aber er hat es wohl nicht rechtzeitig zurückgeschafft. Er musste zu einem Termin. Keine Ahnung, was da läuft. Schätze aber, dass es irre wichtig ist, so wenig, wie er sich hier in letzter Zeit blicken lässt.«

»Er soll bloß kein schlechtes Gewissen haben!«, winkte Jana Taubert schuldbewusst ab. »Wir sind es, die sich entschuldigen müssen. Bei ihm und …«, ihre Augen wanderten über Sophies Bademantel mit dem Schulwappen von *Haus Sonnenbühl* bis zu den behausschuhten Füßen, »… bei dir auch. Der Plan war, heute am frühen Nachmittag hier zu sein und nicht mitten in der Nacht. Es tut mir wirklich unendlich leid. Aber es ist alles schiefgelaufen, was schieflaufen konnte.«

»Kein Problem. Ich habe eh noch bis gerade gelernt«, behauptete Sophie gähnend.

»Hellwach, ich sehe es!«, lachte Jana Taubert und gähnte ebenfalls. »Wir sind auch gleich weg, dann könnt ihr fix in eure Kojen.«

Während sie sich über die Rückenlehne beugte und leise fluchend hinter dem Fahrersitz herumkramte, legte Julines Vater einen Arm um Julines Schultern. Er nickte zu dem großen Schattenriss des Schulgebäudes.

»Wenn ich an unsere Zeit hier zurückdenke, als deine Mutter und ich hierhergegangen sind … da werde ich richtig neidisch. Hier wirst du die schönste Zeit deines Lebens verbringen. Was ihr für einen Spaß haben werdet. Mitternachtspartys, Schlittschuhlaufen auf dem See, Tennisturniere, den Lehrern Streiche spielen, Schulbälle und … und … und … ach, so vieles mehr. Lernen musst du natürlich auch.«

»Klar, Papa!«, lachte Juline und knuffte ihren Vater in die Seite.

Als sie jetzt zu ihm aufsah, entdeckte sie diese verträumte, leicht nachdenkliche Miene. Unbemerkt schlich sie sich immer dann auf sein Gesicht, wenn er an *Haus Sonnenbühl* dachte. Das war Juline schon häufig aufgefallen. Beide, Julines Mutter und ihr Vater, hatten ihr schon so häufig von ihrer glücklichen Zeit im Internat erzählt und davon, wie besonders sie gewesen war. Magisch, fast wie mit bunten Zuckerstreuseln garniert, hatte Jana Taubert mal gesagt und hilflos mit den Schultern gezuckt, weil sie es nicht besser erklären konnte. Aber jetzt war Juline hier, und sie würde schon noch herausfinden, was hier so unbeschreiblich magisch war.

»Da ist es ja! Endlich! Auf den letzten Drücker und es ist wirklich nichts Besonderes«, sagte Julines Mutter, als sie keuchend aus dem Bus kletterte. »Ich habe es noch nicht mal geschafft, es einzupacken. Aber wir wären wirklich schreckliche Eltern, wenn wir dich hier ohne Abschiedsgeschenk abladen würden. Ich meine, wo kämen wir denn da hin?« Sie pustete sich eine vorwitzige Locke aus der Stirn. Als sie Juline die leise knisternde Papiertüte überreichte, bemerkte Juline die Tränen in ihren Augen aufblitzen.

»Ach, Mama, ihr seid doch die allerbesten Eltern der Welt. Ob mit oder ohne Geschenk!« Juline linste in die Tüte. Es war ein gerahmtes Bild, das sie und ihre Eltern bei einem Strandspaziergang auf Juist zeigte. Sie schlang die Arme um ihre Mutter und sog tief den Duft ihres frischen Parfums ein.

Sie wusste jetzt schon, dass sie ihre Eltern ganz fürchterlich vermissen würde. Doch sie wusste auch, dass das der Preis war, den sie zahlen musste, aber schließlich würden sie sich ja schon bald wiedersehen. Zu Weihnachten. In Sydney. Dann würden die Berliner Philharmoniker, mit denen ihre Eltern unterwegs waren, in Australien gastieren, und sie hatten sogar ein paar Tage zwischen all ihren Konzerten frei.

Zu Hause hatte dieser Gedanke sie immer getröstet und den blöden Kloß in ihrem Hals in Schach gehalten. Aber spätestens als ihr Vater sie jetzt bei den Schultern nahm, sie auf Armeslänge von sich hielt, ihr tief in die Augen schaute und sagte: »Sobald wie möglich skypen wir, und dann will ich von dem ganzen Unsinn hören, mit dem ihr eure Lehrer in den Wahnsinn treibt!«, schnürte ihr dieser blöde Kloß die Kehle zu. Wenn sie nicht aufpasste, würde sie gleich noch losheulen. Und das, obwohl sie doch dafür gekämpft hatte, hierherkommen zu dürfen.

»Ich auch! Unbedingt!«, rief Julines Mutter und zwinkerte Sophie wissend zu. »Aber jetzt: nichts wie los! Da ich leider die Telefonnummer unseres Piloten nicht habe, um ihn zu bitten, auf uns zu warten, muss unsere alte Kiste jetzt alles geben, damit wir unseren Flug nach Hongkong noch schaffen. Juline, mein Schatz, wenn irgendetwas sein sollte – Heimweh, Liebeskummer oder ne Fünf in Mathe – und wir wegen Proben, Funkloch oder Zeitverschiebung nicht erreichbar sind –, ruf Oma an und lade dich zu ihr über das Wochenende nach Stuttgart ein.«

Juline sah den Rücklichtern so lange nach, bis sie hinter dem dunklen Tannenmeer verschwunden waren.

Bevor sich dieser blöde Kloß in ihrem Hals richtig ausdehnen konnte, tippte ihr zum Glück Sophie auf die Schulter. »Juline? Können wir?«

Juline vermutete mal, dass die Flure und Treppen nachts so schummrig beleuchtet waren, um Strom zu sparen. Sophie schien das Dämmerlicht jedenfalls nichts auszumachen. Sie bewegte sich im Halbdunkel wie eine Katze in einer mondlosen Nacht. Und schon bald hatten sich auch Julines Augen an das Zwielicht gewöhnt. Trotzdem konnte sie sich nicht vorstellen, wie sie sich jemals in diesem Labyrinth aus Treppen, Fluren und schmalen Gängen zurechtfinden sollte.

»Hier ist dein Zimmer«, sagte Sophie plötzlich und blieb stehen. »Du teilst es dir mit Chiara. Die pennt wahrscheinlich schon. Das will ich zumindest für sie hoffen. Dein Bett ist das an der linken Wand. Schmeiß Chiaras Krempel einfach runter, wenn sie sich mal wieder ausgedehnt hat. Schuluniform und Bücher kannst du dir morgen besorgen, auch den Waschraum zeigt Chiara dir morgen. Heute muss die kleine Toilette hier nebenan für die Katzenwäsche reichen. Also noch mal, herzlich willkommen! Und schlaf gut! Wecken ist um Viertel vor sieben.«

Juline fuhr aus ihrem Kissen hoch. Jemand hämmerte gegen Türen. Klinken quietschten, und Sophies Stimme dröhnte über den Flur: »Morgen, ihr Schlafmützen! Raus aus den Federn!«

Es war so weit …

Für den Bruchteil einer Sekunde überlegte Juline, ob sie warten sollte, bis Sophie vor ihrer Tür stand, entschied sich aber augenblicklich dagegen. Sie schwang die Decke weg, knipste die Nachttischlampe an und sprang mit einem Satz aus dem Bett.

»Oh, nö! Licht aus!«, brummelte es verschlafen aus dem gegenüberliegenden Bett. »Sophie ist doch noch kilometerweit entfernt!«

Juline sah einen Wasserfall aus märchenhaft langen blonden Locken, bis sich eine Hand ins Freie schob und energisch die Bettdecke darüberzerrte. Sie musste leise kichern. Wie gut sie Chiara verstehen konnte! Normalerweise musste ihre Mutter sie dreimal kräftig wachrütteln und manchmal sogar einen nassen Waschlappen bemühen, bevor Juline auch nur einen Zeh unter der Bettdecke hervorstreckte. Aber heute war nichts davon nötig! Ganz bestimmt nicht heute!

»Morgen, ihr Schlafmützen! Raus aus den Federn!« Sophie steckte ihren Kopf durch die Tür. »Ah, schon auf den Beinen, Juline? Chiara, es ist heute dein Job, Juline mit in den Speisesaal und in den Unterricht zu nehmen, hörst du? Also hopp-hopp!«

»Wer zum Henker ist Juline?«, knurrte es gereizt unter der Bettdecke.

Sophie verdrehte die Augen. »Erde an Chiara? Deine neue Zimmernachbarin. Das weißt du verdammt gut. Sie ist gestern Nacht angekommen.«

»Oh, ja, richtig«, gähnte Chiara und rollte sich im Zeitlupentempo aus ihrem Bett. Durch einen Schleier aus Haaren warf sie einen neugierigen Blick auf Juline: »Morgen!«

»Guten Morgen!« Am liebsten hätte Juline Chiara sofort mit all ihren Fragen bestürmt. Wann gab es Frühstück? Und wo? Wo waren die Waschräume? Wann würde sie ihre Schuluniform bekommen? Noch vor dem Unterricht? Wann fing der genau an? Und natürlich brannte sie darauf herauszufinden, was für ein Mädchen Chiara war. Bestimmt würden sie gute Freundinnen werden. Das wurde man doch wie von selbst, wenn man sich ein Zimmer teilte, oder? Chiara war aber offensichtlich noch viel zu verschlafen, um sich für irgendetwas anderes als ihre Plüschhausschuhe mit den Perlenschnallen zu interessieren.

Ohne aufzugucken murmelte sie: »Alles easy, Sophie. Ich mach ja den Babysitter.«

»Genau das wollte ich hören!«, grummelte Sophie. Sie war schon fast wieder auf dem Flur, als sie es sich doch noch einmal anders überlegte und zurück ins Zimmer trat. Juline hörte es klicken, gleichzeitig blitzte grell die Deckenlampe auf und Chiara stieß einen Fluch aus. »Ich steh ja schon auf, Sophie, du Nervensäge!«

Juline sah sich jetzt zum ersten Mal richtig in dem nun hell beleuchteten Zimmer um. Ohne eine sichtbare Grenze zu haben, war ihr neues Zuhause zweigeteilt. Auf Julines Seite standen das Bett, ein Nachttisch mit Lampe, ein Schrank und ein Schreibtisch. Auf Chiaras Seite befanden sich die gleichen Möbel. Nur waren sie spiegelverkehrt angeordnet.

Aber das kalte Licht enthüllte nicht nur die Zimmeraufteilung und Anordnung der Möbel, sondern auch, was Juline gestern Nacht im Halbdunkel nur hatte erahnen können, als sie auf dem Weg zu ihrem Bett – auf dem sich im Übrigen wirklich ein Klamotten-Mount-Everest getürmt hatte – über eine Stolperfalle nach der anderen getaumelt war. Ein unglaubliches Chaos aus Klamotten, Schuhen, Schulsachen, Reit-Equipment und Büchern, Hochglanzmagazinen, Kosmetik und Modeschmuck.

»Chiara!«, stieß Sophie fassungslos hervor. »Nennst du das aufgeräumt? Glaubst du nicht, dass Juline nicht auch gerne zwei, drei Sachen in diesem Zimmer unterbringen will?«

Juline legte den Kopf schief, um die Etiketten auf den herumfliegenden Klamotten besser entziffern zu können. Chanel, Dior, Gucci, Prada, Louis Vuitton. Au weia. Das ganze Zeug sah stinkteuer aus.

»Ach, Sophie, jetzt chill doch mal!«

Zum ersten Mal sah Chiara Juline richtig an und bemühte sich um ein Lächeln. In Sophies Richtung sagte sie: »Also, Juline und ich, wir regeln das unter uns, okay? Das ist es doch, was du immer predigst. Die Sachen selber in die Hand nehmen.«

»Guter Vorschlag!«, stimmte Sophie so schnell und so erleichtert zu, dass Juline der Verdacht beschlich, Sophie sei heilfroh, sich nicht länger mit Chiara und ihrem Kleiderchaos herumschlagen zu müssen. Prompt hechtete Sophie dann auch eiligst auf den Flur hinaus.

Mit einem breiten Grinsen band Chiara ihre Löwenmähne zu einem Zopf zusammen. »Sophie macht immer mächtig einen auf *Hey, ich bin schon in der Oberstufe, und ihr müsst auf mich hören* und so. Wenn sie will, kann sie auch wirklich gruselig streng werden. Aber mit der Zeit weiß man, was sie hören will. Alles eine Frage der Taktik.«

»Ich werde es mir merken!«, lachte Juline und begann auf der Suche nach ihrem Kulturbeutel ihre Koffer durchzuwühlen.

»Wo sind denn die Waschräume?«, fragte sie.

»Momentchen!«, raunte Chiara geistesabwesend, während sie vor ihrem übervollen Kleiderschrank stand und mit Kennermiene einen Bügel nach dem andren inspizierte. Geduldig ließ Juline sich wieder auf ihr Bett plumpsen. Leise summend wippte sie den Kulturbeutel auf ihren Oberschenkeln und ließ ihren Blick erneut durch das Zimmer gleiten. Großer Gott! Scharf sog sie die Luft ein. Mit diesem Arsenal an Parfumfläschchen, Make-up-, Puder-, und Rougedöschen, Pinseln, Cremes und was Chiara sonst noch hortete, konnte sie glatt eine eigene Parfümerie aufmachen. *Wozu um alles in der Welt braucht man denn so viel Schminkkram?*, wunderte sich Juline. Oder so viele Klamotten, dass noch nicht mal zwei Kleiderschränke ausreichten. Denn nicht nur Chiaras, sondern auch Julines Kleiderschrank war so vollgestopft mit Chiaras Kram, dass er sich nicht mehr schließen ließ. Ungläubig schüttelte Juline den Kopf. Im *Haus Sonnenbühl* herrschte doch Schuluniformpflicht!

Über Chiaras Bett und Schreibtisch hingen gerahmte Fotos an den Wänden. Auf jedem war Chiara zu sehen. Chiara, wie sie einem wunderschönen pechschwarzen Pferd einen Kuss auf die Pferdenase drückt. Chiara, wie sie auf dem Rücken dieses Pferdes über ein Hindernis springt. Chiara auf dem Rücksitz eines sehr edel aussehenden Cabrios. Vor ihr ein Mann und eine Frau, bestimmt ihre Eltern. Schön wie die Hollywoodstars. Alle drei lächeln strahlend in die Kamera. Darüber stand: Oldtimer-Race Monaco 2018.

Und auf dem nächsten Bild ... Chiara mit einem Mädchen. Es hat noch blondere Haare als Chiara, Sommersprossen und eine Stupsnase. Die beiden liegen Kopf an Kopf in Bikinis auf einer Jacht im Sonnenschein, blinzeln lachend in die Kamera und machen dabei das Victoryzeichen. Juline konnte förmlich das Plätschern der türkisblauen Wellen hören, die sachte gegen die Jacht rollten.

»Das war in den letzten Osterferien«, sagte Chiara, die Julines Blick gefolgt war. »Da waren Luisa und ich mit ihren Eltern auf Barbados.«

»Sieht toll aus!«, staunte Juline neidlos. »Wir fahren meistens an die Nordsee.«

»Auf Sylt haben wir auch ein Haus, aber deswegen fahren wir nicht ständig dorthin!«, brummelte Chiara gedämpft. Sie war mit dem Kopf im Kleiderschrank verschwunden und wühlte einen Stapel Hosen durch.

»Wer ist Luisa?« Juline war aufgestanden, um das Foto mit der Jacht besser in Augenschein nehmen zu können.

»Meine beste Freundin. Seit dem ersten Tag im Internat«, kam es gedämpft aus dem Schrank. »Sie geht in unsere Klasse.«

»Warum teilt ihr euch dann kein Zimmer?«

»Weil Herr Leonard der Meinung ist, dass wir uns zu viel mit unsinnigen Sachen wie Posten, Partys und so weiter beschäftigen, wenn wir zusammen sind ... Verdammt!«, fluchte Chiara, als sie wieder auftauchte und die Schranktür zudonnerte, die allerdings sofort wieder aufsprang. »Erst letztes Wochenende hab ich mir zwei neue schwarze Reithosen gekauft. Wo können die nur hin sein? Ich kann unmöglich eine von meinen alten zum

Training nachher anziehen. Die sind mindestens ein halbes Jahr alt und genau so sehen sie auch aus. So ein Mist!«

»Wie wäre es, wenn wir nachher zusammen aufräumen?«, schlug Juline vor. Dabei machte sie eine Handbewegung, mit der sie das ganze Tohuwabohu einschloss. »Du hast es Sophie eh versprochen, und so kann es echt nicht bleiben.«

Chiara zog einen Flunsch. »Ich kann mir Schöneres vorstellen. Sag mal, hast du auch dein Pferd mit ins Internat gebracht?«

Juline prustete los. »Mein eigenes Pferd?« Entschieden schüttelte sie den Kopf. »Nein. Ich reite nicht. Dafür spiele ich Geige!« Sie nickte auf den Geigenkasten neben ihrem Bett. Er war ziemlich verschrammt, die Scharniere rostig, der Griff abgewetzt. Manch anderer hätte vielleicht gesagt, dass er gammelig aussah und auf den Müll gehörte. Doch das fand Juline ganz und gar nicht. Für sie war er der schönste Geigenkasten der Welt. Denn er erzählte eine ganz besondere Geschichte. Und zwar die von ihrem Vater und seiner Geige und irgendwie auch ein Stück Geschichte von *Haus Sonnenbühl*. Die Geige spielte Papa schon, seit er ein kleiner Junge gewesen war, aber den Kasten hatte er während seiner Zeit im Internat geschenkt bekommen. Er liebte ihn abgöttisch, auch wenn er sich beim besten Willen nicht mehr daran erinnern konnte, wer ihm den geschenkt hatte.

»Och, nee, du fidelst?«, seufzte Chiara entsetzt, verdrehte die Augen und ließ theatralisch den Kopf nach hinten kippen. »Aber nicht in unserem Zimmer!«

Kapitel 2

Das Schulgebäude war noch schöner als auf den Fotos, die Juline sich immer und immer wieder im Internet angeguckt hatte. Schwarz-weiß gemusterte Mosaiksteinböden, weiß getünchte Wände, hohe gewölbte Decken, majestätische Treppen und Marmorsäulen. Juline kam sich vor wie in einem Palast. Um sie herum schnatterten und lachten Mädchen und Jungs. Alle steckten, wie Chiara neben ihr, in der Schuluniform von *Haus Sonnenbühl*: dunkelblau-grün karierter Faltenrock, dunkelblaue Kniestrümpfe, schwarze Halbschuhe, weiße Bluse mit grüner Krawatte unter einem blauen Pullover und darauf ein dunkelblaues Jackett. Die Uniform der Jungs sah genauso aus. Nur mit dem Unterschied, dass sie Hosen anstelle des Rockes trugen. Es war nicht gerade die neuste Mode, aber Juline konnte es trotzdem kaum erwarten, mit dieser Montur ausgestattet zu werden. Sie wollte endlich richtig dazugehören!

Am Ende des Ganges befand sich eine große dunkle Eichentür. Ihre Flügel standen einladend offen. Kleine im Boden verankerte Figürchen aus Eisen hinderten sie am

Zufallen. Stimmengewirr und Stühlerücken drangen auf den Flur hinaus. Juline spürte, wie ihr die Aufregung wie eine wohlige Gänsehaut über Arme und Rücken kribbelte.

»Da sind wir!«, verkündete Chiara und mit dem nächsten Schritt standen sie mitten im Getümmel.

»Dahinten sitzen die Lehrer. Unschwer zu erkennen«, begann sie Juline zu erklären. Dabei deutete sie über alle Tische hinweg in den hinteren Teil des Saales. Die Lehrer saßen an ellenlangen Tischen und zwar so, dass sie die riesige Fensterfront im Rücken und freie Sicht auf ihre Schüler hatten. Fast wie in Hogwarts, dachte Juline, und fühlte sich hier auf Anhieb wohl.

»Jede Jahrgangsstufe hat ihren eigenen Sitzbereich. Die Fünfer müssen es ganz vorne im Blickfeld der Lehrer aushalten. Die Abiturienten sitzen gleich hier an der Tür. Der Rest macht sich irgendwo dazwischen breit. Spätestens heute Mittag weißt du, wo welche Jahrgangsstufe zu finden ist.«

Juline kam aus dem Staunen gar nicht raus. Diese weißen Wände, über die sich kurz unter der Decke Blüten und Blätter aus Stuck rankten, der fantasievoll gemusterte Boden aus edlem Parket, der bei jedem Schritt leise knarzte. Sie legte den Kopf in den Nacken ... und diese gigantischen Lüster.

»Fast so wie in Versailles«, murmelte sie verträumt.

»Was?«, fragte Chiara geistesabwesend.

»Die Leuchter!« Mit ausgestrecktem Zeigefinger deutete Juline nach oben. »Sie sehen fast so irre aus wie die im Spiegelsaal von Versailles.«

»Wenn du meinst!«, erwiderte Chiara wenig beeindruckt und machte schon irgendwelchen Freunden ein Zeichen, dass sie jetzt kommen würde: »Also, dann bediene dich. Da vorne steht das Frühstücksbüfett. Nimm dir, was du haben möchtest.« Sie schob den Ärmel ihres Jacketts zurück, sodass eine goldene Armbanduhr zum Vorschein kam. »Um acht beginnt der Unterricht. Wir treffen uns dann vor ...?«

»Wo? ... Chiara? Wo treffen wir uns?« Sinnlos, Chiara war weg. Irgendwo in der Menge verschwunden. Unsicher schlang Juline die Arme um sich, während sich ein nicht enden wollender Strom aus hungrigen Schülern Richtung Büfett um sie herumschlängelte. Sie spürte neugierige Blicke. Natürlich wusste jeder, dass sie neu war. Schließlich war sie die Einzige ohne Schuluniform. Tapfer zog Juline die langen Ärmel ihres ausgeleierten Lieblingspullis über die Hände, straffte die Schultern und stellte sich auf Wackelpeterbeinen in der langen Reihe vor dem Büfett an. Klar, jetzt wurde auch getuschelt. Es war ja auch seltsam, dass eine Neue mitten im Schuljahr auftauchte. Aber gut, tröstete sich Juline, spätestens heute Abend, wenn alle über sie Bescheid wussten, wäre sie keine Attraktion mehr.

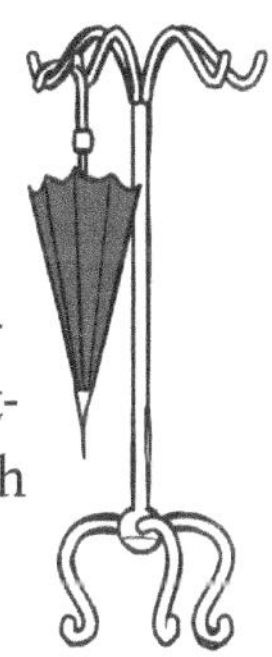

Das Frühstücksbüfett war der Hammer. Juline wusste gar nicht, wohin sie zuerst gucken sollte. Es gab alles, was sie sich nur wünschen konnte: gebackene Bohnen, gegrillte Tomaten, Rührei, Spiegeleier, gekochte Eier, Käse, Aufschnitt, Lachs, alle möglichen Marmeladen, Joghurt, Obst, Weizenbrötchen, Körnerbrötchen, süße Brötchen, Croissants und Müslis aller Art. An jedem anderen Morgen hätte Juline richtig zugelangt. Aber heute schlug ihr die Aufregung auf den Magen. Nur ein Rosinenbrötchen landete auf ihrem Teller und von der netten, kugelrunden Dame an der Getränkebar ließ sie sich einen dampfenden Kakao anreichen.

Das Tablett in den Händen hielt Juline nach einem freien Sitzplatz Ausschau. Unschlüssig presste sie die Lippen aufeinander. Die meisten Tische waren voll besetzt. Egal, wo sie hinschaute, überall wurden Köpfe zusammengesteckt, erzählt und gelacht. Sie hatte keine Lust, das fünfte Rad am Wagen zu sein. Langsam schritt sie suchend durch die Reihen, als sie mitten im Getümmel Chiara entdeckte. Rechts neben ihr saß ein Mädchen mit langen, superhellblonden Haaren. Juline überlegte, wo sie das Gesicht schon mal gesehen hatte. Dann fiel es ihr wieder ein. Es war auf diesem Jacht-Foto über Chiaras Schreibtisch gewesen.

»Luisa«, flüsterte sie leise. Sie war schon sehr gespannt darauf, Chiaras beste Freundin kennenzulernen. Den beiden gegenüber saßen zwei andere Mädchen. Sie hatten sich weit über den Tisch gebeugt und schienen etwas in Luisas Hand zu betrachten. Von ihnen konnte Juline nicht mehr als ihre Schuluniformen und wippende braune Zöpfe sehen. Was sie aber deutlich sehen konnte, war, dass Chiara den Platz links neben sich mit ihrem Rucksack blockiert hatte. Kurz überlegte Juline, ob Chiara den Stuhl wohl für sie reserviert hatte. Schnell war sie sich sogar absolut sicher, dass es so sein musste. Erleichtert, dass die Sucherei ein Ende hatte, quetschte Juline sich eilig an Stühlen, Tischen und Schülern vorbei. Sie hatte zwar den Eindruck, dass sich ohnehin keiner für ihre Entschuldigungen interessierte, aber sie entschuldigte sich trotzdem bei jedem, der ihr aus dem Weg gehen oder für sie mit seinem Stuhl vorrücken musste.

»Entschuldigung, darf ich mal vorbei!« Chiaras Tisch war schon so nah, dass Juline die lustigen Sommersprossen auf Luisas Gesicht sehen konnte, als sie doch auf einmal von der Seite eine Antwort bekam.

»Oui, bien sûr!«

Verwundert blieb Juline stehen. Sie hatte gar nicht gewusst, wie sehr sie den Klang der schönsten Sprache der Welt vermisst hatte! Es war ein Junge mit schwarzen Locken und sagenhaft langen Wimpern, der diesen kurzen Satz gesagt hatte. Juline hatte lang genug in Paris gelebt, um sich sicher zu sein, dass er ein waschechter Franzose sein musste. Der Glückliche!

»Merci beaucoup!« Juline strahlte ihn an. Jetzt war sie absolut gewiss, dass sie in *Haus Sonnenbühl* richtig war.

»Wie lieb, dass du mir den Platz frei gehalten hast, Chiara!«, rief Juline. Sie wusste gar nicht wohin mit ihrer riesengroßen Freude, als sie die Hand nach der Rückenlehne des Stuhles ausstreckte, um sich neben Chiara zu setzen.

»Hi!«, winkte sie, als ihr Blick von Luisa zu den beiden Zopfmädchen glitt. Stirnrunzelnd verglich sie die eine mit der anderen.

»Ich dachte, ich bin in *Haus Sonnenbühl* und nicht im *Lindenhof.* Aber ihr seht eindeutig wie Hanni und Nanni aus«, sagte Juline lachend. Irritiert schaute sie zwischen den Mädchen hin und her, als keine auf ihren Scherz reagierte. Stattdessen ließen Luisa und die Zwillinge ihre ausdruckslosen Blicke musternd über Juline gleiten. Von oben nach unten und wieder von unten nach oben. Was sie sahen, erfüllte ganz offensichtlich nicht ihre Erwartungen. So kam es Juline zumindest vor. Auf der Stelle bekam ihr überschwängliches Glücksgefühl einen ziemlichen Dämpfer.

»Wer ist das?« Luisa hatte ihre Frage an niemand bestimmten gerichtet.

»Nur meine neue Mitbewohnerin«, murmelte Chiara, während sie hektisch ein Heft nach dem anderen aus ihrem Rucksack zerrte. »Verdammt, ich glaube, ich habe die Englischhausaufgaben völlig verpennt. Kann ich die bei jemandem abschreiben?«

»Ich bin Juline!«, stellte Juline sich zögernd vor. Jetzt traute sie sich doch nicht, sich einfach dazuzusetzen.

»Juline wer?«, bohrte Luisa mit eisiger Stimme nach.

»Juline Taubert.«

»Wo kommst du her?«

»Aus Berlin. Also, wir wohnen da erst seit einem halben Jahr, vorher ...«

»Taubert?« Stirnrunzelnd drehte Luisa das Handy, das auf der Tischplatte vor ihr lag, hin und her. »Der Name sagt mir nichts. Gar nichts.«

In Julines Ohren klang das wie ein Vorwurf, auch wenn sie nicht verstand, wieso Luisa erwartete, schon mal den Namen Taubert gehört zu haben.

»Ich bin die Neue!«, erklärte sie schulterzuckend. Sie hatte das letzte Wort noch nicht ausgesprochen, da hätte sie sich schon selbst ohrfeigen können. Das konnte sich schließlich jeder an allen fünf Fingern abzählen.

»Offensichtlich!«, antwortete Luisa auch prompt, stützte den Ellenbogen auf die Tischplatte und das Kinn auf den sorgsam manikürten Fingern auf, um Juline erneut in Augenschein zu nehmen. »Wo hast du nur diese Klamotten her? Aus der Altkleidersammlung?«

Mit großen Augen schaute Juline an sich runter. Was stimmte denn mit ihren Sachen nicht? Ihren kuscheligen Lieblingspulli mit den Ärmeln, die so lang waren, dass man sie bequem über die fröstelnden Hände ziehen konnte, hatte sie extra für heute ausgesucht, weil sie sich darin so wohlfühlte. Genauso wie ihre Glücksjeans. Denn die hatte sie getragen, als sie mit zitternden Fingern den widerspenstig quietschenden Briefkasten im Hausflur aufgeschlossen und darin den geheimnisvollen Briefumschlag mit dem Wappen von *Haus Sonnenbühl* gefunden hatte. Sie hatte ihren Augen kaum trauen wollen, als sie den Briefbogen auseinandergefaltet und die Worte: *Wir freuen uns, Juline ab dem nächsten Schuljahr ...* gelesen hatte. Die restliche Schrift hatte sie durch den Glückstränenschleier nicht mehr entziffern können.

»Anyway ... Die Schuluniform wird auf jeden Fall schon mal eine deutliche Verbesserung sein«, seufzte Luisa theatralisch. »Es wird ein ganz schönes Stück Arbeit werden, aus ihr einen zivilisierten Menschen zu machen. Aber zum Glück sehe ich kein Problem, das eine Kreditkarte nicht lösen könnte.«

Luisas Worte waren bestimmt nicht so verletzend gemeint, wie sie in Julines Ohren im ersten Moment geklungen hatten, überlegte Juline sich. Genauso wenig wie die Tatsache, dass Luisa so redete, als sei sie gar nicht anwesend.

»Strähnchen!«, schlug einer der Zwillinge jetzt fachmännisch nickend vor.

»Und ein ordentlicher Schnitt!«, stimmte Chiara zu. »Vielleicht ein kurzer Bob?«

Verunsichert tastete Juline nach ihrem schulterlangen Haar.

Sie wusste selber, dass es weder richtig blond noch richtig braun war. Es war irgendwas dazwischen, aber das hatte sie noch nie gestört und der Schnitt war doch auch völlig okay, praktisch eben. Ein kurzer Bob kam auf keinen Fall infrage. Da würden ihr die Haare beim Geigespielen nur im Gesicht rumhängen, entschied Juline gerade für sich, als eine Stimme rief: »Entschuldigung, dass es so lange gedauert hat, aber die mussten erst neuen Joghurt aus dem Kühlraum holen.«

Juline war sich sicher, niemals zuvor jemandem begegnet zu sein, zu dessen Haar die Beschreibung *feuerrot* besser gepasst hätte als zu diesem Jungen. Mit höchster Konzentration balancierte er ein Tablett, auf dem sich Teller, Schälchen, Gläser und Tassen türmten, auf den Tisch zu.

»Darf ich mal?«

»Ja, klar!«, antwortete Juline und trat schnell von dem freien Stuhl zurück, damit der Junge das voll beladene Tablett auf die Tischplatte schieben konnte. Mit flinken Fingern machte er sich an das Verteilen.

»Einen Cappuccino und einen Multivitaminsaft für dich, Luisa. Und einen Schokokeks.«

Luisa schnupperte genießerisch an dem schokobraunen Keks. »Gift für Haut und Hüften, aber ich sterbe nun mal für diesen Süßkram!«, seufzte sie.

»Deine Soja-Latte, Melli.«

»Nelli, dein Tee.«

»Und ... der frisch gepresste O-Saft für dich, Chiara.«

Des Weiteren wanderten Teller mit Gurkenscheiben, Tomatenspalten und geraspelten Möhren, gefolgt von Müslischalen und vier Joghurtbechern über den Tisch.

Julines überraschter Blick huschte zwischen den Zwillingen – im Stillen würde sie sie Melli-Nelli nennen, beschloss sie, denn nie im Leben würde sie die eine von der anderen unterscheiden können –, Chiara und Luisa hin und her. Es war ihr nicht entgangen, dass sich keine von ihnen bei dem Jungen bedankt hatte, der jetzt unbeholfen das Tablett zwischen den Händen drehte. Stirnrunzelnd beobachtete sie, wie er noch einen Moment zögerte und sich dann an das Kopfende des Nachbartisches verkrümelte, wo er ganz allein und hastig ein Käsebrötchen hinunterwürgte, die Vierermädchengruppe aber nicht aus den Augen ließ. Wie ein Hund, der seinen Herrn beobachtet, schoss es Juline durch den Kopf.

Nachdem Juline vergebliche zwei Minuten darauf gewartet hatte, dass Chiara den Stuhl für sie räumte, wollte sie auch nicht darum bitten. Sie wünschte den vieren nur noch einen guten Appetit und schaute sich nach einem anderen Platz um.

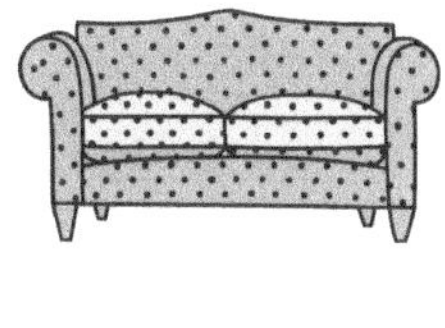

Für einen Moment spielte sie mit der Möglichkeit, sich zu dem Jungen zu setzen, als ihr ein sympathisch aussehendes Mädchen auffiel, neben dem links und rechts noch reichlich Platz war.

»Ist hier noch frei?«, versuchte Juline ihr Glück. Diesmal wurde sie mit einem strahlenden Lächeln belohnt.

»Klar! Hock dich hin!«, lud das Mädchen sie ein und schob ihre große, runde Brille den Nasenrücken hoch. »Du bist Juline, nicht wahr? Die Neue, die eigentlich schon seit dem Sommer in unsere Klasse gehen sollte. Wie war das? Masern, Lungenentzündung, ein teuflischer Virus oder welche Pest hat dich noch mal so lange ans Bett gefesselt?« Juline musste lachen, wie konnte man so schnell und so viel reden, ohne auch nur einmal Luft zu holen.

»Ich bin Hannah!«, stellte sich das Mädchen mit dem kurzen, schwarzen Struwwelliese-Haarschnitt vor. Ohne Julines Antwort abzuwarten, streckte sie ihr die Hand entgegen. »Der Büchernerd.« Ihre Augen blitzten lustig auf. Zur Erklärung nickte sie auf das Buch, das aufgeschlagen vor ihr lag. »Und der begrüßt dich recht herzlich in unserer bescheidenen Hütte!«

»Und Juline, der Geigennerd, bedankt sich ebenfalls sehr herzlich!«, kicherte Juline, während Hannah ihre Hand kräftig schüttelte.

»Erst war es ein echt gemeiner Erkältungsvirus, daraus ist dann eine ausgewachsene Lungenentzündung geworden«, nutzte Juline Hannahs Redepause und schob sich dankbar auf den Stuhl, den Hannah ihr mit dem Fuß hingeschoben hatte. »Aber, dass ich auch nach den Herbstferien nicht pünktlich hier sein konnte, kommt daher, dass meine Eltern ...«

»Äh …«, unterbrach Hannah sie mit zaghaft erhobener Hand, »nicht böse sein, aber kannst du mir das alles vielleicht später erzählen?« Sie tippte auf das Buch. »Ich sterbe noch, wenn ich vor dem Unterrichtsbeginn nicht erfahre, ob Elizabeth und Mr Darcy sich nun kriegen oder nicht.«

»Verstehe!«, lachte Juline. »Eine Liebesgeschichte.«

»Eine?!«, protestierte Hannah mit schreckgeweiteten Augen. »Schätzchen, wir reden von *Stolz und Vorurteil*. Jane Austen. Mir persönlich gefällt die Story tausendmal besser als *Romeo und Julia*.« Nachdenklich struwwelte sie sich mit kraus gezogener Nase durch ihr Haar, sodass es anschließend noch wilder abstand als vorher. »Könnte daran liegen, dass ich es *hasse*, wirklich *hasse*, wenn eine Sache schlecht ausgeht.«

Hannah zuckte die Schultern, was Juline als Zeichen dafür verstand, dass sie jetzt echt lesen wollte. Vorsichtig pustete Juline in ihre Tasse und schielte dabei neugierig in Hannahs Buch. Der Text, den ihre neue Freundin da las, war auf Englisch. Mit den Augen auf den Zeilen schlürfte Juline vorsichtig ihren Kakao. Doch die Vorsicht hätte sie sich getrost sparen können, denn der war mittlerweile kalt geworden und eine ekelige Haut hatte sich auch noch darauf gebildet. Also stellte sie die Tasse auf das Tablett zurück und biss hungrig in ihr Rosinenbrötchen.

»Guten Morgen, alle miteinander!« Juline reckte den Hals, um den Mann, der sich am Lehrertisch im Hintergrund des Speisesaals erhoben hatte, besser sehen zu können. Mit seinem Dreitagebart und dem kurzen dichten braunen Haar erkannte sie sofort den Mann, dessen

Foto sie auf der Schulhomepage gesehen hatte. Es war Sebastian Leonard, erst seit diesem Schuljahr Direktor von *Haus Sonnenbühl* und ihr Klassenlehrer. Deutsch und Geschichte. Obwohl Sport viel besser zu ihm gepasst hätte, fand Juline. Er sah so aus, als ob er viel auf dem See segeln oder regelmäßig in den Bergen wandern würde. »Heute Morgen habe ich eine ganz besonders schöne Neuigkeit und das nicht nur für die 7 a.«

Juline schwante, was jetzt kommen würde, und sie schluckte hastig ihren Bissen hinunter.

»Unser schon lange angekündigter Neuzugang Juline Taubert ist endlich zu uns gestoßen.« Suchend schaute er sich im Speisesaal um und scannte die Siebenertische. »Herzlich Willkommen in *Haus Sonnenbühl*, Juline! Juline? Wo hast du dich versteckt?«

Auf wackligen Beinen stand Juline auf und hob die Hand in die Luft. »Hier!« Die Aufregung ließ sie krächzen wie einen heiseren Raben. Spätestens jetzt wirbelten alle Köpfe zu ihr herum und Juline merkte, wie ihr die Hitze in den Kopf stieg und ihre Wangen so rot anlaufen ließ wie überreife Tomaten.

Bitte, hol mich nicht nach vorne, betete sie im Stillen vor sich hin, *alles, aber nur das nicht!* Als hätte Herr Leonard ihr Gebet erhört, sagte er jetzt zu ihrer unendlichen Erleichterung: »Setz dich ruhig wieder. Ich wollte mich nur kurz bei dir dafür entschuldigen, dass ich gestern nicht zur Stelle war, um dich in Empfang zu nehmen. Ich bin leider aufgehalten worden. Aber ich denke, Sophie hat mich würdig vertreten.«

Juline nickte stumm.

»Gut! Dann sehen wir uns gleich in der Deutschstunde.«

Damit wandte sich Herr Leonard an die versammelte Schülerschaft und machte noch ein paar allgemeine Ankündigungen. Juline stieß erleichtert die Luft aus.

Kapitel 3

Kaum waren Herrn Leonards letzte Worte verklungen, strömten die Schüler aus dem Speisesaal und verschwanden in verschiedene Richtungen zu ihren Klassenzimmern.

»Ende gut, alles gut!«, strahlte Hannah und klappte das Buch zufrieden zu. »Soll ich dich mit in die Folterkammer nehmen?«

»Wohin?« Juline riss verwundert die Augen auf.

Hannah kicherte schelmisch. »Keine Sorge. Hier gibt es keine Folterkammern. Hat es auch noch nie gegeben. Ich meine unser Klassenzimmer.«

»Ach so!«, seufzte Juline. »Total lieb von dir, aber Chiara wartet bestimmt vor der Tür auf mich. Sie soll sich um mich kümmern. Auftrag von Sophie.«

»Oh! Chiara soll dich hier einführen?«, nickte Hannah mit skeptisch hochgezogenen Augenbrauen. Für einen kurzen Moment hatte Juline das Gefühl, dass Hannah noch etwas zu dem Thema sagen wollte, es aber dann lieber runterschluckte und es vorzog, sich mit einem knappen »Bis später!« von ihr zu verabschieden.

Während sich der Speisesaal langsam leerte, stand Juline neben der Tür und beobachtete nervös, wie der große Zeiger der antiken Wanduhr über dem Frühstücksbüfett von einer römischen Ziffer auf die andere zutickte. Gleich wäre es zehn vor acht und Chiara war wie vom Erdboden verschluckt. Dabei hatte Sophie doch unmissverständlich gesagt, dass Chiara Juline unter ihre Fittiche nehmen und sie mit zu ihrem Klassenzimmer nehmen sollte. Konnte man so etwas vergessen? Offenbar. Sie biss sich auf die Unterlippe. Gleich sieben vor. Ein letztes Mal linste sie hoffnungsvoll in den Saal. Aber bis auf die rundliche Dame, die die Reste des Frühstücksbüfetts auf einen riesigen Rollwagen verfrachtete, war er leer. Juline spürte Panik in sich aufsteigen. Hätte sie Hannahs Angebot angenommen, säße sie jetzt bestimmt schon auf ihrem Platz und alles wäre gut. Doch das hatte sie nun mal nicht. Alleine würde sie aber den Weg nicht finden. Sie kannte ja noch nicht mal die Raumnummer. Also musste sie sich durchfragen. Irgendwie.

Zwei Stufen auf einmal nehmend, jagte sie die nächstbeste Treppe hoch. Immer hinter den sich schnell entfernenden Stimmen der anderen Schüler her. Es dauerte länger, als sie gedacht hatte. Denn viele Schüler, die sie nach dem Klassenzimmer der 7 a fragte, verzogen nur überfragt das Gesicht oder zuckten bedauernd mit den Schultern. Andere mussten sich erst mal nachdenklich am Hinterkopf kratzen, um dann doch nur eine grobe Schätzung abgeben zu können. Wenn sie aber mal an einen geriet, der ihr tatsächlich helfen konnte, war seine Wegbeschreibung so kompliziert, dass Juline nur der Kopf schwirrte. Aber um zwei Minuten vor acht hatte sie es tatsächlich geschafft. Völlig außer Atem, die Hände auf die Knie gestützt, stand sie in der zweiten Etage und las leise murmelnd die Aufschrift auf dem dezenten Schildchen neben der offen stehenden Klassentür: *Raum 213 – Klasse 7a*.

Plötzlich klapperten eilige Schritte über den Flur. Alarmiert wirbelte Juline zu ihnen herum, aber da war es schon zu spät. Für den Bruchteil einer Sekunde sah sie blonde Haare und einen gebeugten Kopf, dann stießen sie gegeneinander. Beide kreischten sie gleichzeitig auf. Juline taumelte. Nach drei, vier Schritten verlor sie das Gleichgewicht und schlug der Länge nach auf dem harten Steinboden auf. Dann schlitterte ein weißer Blitz an ihr vorbei, prallte von der Wand ab und drehte sich wie ein Kreisel wild um sich selbst, bevor er endlich auf der Mitte des Flurs liegen blieb.

Das andere Mädchen war schon wieder auf den Füßen und hechtete an Juline vorbei, ohne sie auch nur eines Blickes zu würdigen. Stattdessen kreischte sie hysterisch: »Wenn mein Handy auch nur einen Kratzer abbekommen hat, kaufst du mir ein neues! Das schwöre ich dir!« Ihre langen hellblonden Haare fielen wie ein Vorhang vor ihr Gesicht, als sie sich jetzt bückte.

Völlig benommen rappelte Juline sich hoch. Ihr linker Ellenbogen und ihre linke Hüfte schmerzten höllisch. Morgen würden beide bestimmt blitzeblau sein.

Zögernd trat Juline zu dem Mädchen, das auf dem Boden kniete und panisch auf ihrem Handy herumtippte.

Natürlich hatten der Zusammenstoß und die Schreckensschreie die ganze Klasse auf den Flur gelockt. Langsam schloss sich der Kreis der Schaulustigen um Juline und dieses hysterische Mädchen. Andere Türen öffneten sich. Lehrer und Schüler steckten neugierig die Köpfe hinaus.

»Verdammter Mist!«, fluchte das Mädchen und schleuderte die Haare nach hinten. Jetzt erkannte Juline sie. Es war niemand anderes als Luisa, die ihr hasserfüllt ins Gesicht starrte. »Kannst du denn nicht aufpassen, du blöde Kuh!«, fauchte sie unbeherrscht. »Dieses Handy ...« – erschrocken wich Juline einen Schritt zurück, weil Luisa die Faust, mit der sie das Handy umklammert hielt, vor Julines Nase herumschüttelte – »... war funkelnagelneu. Und jetzt ist es nur noch Schrott. Siehst du? Das Display ist in tausend Teile zersprungen. Und zwar, weil du zu blöd bist, um die Augen aufzumachen!«

»Aber das kann man doch bestimmt reparieren«, stammelte Juline völlig verdattert. Dabei schielte sie auf das Telefon. Wenn sie das richtig sah, war es eines dieser megateuren Smartphones. Das kostete bestimmt tausend Euro.

»Sag mal, tickst du noch ganz sauber?«, zischte Luisa wie eine Viper. »Ich lauf doch nicht mit einem geflickten Handy herum! Wer bin ich denn? Du kaufst mir ein neues. Hast du mich verstanden?«

»Was?« Hatte Juline gerade richtig gehört?

»Luisa, alles okay mit dir?« Chiara, natürlich mit Melli und Nelli im Schlepptau, hatte sich bis zu ihrer Freundin vorgearbeitet.

Kurz fiel Julines Blick auf Hannah. Sie stand im Kreis der Schaulustigen und starrte sie mit einer Mischung aus Entsetzen und Mitleid an.

»Ende der Vorstellung, meine Herrschaften!« Als wollte er eine aufgescheuchte Hühnerschar zurück in den Stall scheuchen, wedelte Herr Leonard seine Schüler mit beiden Händen ins Klassenzimmer. »Luisa und Juline, ihr erklärt mir mal bitte, was der Aufstand hier soll«, sagte er, nachdem auch die letzte neugierige Nase hinter der Tür verschwunden war. Der Direktor verschränkte die Arme vor der Brust und schaute forschend zwischen Juline und Luisa hin und her. »Was ist hier los? Luisa? Juline?«

Luisas Zeigefinger schnellte nach vorne und stoppte nur wenige Millimeter vor Julines Nase. »Weil sie mir den Weg verstellt hat, ist mir mein Handy aus der Hand gefallen. Jetzt ist es Schrott, absolut unbrauchbar. Deshalb verlange ich, dass sie mir ein neues kauft.«

»Luisa!«, seufzte Herr Leonard kopfschüttelnd. »Während des Unterrichts gehört dein Handy auf dein Zimmer. Das weißt du sehr genau. Auch wenn du diese Regel stets ignorierst. Trägst du es trotzdem mit dir rum, bist du selbst schuld, wenn es Schaden nimmt. Lass es dir eine Lehre sein.« Und mit diesen Worten hielt er den Mädchen die Tür auf und bedeutete ihnen, endlich reinzukommen.

»Wie jetzt?« Mit verschränkten Armen blieb Luisa draußen stehen. »Mal ganz im Ernst, es hält sich doch eh kein Mensch an diese blöde Regel. Warten Sie nur ab, bis mein Vater von dieser Geschichte hört. Er wird ganz und gar nicht erfreut sein. Meine Familie spendet dieser Schule sehr großzügige Beträge. Ich weiß nicht, ob das so bleiben wird, wenn man Vater zu hören bekommt, wie ungerecht Sie zu mir sind.«

Juline schnappte nach Luft. Wie respektlos Luisa mit dem Schuldirektor umsprang! Doch Herr Leonard blieb total cool. Es kräuselten sich sogar kleine Lachfältchen um seine Augen, als er kopfschüttend erwiderte: »Dein Vater, meine liebe Luisa, schickt dich auf diese Schule, damit du er- und nicht verzogen wirst. Er und ich sind häufig unterschiedlicher Meinung. Sehr häufig sogar. Aber ich bin davon überzeugt, dass wir uns in diesem Fall auf einer Wellenlänge bewegen.«

Luisa schäumte vor Wut. Gerade als Juline schon dachte, die Sache habe sich mit Herrn Leonards Urteilsspruch erledigt, neigte Luisa den Kopf zu ihr und zischte feindselig: »Glaub ja nicht, dass du mir so davonkommst.«

»Wo setzen wir dich denn hin?«, überlegte Herr Leonard ein paar Minuten später, während Juline neben ihm hinter dem Lehrerpult stand und nervös von einem Fuß auf den anderen trat. Nächtelang hatte sie in ihrem Bett gelegen und sich in den schillerndsten Farben ihren ersten Tag in *Haus Sonnenbühl* ausgemalt. Und dazu hatte ganz bestimmt nicht gehört, dass sie noch vor der ersten Unterrichtsstunde von einer Mitschülerin umgerannt und vor versammelter Mannschaft auf dem Schulflur angebrüllte wurde. Auch die vielen arroganten bis mitleidigen Blicke hatten nicht zu ihrer Vorstellung gehört. Sie sah unzählige Augenpaare, die sie durchbohrten und dann fragend zu Luisa schweiften. Ein bisschen kam es Juline so vor wie im Konzert oder im Theater, wenn das

Publikum gespannt darauf wartet, etwas geboten zu bekommen. Luisa saß neben Chiara in der letzten Reihe und bedachte abwechselnd Herrn Leonard und dann wieder Juline mit ihrem bösen Blick. Melli und Nelli, die in der vorletzten Reihe genau vor den beiden saßen, hatten sich mit ihren Stühlen nach hinten kippen lassen und lauschten andächtig auf jedes Wort, das Luisa ihnen hinter vorgehaltener Hand zuraunte.

Plötzlich spürte Juline Herrn Leonards Hand auf ihrer Schulter, als wolle er sie festhalten, damit die vielen Blicke sie nicht umwarfen. »Wo setzen wir dich denn hin?«, wiederholte er murmelnd.

In der zweiten Reihe entdeckte Juline Hannah. Sie schien die Einzige zu sein, die sich nicht für den Streit zwischen ihr und Luisa interessierte. So wie sie auf ihren Schoß stierte, vermutete Juline, dass sie dort ein Buch versteckt hielt, von dem sie jetzt unbedingt noch schnell den Anfang lesen musste.

»Neben Chiara!«, entschied Herr Leonard und machte ein Gesicht wie ein Trainer, der sich gerade eine besonders vielversprechende Taktik für seine Mannschaft überlegt hatte.

Der Parkettboden knarzte leise unter Julines Füßen, während sie zögernd auf die letzte Reihe zuschritt. Als sie hinter Luisa entlangging, starrte die stur geradeaus, während Melli und Nelli ihre Stühle nach vorne kippen ließen. Juline musste schlucken. Bildete sie sich das nur ein oder war es hier hinten wirklich einige Grad kälter als vorne im Klassenzimmer?

Als sie neben Chiara trat, schaute die kurz von dem

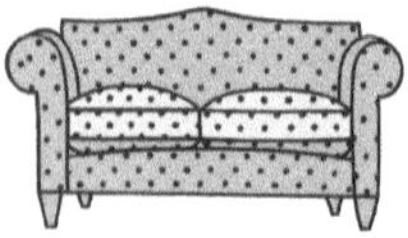

Heft auf, in das sie gerade mit einer ziemlichen Klaue einen Text aus dem Heft unter ihrer Bank übertrug. Die vergessenen Englischhausaufgaben, wie Juline vermutete.

Unschlüssig blieb Juline hinter dem freien Stuhl stehen, denn der war nicht wirklich frei, sondern wurde von Chiaras Schulrucksack besetzt.

»Stimmt was nicht?«, fragte Chiara ungeduldig.

»Dein Rucksack«, erwiderte Juline und deutete auf den Stuhl.

Genervt verdrehte Chiara die Augen und zerrte ihn auf den Boden.

»Chiara, was hältst du davon, Juline heute nach Schulschluss ein wenig herumzuführen. Du könntest ihr zeigen, wo sie Bücher und Schuluniform herbekommt und sie mit dem Gebäude und dem Gelände vertraut machen«, hörte Juline da die jetzt sehr bestimmt klingende Stimme ihres Klassenlehrers. Sie kannte nicht die Hintergründe, aber sie hasste seine Taktik.

»Echt jetzt?!« Im hohen Bogen flog Chiaras Stift durch die Luft und landete unsanft auf dem Englischheft. »Nee, Herr Leonard, jetzt ist mal jemand anderes dran. Ich musste schon heute Morgen den Babysitter spielen. Außerdem habe ich heute Nachmittag meine Reit-AG und *Passion* muss unbedingt bewegt werden.«

»Ich denke, du schaffst beides«, gab Herr Leonard seelenruhig zurück. »Du betonst doch immer, dass Multitasking dein Ding ist.«

»Na gut, aber wirklich nur bis zu meiner AG! Definitiv!«, pampte Chiara.

»Zu gütig«, gab Herr Leonard zurück. »So, dann wollen wir mal.«

»Emil, wie wäre es?«, hörte Juline Herrn Leonard aufmunternd fragen. »Magst Du uns die Ballade von *John Maynard* vorlesen?«

Emil entpuppte sich als der rothaarige Junge, der heute morgen das Frühstück für Luisa, Chiara und diese Zwillinge angeschleppt hatte. Von ihrem Platz aus konnte Juline sehen, wie er nervös die Seiten seines Deutschbuchs durchblätterte. »Auf welcher Seite steht der Text noch mal?«, flüsterte er, dabei warf er einen ängstlichen Blick über die Schulter.

»Seite zweiundachtzig!«, half ihm Herr Leonard auf die Sprünge. Und während Emil sich durch die Ballade stammelte, scannte Juline ihr neues Klassenzimmer. Auch hier gab es hohe Decken und große geschwungene Bogenfenster, durch die das Sonnenlicht auf den gemütlichen Parkettboden, das Bücherregal und die lange tannengrüne Wandtafel fiel. In deren obere linke Ecke hatte jemand geschrieben:

Klassensprecher: Luisa von Waldstett

Vertretung: Chiara Seefeld

Juline riss bestürzt die Augen auf. Mist, Mist, Doppelmist! Übersetzt hieß das nichts anderes, als dass sie es geschafft hatte, sich mit dem beliebtesten Mädchen der Klasse anzulegen.

Aber ... Moment mal ...! Mit gespitzten Lippen blinzelte Juline die Wandtafel an. Was ihr im ersten Moment wie eine nachtschwarze Katastrophe erschienen war, verwandelte sich gerade in eine Freudenbotschaft. Denn bei genauerer Betrachtung war das ein richtig gutes Zeichen. Wer beliebt war, konnte schließlich keine ätzende Kuh sein. Nur nette Leute wurden Klassensprecher. Unendlich erleichtert lehnte Juline sich seufzend in ihrem Stuhl zurück. Wahrscheinlich war Luisa heute nur mit dem falschen Fuß aufgestanden. Aber spätestens heute Mittag würde sie sich wieder beruhigt haben und ihren unmöglichen Auftritt von eben bedauern. Juline beschloss, davon jetzt einfach mal auszugehen.

Kapitel 4

Mehrere Schulstunden später stand Juline mit ihrem Tablett in dem trubeligen, surrenden Speisesaal und suchte die Tische nach Luisa ab. Sie hatte einen Entschluss gefasst: Sie würde den ersten Schritt in Richtung Versöhnung machen. Sie wollte diesen blöden Streit so schnell wie möglich beilegen. Wäre da nur nicht dieser schreckliche Hunger, der sie seit der Mathestunde quälte und den der himmlische Duft der Spaghetti Bolognese, der ihr von ihrem Teller in die Nase stieg, nicht gerade besser machte. Vielleicht würde sie das Gespräch mit Luisa besser auf später verschieben, beschloss sie gerade, als wie aus dem Nichts einer der Zwillinge vor ihr aus dem Boden wuchs. »Luisa will dich sprechen! Jetzt!«

Ohne Julines Antwort abzuwarten, machte Nelli oder Melli mit wippendem Zopf auf dem Absatz kehrt und eskortierte sie durch das Gedränge. Verblüfft schlängelte sich Juline hinter ihr her. Freundlich hatte das nicht gerade geklungen. Mehr nach einem Befehl als nach einer Bitte. Außerdem wunderte es sie, warum Luisa Melli oder Nelli vorgeschickt hatte, anstatt selbst zu ihr zu kommen.

»Da ist sie!«, verkündete Melli-Nelli und trat zur Seite, sodass Juline plötzlich direkt vor Luisa stand. Die thronte kerzengerade auf der Tischkante, die Beine elegant übereinandergeschlagen, die linke Fußspitze auf dem Stuhl vor ihr abgestellt. Auf ihrer Miene spielte ein undefinierbares Lächeln.

»Schwamm drüber!«, nickte Juline versöhnlich. »Du hast dich erschreckt und überreagiert. Vergessen wir es einfach. Es ist nie passiert!«

Luisa erwiderte nichts, sondern zog einfach nur ihre rechte Augenbraue im Zeitlupentempo in die Höhe. Verwirrt sandte Juline einen fragenden Blick an Chiara, die sie über ihre mit Spaghetti umwickelte Gabel hinweg mit einem unbeteiligten Schulterzucken bedachte.

»Okay, du bist neu hier!«, setzte Luisa mit zuckersüßer Stimme an. Augenblicklich wurde es an den umliegenden Siebenertischen mucksmäuschenstill. Noch nicht mal das Schaben von Besteck auf Porzellan war mehr zu hören. »Deshalb will ich dir erklären, wie das hier läuft.« Seelenruhig verschränkte sie die Arme vor der Brust. »Es ist gar nicht schwer, denn wichtig ist nur eins: Was ich sage, ist Gesetz. Und ich sage, du hast mein Handy auf dem Gewissen. Wenn man einen Schaden verursacht, muss man auch dafür aufkommen. Also, kaufst du mir ein neues. Falls du keine eigene Kreditkarte haben solltest – es soll ja Eltern mit komischen Vorstellungen geben –, würde ich vorschlagen, dass du deine Eltern anrufst. Sie sollen eines kaufen und es per Expressversand schicken. Dann ist es morgen schon hier.«

Juline konnte nicht glauben, was sie da hörte.

»Ich gebe dir bis morgen nach dem Abendessen Zeit«, beschloss Luisa und schien sehr zufrieden mit ihrem Angebot zu sein.

Angesichts so viel Dreistigkeit fiel Juline keine passende Antwort ein.

»Morgen, Juline!«, wiederholte Luisa.

Kaum hatte der perlende Dreiklang der Schulglocke das Ende des Nachmittagsunterrichts eingeläutet, packte Chiara Juline am Handgelenk. »Auf geht's. Wir haben ein volles Programm und nur wenig Zeit dafür. Punkt vier Uhr will ich in der Reithalle sein und keine Sekunde später!«

Während Juline ihr im Slalom durch die überfüllten Gänge folgte, reckte Chiara immer wieder ihren linken Arm, um einen prüfenden Blick auf ihre goldfunkelnde Armbanduhr zu werfen.

Ihre erste Station war die Schulbibliothek. Wie gerne hätte Juline sich hier genauer umgesehen, aber kaum hatte der knurrige Bibliothekar ihr den Stapel Schulbücher über seinen Schreibtisch zugeschoben, stand sie auch schon schwer bepackt wieder auf dem Flur.

Vielleicht würde sie Hannah fragen, ob sie ihr die Bibliothek ausführlich zeigte, tröstete sie sich. Denn sie war davon überzeugt, dass Hannah dort ziemlich häufig anzutreffen war.

»Wo willst du hin?«, keuchte Juline hinter Chiara her, während sie den Bücherturm auf beiden Armen vor sich her balancierte.

»Na, wohin schon? Zur Hausmutter natürlich wegen

der Klamotten!«, gab Chiara kurz angebunden zurück und konsultierte schon wieder ihre Armbanduhr.

»Können wir nicht erst die Bücher wegbringen?«, flehte Juline mit schmerzverzerrtem Gesicht. »Die sind echt verdammt schwer.«

Chiara wirbelte auf dem Absatz herum und warf Juline einen gouvernantenhaften Blick zu. »Wenn du noch etwas von der Schule sehen möchtest, bevor ich reiten gehe, dann hörst du jetzt auf zu jammern und legst einfach ein Schrittchen zu, okay?«

»Okay!«, seufzte Juline und blies sich eine Strähne aus dem Gesicht. »Aber ich wäre bestimmt schneller, wenn du auch ein paar Bücher tragen würdest.«

Genervt stöhnte Chiara auf und zerrte die oberen fünf Bücher von Julines Stapel.

Die Hausmutter war jung, dynamisch, auf Zack und verlor nicht viele Worte. Ein kurzer geschulter Blick über den Rand ihrer Hornbrille genügte ihr, um zu wissen, aus welchen der vielen mit Kleidergrößen beklebten Fächern hinter ihrem Rücken sie Röcke, Hosen, Blusen und Pullover für Juline ziehen musste. Zusammen mit dem Jackett, einem Mantel und mehreren Paar Socken landete alles auf Julines Armen. Die schwarzen Schuhe platzierte die Hausmutter wie ein Sahnehäubchen mitten auf dem Bücherturm.

In ihrem Zimmer hätte Juline am liebsten das alles einfach auf ihr Bett geschmissen, denn ihre Arme brannten von der ganzen Schlepperei wie Feuer. Aber dafür waren ihr die Bücher und die schön gefalteten Kleidungsstücke viel zu wertvoll. Ächzend ging sie deshalb vor ihrem Bett auf die Knie und schob alles ganz vorsichtig auf die Matratze. Sanft glitt ihre Hand über das Schuljackett, die Blusen und Pullover. Dabei ließ die Freude ihre Fingerspitzen kribbeln. Sie würde sich würdig erweisen, diese schöne Uniform zu tragen. Auch wenn – ihr Blick glitt über die Buchrücken – Mathe, Physik, Chemie nicht gerade ihre Stärken waren. Aber Deutsch, Englisch, und – oh, ja – Französisch … das klang schon besser.

»Wollen wir?«, riss Chiara sie aus ihren Gedanken. Entweder hatte sie doch eine ihrer neu gekauften und verschollen geglaubten Reithosen wiedergefunden, oder ihre alten waren gar nicht so gammelig, wie sie behauptet hatte. Auf jeden Fall fand Juline, dass Chiara in ihrer hautengen schwarzen Reithose, der weißen Bluse mit Stehkragen, Krawatte und der goldenen Krawattennadel mit dem Hufeisen darauf, der schwarzen Reitsteppjacke und den blitzblanken Reitstiefeln eher wie ein Model aussah, das auf dem Weg zu einem Fotoshooting war, als eine Reiterin, die gleich auf dem Rücken ihres Pferdes durch den Matsch galoppieren würde.

»Gibt es irgendetwas, das du ganz besonders gerne sehen möchtest?«, lispelte Chiara. Um die Hände zum Frisieren ihres lässigen Zopfes frei zu haben, hatte sie ihr Haargummi zwischen die Lippen geschoben.

Juline strahlte, zuckte aber überfragt mit den Schultern. Denn sie wollte am liebsten alles auf einmal und gleichzeitig und sofort sehen.

»Also, dann einmal *Haus Sonnenbühl* im Schnelldurchlauf!«, seufzte Chiara, während sie ungeduldig ihr Haargummi um den Zopf zerrte. Wie Juline feststellen durfte, war Chiaras *Haus-Sonnenbühl*-Schnelldurchlauf wirklich schnell. Die Reitkappe unter den linken Arm geklemmt, stolzierte Chiara vor ihr her, ohne darauf Rücksicht zu nehmen, ob Juline vielleicht ein Gemälde oder einen Raum oder eine besonders schöne Aussicht genauer betrachten wollte. Sie marschierte einfach weiter durch Gänge und Korridore, wobei sie ihre Reitgerte wie einen Zeigestock mal hierhin, mal dorthin sausen ließ, mal nach oben, mal nach unten zeigte, mal auch einfach aus dem Fenster.

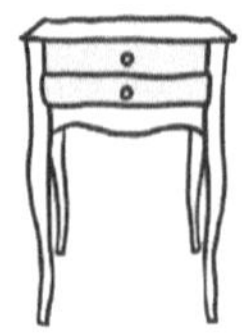

»Die Unterstufe ist im Ostflügel, die Mittelstufe im Westflügel untergebracht und schön nach Jungs und Mädchen getrennt. Unsere Studier- und Aufenthaltsräume sind dahinten. Ach, und bevor ich es vergesse, ab siebzehn Uhr ist Studierzeit – Hausaufgaben, Lernen – bis zum Abendessen. Das gibt es um neunzehn Uhr.«

Juline nickte eifrig.

»Alles, was Oberstufe heißt, wohnt in Wohngruppen zusammen in den frei stehenden Häusern da draußen.« Die Reitgerte schnellte in Richtung Fenster, hinter denen Juline in einiger Entfernung bestimmt zehn Häuschen entdeckte, die in einem Halbkreis um einen Rasenplatz angeordnet waren. War das in der Mitte eine Feuerstelle? »Wir nennen es das Dorf der Alten und Weisen«, kicherte Chiara.

»Bio-Hörsaal und Chemielabor liegen in unterschiedlichen Stockwerken übereinander«, erklärte Chiara, während sie den Unterrichtstrakt betraten. »Ganz da oben, ach, der Weg ist ziemlich verwinkelt, geht es zu den

Kunsträumen. Puh, was musst du denn noch wissen? Äh, ja, Informatik, Physik, Erdkunde ... Ach, hier sind das Sekretariat und das Büro von Herrn Leonard. Nimm dich vor seiner Sekretärin in Acht. Frau Mahlmann ist ein richtiger Drache, deshalb nennen wir sie nur Frau Mahlzahn. Du weißt schon, wegen Jim Knopf.« Die Reitgerte beschrieb einen vagen Kreis irgendwo an der Decke. »Der Musiksaal ... Sprachlabor, der ganze Blödsinn ... hier drüben ...« – sie deutete aus dem Fenster –, »siehst du die dreigezackte Bergspitze dahinten? Da ist unser Hausberg. Da laufen wir im Winter Ski. Du kannst doch Skilaufen, oder?«

»Es geht so«, gab Juline zu.

»Dann wirst du es lernen!«, bestimmte Chiara und führte Juline durch eine Seitentür ins Freie. »Den Rest wirst du schon noch mit der Zeit entdecken.«

Juline nickte, ließ ihren Blick über den sattgrünen Rasen und über den dichten Tannenwald bis zu den dahinterliegenden mit Schnee bedeckten Berggipfeln gleiten. Ganz tief sog sie die Luft ein. »Hier ist es so wunderschön!«, schwärmte sie begeistert.

Chiara zuckte die Schultern. »Ganz okay, würde ich mal sagen, für einen Schulbunker.« Juline legte den Kopf schräg und versuchte in Chiaras ausdruckslosem Gesicht zu lesen. Es gab ja Leute, bei denen war *ganz okay* schon ein ziemlich großes Lob.

»Weißt du ...«, setzte Juline eifrig an, während sie neben Chiara über die Wiese hastete. »... meine Eltern sind hier auch zur Schule gegangen.«

»Ach, ja? Ist ja ganz was Neues!« Chiara zog ihr piependes Handy aus der Jackentasche und wischte darauf herum.

»Ja!«, nickte Juline mit Feuereifer. »Deswegen wollte ich ja auch unbedingt hierhin. Seit ich denken kann, haben sie mir jeden Abend vor dem Einschlafen von *Haus Sonnenbühl* erzählt. Wie ne Gute-Nacht-Geschichte. Sie waren hier wahnsinnig glücklich.« Juline hob die Schultern. »Es hat sich noch schöner angehört als bei *Hanni und Nanni* oder so. Hogwarts ohne Lord Voldemort und ohne Draco Malfoy. Wie im Märchen, verstehst du? Deshalb wollte ich schon immer hierher. Aber meine Eltern haben keine Notwendigkeit dafür gesehen. Sie wollten mich einfach immer bei sich haben. Egal, wohin es sie verschlagen hat – und sie waren eigentlich immer auf Achse –, ich war immer mit.«

»Aha!«, raunte Chiara, blinzelte kurz gegen das Sonnenlicht und deutete zur Seite, bevor sie ihre Aufmerksamkeit wieder auf ihr Handy richtete. »Dahinten sind im Übrigen die Tennisplätze und diese gruselige Leichtathletikanlage. Uwa ... wie ich die hasse. Dann haben wir noch Fußball- und Hockeyplätze. Der Golfplatz fehlt auch nicht, aber der ist mickrig, nur neun Löcher.«

Juline reckte den Kopf, konnte aber im gleißenden Licht nicht viel erkennen. »Auf der einen Seite war das auch sehr schön, weil ich richtig viele Länder gesehen habe. Wir haben in Australien, in den USA, in Frankreich und in Japan gelebt. Trotzdem hatte ich immer nur den einen Wunsch. Und endlich haben meine Eltern zugestimmt. Na ja, jetzt, wo sie schon wieder ...«

»Wie seltsam, dass deine Eltern erst überredet werden

mussten ...«, fiel Chiara ihr erstaunt ins Wort. »In meiner Familie ist *Haus Sonnenbühl* Tradition. Es gibt keine Alternative. Unsere Ausbildung ist zu wichtig, um sie dem Zufall zu überlassen. Weißt du, meiner Familie gehört die *Seefeld Brauereigruppe* in vierter Generation. Der Name sagt dir bestimmt etwas.«

Klar hatte Juline schon mal von Seefeld Bier gehört. Ihr Vater trank es gerne.

»Mein Urgroßvater, mein Großvater, mein Vater, meine älteren Geschwister. Alle waren hier.« Beinahe hätte Chiara mit der Reitgerte Julines Nase erwischt, als sie plötzlich nach rechts zeigte: »Siehst du den See und die Segelboote und das Bootshaus?«

Wie herrlich das Sonnenlicht auf den kleinen Wellen tanzte, während an den Stegen Schüler in Rettungswesten herumhantierten, um ihre Boote startklar zu machen.

»Die Segel-AG«, erklärte Chiara. »Du musst dich noch für mindestens eine AG anmelden. Aber da kann ich dir nur wenig Hoffnung machen, die beliebten sind natürlich längst ausgebucht. Schätze in der Back-AG würden sie sich über einen Zugang freuen. Aber Vorsicht, da gehen nur die Loser hin.«

»Ich finde schon was. Ich bin da nicht so wählerisch«, erwiderte Juline leichthin. »Von dem See habe ich auch schon viel gehört. Schwimmen im Mondschein, Segelregatten, Schlittschuhlaufen im Winter«, schwärmte Juline verträumt. »Und natürlich von dem Fröscheküssen, in der Hoffnung, dass ein Prinz erscheint«, lachte sie, während Chiara angeekelt den Mund verzog. »Igitt, das ist ja widerlich!«

»Ich find es lustig!«, kicherte Juline. »Von den Streichen hab ich natürlich auch gehört und natürlich von den Mitternachtspartys ... dass jeden Freitag eine steigt. Ist das heute immer noch so?« Sie warf Chiara einen gespannten Seitenblick zu.

»Ja. meistens. Morgen ist es wieder so weit.«

»Wie cool!«, freute sich Juline.

Gar nicht mehr weit weg wieherten Pferde und fast gleichzeitig stieg Juline ihr würziger Geruch in die Nase, da war es völlig unnötig, dass Chiara jetzt nach vorne deutete und erklärte: »Die Reitanlage.« Nach einem kurzen Zögern fügte sie hinzu. »Komm doch einfach mit.«

»Wohin?« Juline mochte Pferde und fand, dass es wunderschöne, wahnsinnig elegante Tiere waren, und wahrscheinlich machte es riesigen Spaß auf ihrem Rücken dahinzugaloppieren, aber irgendwie war sie noch nie auf die Idee gekommen, es selber zu versuchen. Aber Chiara meinte gar nicht ihre anstehende Reitstunde. »Zur Mitternachtsparty«, erklärte sie.

»Gerne!«, sagte Juline. Für sie war das klar wie Kloßbrühe. Die würde sie sich keinesfalls entgehen lassen.

»Wir weihen Luisas neuen Schokobrunnen ein ... Oh, da gibt es dann vielleicht doch ein Problem.« Nachdenklich malte Chiara mit der Gerte einen unsichtbaren Kreis ins Gras. »Du müsstest natürlich die Sache mit Luisa vorher ins Reine bringen. Es ist schließlich ihre Party.«

»Ach, ja ... Luisa!«, die hatte Juline ganz vergessen. Plötzlich blitzte es aber wieder in ihrem Kopf auf. Das Handy-Problem mitsamt Luisas unglaublicher Forderung.

Vor ihnen war ein lang gezogenes, mit Holz verkleidetes

Gebäude zwischen den Bäumen aufgetaucht. Das schien die Reithalle zu sein. Denn eine Gruppe von gesattelten Pferden wurde gerade aus den Nebengebäuden dorthin geführt.

»Sag mal …«, setzte Juline an. »Was denkst du – meint Luisa das wirklich ernst? Das mit dem Handy …«

»Dass du ihr ein Neues kaufen sollst?« Mit einem breiten Grinsen, das wirklich alles ankündigen konnte, zog Chiara die Reitkappe auf. »Natürlich ist das ihr Ernst.«

Juline schüttelte ungläubig den Kopf. »Aber …«

»Hör zu, Luisa ist hier so was wie der Platzhirsch. Was ich damit sagen will: Sie hat einen Ruf zu verlieren. Kauf ihr das Ding und alles ist gut.« Plötzlich starrte sie an Juline vorbei. Ihr Gesicht gefror innerhalb von Sekunden zu Eis. »Sag mal, Pumuckl, ist das dein Ernst?«, schimpfte sie und rauschte auf das schwarze Pferd zu, das Juline von den Fotos in ihrem Zimmer kannte. *Passion.* Juline blinzelte. War das nicht dieser Emil, der nicht nur Chiaras Pferd, sondern auch noch ein braunes Pferd mit einem weißen Fleck auf der Stirn am Zügel führte und Chiara jetzt fürchterlich erschrocken entgegensah?

Aus der Ferne beobachtete Juline, wie Chiara sich vor ihm aufbaute, die Hände in die Hüften stemmte und einen wütenden Redeschwall auf ihn herabprasseln ließ, den Emil nur halbherzig abwehrte. Chiara hörte Emils Erwiderung gar nicht zu, riss ihm die Zügel aus der Hand und ließ ihn einfach so stehen. Unsicher hob Emil jetzt den Kopf und warf unter seinem roten Haarschopf verstohlene Blicke nach links und rechts, um zu überprüfen, wie viele die unschöne Szene mit angesehen hatten. Als

Julines und seine Blicke sich trafen, lief Emil puterrot an, drehte sich zu seinem Pferd um und führte es hinter Chiara und den anderen Reitern in die Halle.

Kapitel 5

Julines Gedanken kreisten immer noch um die seltsame Szene, als sie sich auf den Rückweg zum Schulgebäude machte.

Offensichtlich war auch Emil in der Reit-AG von Chiara, überlegte sie, und scheinbar hatte er Chiaras Pferd für die Reitstunde vorbereitet. Was ja nett von ihm war. Vielleicht hatte Chiara ihn darum gebeten, damit sie mehr Zeit für Juline und damit für die Führung durch die Schule hatte. Und trotzdem musste er irgendetwas getan haben, das Chiara so aufgebracht hatte, dass sie ihn derart runtergeputzt hatte.

Juline hatte den See erreicht. Wie weiße Bettlaken bauschten sich die Segel der Boote vor der Bergkulisse im Wind und trugen die Segler in Richtung Seemitte. Vom Fußballplatz schrillte Juline eine Trillerpfeife ins Ohr, gefolgt von lautem Protestgebrüll, während sie auf einer kleinen Lichtung eine Gruppe Mädchen entdeckte, die sich auf sorgfältig ausgebreiteten Decken aneinanderkuschelten und die letzten warmen Sonnenstrahlen des Herbstes genossen. Das rote Backsteingebäude mit dem schwarzen Schindeldach, auf das Juline jetzt zuschritt, sah wirklich wahnsinnig beeindruckend aus. Es hätte genauso gut *Schloss Sonnenbühl* heißen können, überlegte sie. So majestätisch und erhaben, wie es da inmitten von sattgrünen Rasenflächen und Tannen in der Parkanlage thronte. Und morgen gab es die erste Mitternachtsparty. Nur blöderweise wahrscheinlich ohne Juline. Bei der Erinnerung an Chiaras Ratschlag zum Thema Luisa schüttelte sie heftig den Kopf. *Kauf ihr das Ding und alles ist gut!* Wieso sollte sie? Bloß, weil diese blöde Ziege sich das in den Kopf gesetzt hatte? BESTIMMT NICHT! Es würden noch andere Mitternachtspartys kommen. Von so einer eingebildeten Tussi würde sie sich auf keinen Fall ins Bockshorn jagen lassen.

Die meisten Schüler schienen in ihren AGs zu sein und wenn nicht, dann genossen sie die Stunden bis zur Studierzeit auf ihren Zimmern, oder vielleicht waren auch welche in das nahe gelegene Dörfchen gefahren, um zu bummeln oder eine Kleinigkeit zu besorgen. Wie Juline aus der Schulbroschüre wusste, durften die Oberstufenschüler ohne Erlaubnis das Schulgelände verlassen. Für Unter- und Mittelstufe gab es feste Tage, an denen sie einen Ausflug machen durften, aber nur nach vorheriger Erlaubnis und immer nur in Gruppen. Auf jeden Fall schien es, als ob sie die Schule im Moment nahezu für sich alleine hätte, was auf der einen Seite gut, auf der anderen Seite ziemlich blöd war, wie sich herausstellen sollte. Denn anstatt sich jetzt ohne eine hetzende Chiara im Nacken umgucken zu können, endlich mal in Ruhe Statuen, Bilder und Skulpturen so lange bestaunen zu können, wie sie wollte, hatte sie sich in den unendlich langen, verwinkelten und verzweigten Fluren und Treppenhäusern verlaufen. Und weit und breit war niemand zu sehen, der ihr den richtigen Weg aus diesem labyrinthartigen Kellergewölbe hätte zeigen können.

Wie spät es wohl sein mochte? Juline zog ihr Handy aus der Hosentasche. Es war das abgelegte von ihrem Vater. Nicht so ein edles Teil wie das von Luisa. Es hatte schon ein paar Schrammen und oben rechts in der Ecke hatte der Bildschirm auch einen kleinen Riss, aber das interessierte Juline nicht. Hauptsache war doch, dass es funktionierte und das tat es ganz hervorragend. 16:35 Uhr. Noch fünfundzwanzig Minuten bis zur Studierzeit. Wenn Juline nur wüsste, in welcher Richtung der Gang lag, der zurück zur Treppe führte.

Plötzlich horchte sie auf. Da hämmerte doch jemand! Und waren das nicht Stimmen? Ohne lange zu zögern, folgte Juline den Geräuschen nach links um eine Ecke und betrat einen breiten, hell erleuchteten Gang. Während ihre Schritte über den Steinboden hallten, betrachtete sie interessiert die unzähligen großen und kleinen gerahmten Fotografien, die vom Boden bis zur Decke die gesamte linke Korridorwand bedeckten. Schüler in Theaterkostümen auf einer Bühne. Darunter stand *Mary Poppins, Theater-AG Sommer 2018* und unter dem nächsten *Der Grinch, Theater-AG Weihnachtsfeier 2018,* dann *Paul Vier und die Schröders, Theater-AG Sommer 2019*. Es folgten noch viele Bilder aus vielen zurückliegenden Jahren. Die Bühne war immer die gleiche, die Schauspieler aber wechselten. Juline stellte sich auf die Zehenspitzen. Ob sie wohl irgendwo ihre Eltern entdecken konnte? Auf einer der gerahmten Glasscheiben flackerte kurz ein gespiegelter Schriftzug auf. Juline drehte sich um und las *Probenraum Theater-AG*. Die Tür daneben stand einen Spaltbreit offen, das Surren von Nähmaschinen, Stimmen und amüsiertes Gelächter waren zu hören. Ab und an schlug ein Hammer einen Nagel irgendwo rein. Neugierig trat Juline einen Schritt näher und linste durch den Spalt. Was sie sah, war ein schmuckloser Raum, in dem sich links eine kleine Bühne befand. Der Theatervorhang, der die Seiten einrahmte, hatte schon bessere Zeiten gesehen. Auf der Bühne stand ein Teil einer altmodischen Straßenkulisse, die noch auf ihre Vollendung wartete. Die Häuser schmiegten sich zum Schutz gegen den aufgeklebten Watteschnee, der schwer auf ihren Dächern zu lasten schien, aneinander.

Überall im Raum nähten, bastelten oder zimmerten Jungen und Mädchen eifrig Kostüme, Requisiten und Möbel. Leise vor sich hin murmelnd liefen einige Schüler durch den Raum, während sie von den Blättern in ihren Händen Texte ablasen und dann versuchten, so viel wie möglich auswendig zu wiederholen.

»Du bist Juline, oder?« Eine Frau tat auf Juline zu. »Immer reinmarschiert. Nur nicht so schüchtern!«, winkte sie Juline mit einem freundlichen Lächeln in den Raum. Ihr Akzent war winzig und trotzdem war Juline sich sicher, dass sie Engländerin war. »Verstärkung können wir immer gebrauchen.« Die junge Frau schob ihre violette

katzenaugenförmige Brille in ihre nachtschwarzen, langen Haare. »Wenn du allerdings auf eine Rolle spekuliert haben solltest ...« Bedauernd hob sie die Schultern. »Da bist du ein bisschen spät dran. Aber ... kannst du vielleicht nähen oder schreinern?«

Juline wollte gerade klarstellen, dass sie nur der Zufall hierhergeführt hatte, als die Lehrerin sich mit der flachen Hand an die Stirn fasste. »Entschuldige, bitte. Ich habe mich ja noch gar nicht vorgestellt. Maggie Fenwick. Ich unterrichte Englisch und Sport und leite die Theater-AG.« Mit der ausgestreckten Hand deutete sie in Richtung Bühne. »Wir proben für Dickens' *A Christmas Carol*. Auf Englisch. Wir sind schon seit dem letzten Schuljahr damit beschäftigt. Und trotzdem hinken wir in allem wahnsinnig hinterher.«

»Miss Fenwick, ich wollte nicht ... also, eigentlich habe ich mich nur verlauf...« Ein schepperndes Rumpeln auf der Bühne schnitt Juline das Wort ab. Zwei Jungs hatten dort gerade eine Leiter vor der Häuserkulisse aufgestellt. Einer von ihnen stieg jetzt die knarrenden Sprossen hinauf. Als sein Kopf ungefähr auf einer Höhe mit den Fenstern im ersten Stock war, reichte ihm der andere ein schmuckloses Holzschild und einen Schraubenzieher an. Mit geübten Griffen montierte der Junge das Schild, versetzte ihm einen sanften Schubs und im nächsten Moment verkündete es quietschend hin- und herschwingend, dass sich in diesem Gebäude die Firma *Scrooge & Marley* befand.

»Gut so?«, fragte der Junge von der Leiter herunter und drehte dabei seinen Kopf in Julines Richtung. Ein kurzes Lächeln huschte über sein Gesicht, bevor sein

Blick an Miss Fenwick hängen blieb. Beinahe hätte Juline der Schlag getroffen. Es war der nette Franzose aus dem Speisesaal.

»Perfekt, Marc-Henri! Danke dir!« Miss Fenwick reckte beide Daumen in die Höhe. »Was wolltest du gerade sagen?«, wandte sie sich wieder an Juline.

»Dass … ich … ehm … gerne … mitmache. Ich kann ganz gut mit der Nähmaschine umgehen!«, stotterte Juline wie unter Hypnose.

»Prima!«, freute sich die Lehrerin und winkte eine ältere Schülerin heran. »Kennt ihr euch schon?«

Das Mädchen, das Miss Fenwick Juline jetzt als Greta aus der zehn und Kostümkoordinatorin vorstellte, schenkte Juline ein kurzes Lächeln, bevor sie hilflos mit einem Nicken auf ein aufgeschlagenes Hochglanzmagazin in ihrer Hand deutete und seufzte: »Miss Fenwick, könnten Sie wohl mal mit Luisa reden.«

»Ach, Greta, ich verstehe gar nicht, warum du dich so sträubst!«

In dem ganzen Gewusel hatte Juline Luisa glatt übersehen. Sie musste wohl mit Greta an dem hinteren Tisch mit den ganzen Schnittmustern und Stoffen gesessen haben. Auf jeden Fall trat sie jetzt aus dieser Richtung zu dem Dreiergrüppchen. Ungeduldig riss sie Greta das Magazin aus der Hand und fuchtelte damit unter der Nase der Lehrerin herum.

»Greta ist derartig spießig. Aber Sie müssen doch wohl zugeben, dass dieses Kleid ideal für mich und meine Rolle wäre!« Mit einem kurzen Seitenblick auf Juline knurrte sie: »Schon das Handy bestellt?« Anstatt auf die Ant-

wort zu warten, schob sie Juline wie einen überflüssigen Sessel zur Seite und drängte sich noch näher an die Lehrerin. Mit dem Zeigefinger tippte sie auf der Zeitschrift herum. Sosehr Juline sich auch bemühte, einen Blick auf das dort abgebildete Foto zu erhaschen, sie sah gar nichts. »So ein irres Kleid bekommt natürlich hier keiner hin«, stellte Luisa herzlos fest. »Das ist aber gar kein Problem. Die Schneiderin meiner Mutter in Paris kann es für mich nähen. Sie hat eh meine Maße. Das Kleid ist aus feinster Seide und mit Perlen und Swarovski-Steinen besetzt.«

»Das ist bestimmt ein wunderschönes Kleid«, setzte Miss Fenwick vorsichtig an. »Wenn man eine Königin oder ein Hollywoodstar ist.«

Luisa nickte zustimmend. »Eben.«

»Das muss doch unglaublich teuer sein, Luisa. Viel zu teuer für eine Schultheateraufführung.«

»Unsinn«, gab Luisa verständnislos zurück. »Außerdem würden meine Eltern unter Garantie gerne dafür aufkommen.«

»Du spielst aber einen Geist und nicht die Schneekönigin!«, mischte sich Greta ein. Luisa überhörte den Einwurf einfach.

»Weißt du, Luisa, für die Erzählerin des Weihnachtsmärchens halte ich dein schlichtes Geist-der-Weihnacht-Kostüm, so wie wir es besprochen hatten, nach wie vor für perfekt«, stimmte die Lehrerin Greta zu.

»Miss Fenwick, nein. Als Geist der Weihnacht muss ich doch schillern und glänzen und alles überstrahlen. Ich muss doch auffallen«, schwärmte Luisa.

»Das tust du auch ohne den ganzen Schnickschnack,

keine Sorge«, entschied Miss Fenwick und nahm der verblüfften Luisa die Zeitung aus der Hand. »Du siehst, Juline, unsere Künstler haben mitunter sehr spezielle Wünsche.« Damit rollte sie das Magazin zusammen und schwenkte es wie eine Fahne durch die Luft. »Schluss für heute, Sweeties! Die Studierzeit wartet.«

Obwohl Chiara noch verbotenerweise in ihrem Bett irgendwelche Serien gestreamt hatte, war Juline quasi in dem Moment eingeschlafen, als ihr müder Kopf das weiche Kissen berührt hatte. So gerade eben hatte sie es noch geschafft, ihrem Vater auf dessen Nachricht – ein Flugzeug, die Flagge von Hongkong, und ein Victoryzeichen – einen Daumen hoch zurückzuschicken. Aber die Mail an ihre beste Freundin Brooke in New York verschob sie gähnend auf morgen. Dann würde sie auch mit Chiara wegen des Tohuwabohu in ihrem Zimmer reden müssen. Denn natürlich hatte die kein bisschen Ordnung in ihr Chaos gebracht.

Der Freitag war an Juline vorbeigerauscht wie ein Düsenjet. Kaum war sie morgens stolz in ihrer nagelneuen Schuluniform zum Frühstück geschritten, war es auch schon wieder Abend geworden. In Jeans, Schlabbershirt und Sneakers saß sie, die Füße auf dem Sofatisch abgestellt, tief eingesunken in dem chilligen Lounge-Sofa mit den vielen Kissen im Aufenthaltsraum der Siebener. Jedes Mal, wenn die Tür leise in ihren Angeln quietschte, schaute sie kurz von ihrem Tablet hoch und war fast enttäuscht, wenn es nicht Luisa war, die da in den Raum trat.

Früher oder später würde sie hier aber unter Garantie auftauchen. Den ganzen Tag war Luisa nicht direkt unfreundlich zu Juline gewesen, aber ziemlich von oben herab, die eingebildete Ziege. Und auch Chiara und die Zwillinge hatten kein Wort mehr als unbedingt nötig mit ihr gewechselt. Schon in der ersten Stunde war Juline die komische Stimmung aufgefallen, die durch das Klassenzimmer der 7a wie ein böser Geist geschlichen war. Und auch jetzt wurde Juline das Gefühl nicht los, dass ihre Mitschüler ihr musternde Blicke zuwarfen und auf etwas zu warten schienen. Genau wie gestern, nachdem sie mit Luisa auf dem Schulflur zusammengeknallt war. Mit jedem Ticken des Uhrzeigers wurde die Luft dicker und dicker. Keine Frage, alle fieberten dem entgegen, was gleich passieren würde, wenn Luisa das Handy von Juline einforderte. So wie Juline die Situation einschätzte, würde keiner der hier Anwesenden auch nur einen Cent auf sie setzen. Alle schienen mit einem triumphalen Luisa-Sieg zu rechnen. Scheinbar wurde es höchste Zeit, dass sich dieser Möchtegern-Königin mal einer in den Weg stellte und ihr die Meinung geigte. Und genau das hatte Juline auch Brooke in ihrer Mail geschrieben, auf die ihre Freundin immer noch nicht geantwortet hatte, wie das Display ihres Tablets auf ihrem Schoss ihr penetrant mitteilte. Posteingang … null.

Als die Tür das nächste Mal quietschte, ahnte Juline sofort, dass es diesmal Luisa mitsamt ihrem Hofstaat war. Warum sonst erstarb plötzlich jedes Gespräch?

»Eigentlich hatte ich ja erwartet, dass du mir ohne Aufforderung mein Handy bringst.« Die Zwillinge in ihrem

Rücken und Chiara an ihrer Seite, hatte Luisa sich vor ihr aufgebaut. Langsam nahm Juline die Füße vom Sofatisch, schaltete das Tablet aus und verschränkte kämpferisch die Arme. Sie hielt dem Blick der Königin stand – die sollte gleich merken, dass sie, Juline Taubert, nicht kleinzukriegen war.

»Du hast aber schon verstanden, was ich dir gestern gesagt habe?«, vergewisserte sich Luisa.

»Klar und deutlich«, gab Juline zurück und tat, als sei sie die Ruhe in Person, während ihr Herzschlag sich mit deutlichen Trommelschlägen bemerkbar machte. »Ganz ehrlich? Ich weiß echt nicht, warum ich dir ein Handy kaufen sollte.«

Irgendwo hinter Julines Rücken zog jemand scharf die Luft ein. Luisa erwiderte nichts. Sie stand einfach nur da. Tief atmend, die Arme vor der Brust verschränkt und durchbohrte Juline mit ihren stahlblauen Augen.

»Nur, damit ich das jetzt richtig verstehe: Du weigerst dich, den Schaden, den du verursacht hast, wieder in Ordnung zu bringen?«, hakte sie dann doch noch mal nach.

»Weil ich keinen Schaden verursacht habe«, antwortete Juline.

Es war wie bei den Indianern. Gerade dass Luisa jetzt nichts mehr erwiderte, sondern Juline mit einem langen, eiskalten Blick bedachte, bevor sie sich ohne Hast zum Gehen wandte, war irgendwie ziemlich gruselig. Zumal alle anderen ehrfürchtig vor ihr und ihrem Gefolge zurückwichen. Das und die erstaunten, verwunderten, sorgenvollen, ja geradezu unheilschwangeren Blicke, mit denen die anderen jetzt Juline musterten, jagten ihr dann doch einen Schauer über den Rücken. Als die Tür hinter Luisa und ihren Freundinnen ins Schloss fiel, war es so still wie auf einem Friedhof. Da bemerkte Juline Emil, der etwas abseits in einer Ecke saß und sie über sein Handy hinweg beobachtete. War das ein Lächeln, das da um seinen Mund aufblitzte?

Langsam wurden die Stimmen wieder lauter. Jemand stellte Musik an, es wurde zaghaft gelacht und Juline konnte sich ganz sicher sein, dass keiner mehr großartig auf sie achtete. Die Show war vorbei. Um irgendwie beschäftigt auszusehen, schaltete sie mit zitternden Fingern ihr Tablet wieder ein. Brookes Antwort war da.

Ganz ehrlich? Die hat doch ne Schramme, diese Luisa.
Ist die aus einer Anstalt entsprungen?
Lass Dir bloß nichts von der gefallen.
Du hast völlig recht. Diese Luisa von und zu und auf und nieder von Waldstett gehört mal richtig ordentlich durch die Null gejagt.
Sie ist in dich gerannt, nicht umgekehrt. Du schuldest ihr gar nichts. Und wenn sie sich zu vornehm ist, um mit einem reparierten Handy herumzulaufen …
Bitte schön, ihr Problem!
Mach nen Haken an deren Mitternachtsparty und warte auf nächsten Freitag.
Es gibt bestimmt richtig nette Mädchen in deiner Klasse. Halt dich einfach an die.

XXX Brooke, die sehr in Eile ist

PS: Stell dir vor, wir haben nächste Woche ein Vortanzen, vor einer Kommission aus Paris. Wenn ich richtig gut performe, dann kann ich vielleicht in Paris an das Ballett-Internat. Mann, das wäre unglaublich!

Mit einem entschiedenen Fingertippen ließ Juline den Bildschirm schwarz werden.

Juline drehte sich auf die andere Seite und zog die Bettdecke bis unters Kinn. Luisa war wirklich die Pest und sie, Juline, hatte absolut richtig gehandelt. Es sollte ihr auch Nullkommanichts ausmachen, wenn sie von der nicht eingeladen würde. Brooke hatte völlig recht. Haken dran und gut ist. Natürlich wusste sie das. Aber es machte sie wütend, dass diese blöde, eingebildete, größenwahnsinnige Luisa ihre Traumvorstellung von ihren ersten Tagen im Internat so gründlich verdorben hatte.

Chiaras Laptop tauchte die Wand hinter ihrem Bett in eisblaues Licht. Seitdem Juline aus dem Aufenthaltsraum zurückgekommen war, lag ihre Zimmernachbarin in einem pastellrosa Schlafanzug auf ihrem Bett und streamte Serien. Sie hatte nur kurz vom Bildschirm aufgeschaut und Juline ein gelangweiltes »Hi!« entgegengemurmelt. Juline ließ ihre Augen über das Schattenreich aus Klamottenbergen wandern, das Chiara natürlich immer noch nicht beseitigt hatte. Irgendwie hatte sie das schon vorher gewusst.

»Dann schlaf mal gut!«, raunte Chiara und schaltete ihren Laptop aus. Wenigstens schien sie diese ganze Luisa-Handy-Affäre relativ gelassen zu sehen.

Juline warf sich auf den Rücken und atmete erleichtert aus.

»Nun komm schon!« Im Licht der Parklaterne kniete Chiara vor ihrem Bett und zerrte irgendetwas Raschelndes darunter hervor.

»Sorry, ich muss noch mal kurz das Licht anschalten.«

Bis zum Po krabbelte Chiara unter ihr Bett, um wenig später mit einer dicken Orange wieder darunter aufzutauchen. Wie eine Trophäe reckte sie die orangefarbene Frucht in die Höhe und erklärte in Richtung Juline: »Ich bin für das Obst zuständig. Du weißt schon ... für den Schokobrunnen.«

Sie griff nach der Papiertüte, in der die Orange schon verschwunden war und sprang auf die Füße. »Es wird bestimmt mega. Luisa hat die ganze Klasse eingeladen. Im Sommer schleichen wir uns immer an den See. Gehen im Mondschein schwimmen und essen, bis uns der Bauch platzt. Dafür ist es jetzt natürlich schon viel zu kalt. Deshalb machen wir es uns im Aufenthaltsraum so richtig gemütlich.« Chiara plapperte und plapperte. Alle würden zu Luisas Mitternachtsparty gehen. Alle.

Chiara schlüpfte in ihren flauschigen Bademantel mit dem Wappen von *Haus Sonnenbühl* auf der rechten Brust. »Dir ist schon klar, dass ich dich unmöglich mitnehmen kann? Ich meine Luisa ... puh, die ist echt voll stinkig auf dich. An deiner Stelle würde ich ihr aus dem Weg gehen. Ich kenne sie und ich kann dir sagen: Luisa ist wie ein Elefant – die vergisst nichts. Hättest du mal einfach auf mich gehört.«

»Nicht unsere Freunde, sondern unsere Feinde, zeichnen uns aus«, zitierte Juline, ohne zu wissen, wo sie diesen Spruch mal gehört hatte. Oder hatte sie den gerade selbst kreiert? Gelassen zuckte sie die Schultern und trällerte möglichst fröhlich: »Viel Spaß!«

Auf dem Flur näherte sich Fußgetrappel, das genau vor ihrer Zimmertür stoppte. Mehrere Mädchenstimmen tuschelten und kicherten durcheinander. Es klopfte leise.

»Ich muss los. Wenn dir langweilig werden sollte, kannst du ja ein bisschen aufräumen. Hier sieht es echt mittlerweile aus wie in einem Schweinestall!« Für einen kurzen Moment fiel der schwache Lichtstrahl der Nachtbeleuchtung vom Flur in das dunkle Zimmer. Dann schloss sich die Tür und die Schritte eilten davon.

Kapitel 6

Am Samstagmorgen strahlte die Sonne fröhlich über dem See und den Berggipfeln. Luisa und Chiara waren noch vor dem Frühstück von einer schwarzen Limousine mit Chauffeur abgeholt worden und damit zu einem Sonderurlaub mit Luisas Eltern entschwunden. Ein Kurztrip nach Mailand wie an den Siebenertischen beim Frühstück gemunkelt wurde. Und wenn sie auf den Mond geflogen wären, es wäre Juline egal gewesen. Dass ihr Luisa zwei Tage lang nicht über den Weg laufen konnte, war die beste Nachricht, die es geben konnte.

Außerdem hatte sie noch in der Nacht einen Entschluss gefasst. Brooke hatte nämlich völlig recht. Es gab nette Mädchen in ihrer Klasse. Hannah zum Beispiel. Und mit der würde sie sich anfreunden.

Fast den ganzen Samstag brauchte Juline, um in ihrem Zimmer Ordnung zu schaffen. Chiaras Klamotten häufte sie auf deren Bett auf. Es störte sie nicht, dass ihr eigener Schrank immer noch zur Hälfte mit Chiaras Garderobe ausgefüllt war, sie hängte ihre einfach dazu. Hauptsache, es lag nichts mehr rum und sie musste nicht länger aus dem Koffer leben. Parfums, Make-up und Schminkpinsel wanderten von ihrem Schreibtisch auf Chiaras und nachdem sie überall Staub gewischt hatte, reihte sie ihre Schulbücher auf dem schmalen Regalbrett über ihrem Schreibtisch auf, beschriftete ihre Hefte, schrieb ihren Stundenplan ordentlich ab und heftete ihn an die Wand. Dann lieh sie sich bei der Hausmutter zwei kleine Blumenvasen für die Blumen, die sie vorher im Park gepflückt hatte. Eine Vase stellte sie auf ihren Nachttisch, die andere, mit ein wenig Zögern, auf Chiaras. Sie betrachtete ihr Werk. So, jetzt konnte die neue Woche kommen!

Den Rest des Wochenendes schlenderte Juline entweder durch die herbstliche Parkanlage oder lag bäuchlings auf ihrem Bett, die Nase tief in das zerlesene Buch gesteckt, das sie sich bei dem mürrischen Bibliothekar ausgeliehen hatte. *Stolz und Vorurteil.* Hannah hatte ganz recht, das Buch war großartig. Gleich am Montag würde sie Hannah um noch mehr Buchtipps bitten und ihr sagen, wie romantisch sie diese Liebesgeschichte fand.

»Mon animal préféré à moi, c'est *Passion*, sans hésiter!« Stolz schwang in Chiaras Stimme mit, als sie die Frage des hageren Französischlehrers Monsieur Bertrand nach ihrem Lieblingstier beantwortete. Es war Montag. Kurz vor dem Mittagessen und Juline war im siebten Himmel. Ach, Französisch!

»Natürlich ist *Passion* nicht irgendein Pferd. Sein Vater ist *Tassilo* und seine Mutter *Nofretete.*« Beifall heischend guckte Chiara sich im Klassenzimmer um, ganz so als ob diese Namen jedem etwas sagen müssten. Juline eindeutig nicht, aber einige andere, inklusive Emil, machten große Augen oder nickten anerkennend.

»Et toi Emil, est-ce que tu as aussi un animal préféré?«, fragte der Französischlehrer.

Erschrocken zuckte Emil zusammen. »Moi? Euh… ouais … c'est *Tristan*, le cheval que j'ai le droit de monter.«

»Wie jetzt? Das Pferd, das du reiten darfst? Der Gaul gehört dir gar nicht?«, entsetzt starrte Melli-Nelli Emil an. Der schüttelte den Kopf und fuhr schnell fort: »Und dann natürlich der Hund meiner Großmutter. Ein Münsterländer. Er heißt *Mr Holmes*, weil er ein großartiger Fährtensucher ist.«

Monsieur Bertrand nickte. »Et pour toi Juline, notre nouvelle élève?«

Juline antwortete in bestem Französisch, dass sie leider niemals ein Haustier hatten, wegen der vielen Umzüge. Sie überlegte kurz. »C'est Ferdinand, lui je l'adore!« Sie bekam ein ganz warmes Gefühl, wenn sie an das kleine Minischweinchen Ferdinand dachte.

»Ferdinand?«, fragte Monsieur Bertrand mit hochgezogener Augenbraue. »Qui est-ce?«

»Also, in dem Haus in Berlin, in dem wir wohnen, da haben wir einen Nachbarn im vierten Stock. Er ist, glaube ich, Künstler. Und dem gehört *Ferdinand*, so ein süßes, kleines Minischweinchen. Un porc miniature.«

»Ein Minischweinchen?«, fragte Hannah verwundert nach.

»Voll süß!«, bestätigte Juline mit vor Begeisterung strahlenden Augen. Luisa lachte boshaft auf, um dann ein ganz bestimmt nicht ernst gemeintes »Excusez-moi!« zu hauchen und sich die Hand auf den Mund zu legen, ganz so, als ob sie ihr Lachen dahinter verbergen wollte. In Wahrheit betonte sie es aber damit nur. Und das war volle Absicht. Julines Kopf wirbelte herum. Wo kam denn plötzlich das Geoinke her? Von Emil. Er oinkte wie ein Schweinchen und linste dabei vergewissernd zu Luisa rüber. Die nickte beifällig und schüttete sich hinter vorgehaltener Hand aus vor Lachen. Luisas Getue spornte Emil erst richtig an. Er oinkte und oinkte, bis auch der Rest der Klasse prustete vor Lachen.

»Findet ihr nicht auch, dass es hier ziemlich übel …?« Anstatt den Satz zu Ende zu sprechen, hielt Melli-Nelli sich demonstrativ die Nase zu.

»Schweine sind sehr schlaue Tiere!« Juline hatte nicht vor, sich aus der Fassung bringen zu lassen. Sie warf Chiara, die sich zu ihr vorgebeugt hatte und mit angeekeltem Gesichtsausdruck an ihr rauf- und runterschnüffelte, einen eisigen Blick zu.

»… stinkt?«, vollendete Chiara jetzt Melli-Nellis Satz und nickte mit krausgezogener Nase auf Juline.

Das Klassenzimmer tobte. Juline spürte, wie die Wut ihr Blut zum Kochen brachte.

»Arrêtez!«, befahl Monsieur Bertrand in den dröhnenden Schulgong hinein. »Devoirs. Hausaufgaben. Jeder von euch schreibt mir einen Aufsatz über sein schönstes Erlebnis mit seinem Lieblingstier. Das kann wirklich erlebt oder frei erfunden sein. En français!«

Wutschnaubend stopfte Juline Französischbuch, Heft und Federmappe in ihren Schulrucksack. Doch als sie sich gerade an Luisa vorbeischieben wollte, verfing sich doch dieser dämliche Tragegurt ihres Rucksacks an Luisas Stuhllehne. Als wäre das noch nicht genug Pech, purzelte jetzt auch noch Julines Federmäppchen auf den Boden. Leise fluchend bückte sie sich danach. »Echt jetzt?« Herablassender hätte Luisa diese zwei Worte nicht ausstoßen können. Mit verschränkten Armen und umringt von Chiara, Melli und Nelli stand sie vor Juline und blickte mit verächtlicher Miene auf sie herab. Langsam richtete Juline sich auf.

»Ein Schwein?«, ergänzte Melli-Nelli und kicherte wieder los.

»Ganz recht, ein Schwein!«, nickte Juline mühsam beherrscht.

»Wie niedlich!« Luisa guckte Juline direkt in die Augen, während sie leise zu oinken anfing. Wie ein Fels in der Brandung wich Juline nicht einen Schritt zurück, schlug nicht einmal die Augen nieder. Sie war kurz davor zu explodieren. Jetzt fielen auch noch Melli und Nelli in das Geoinke ein. Chiara bog sich vor Lachen und zog dabei knatternd die Luft durch die Nase, sodass es sich anhörte wie das Grunzen eines ausgewachsenen Ebers. Juline spürte, wie ihr die Zornesröte ins Gesicht stieg.

»Hey, guckt mal, das Schweinemädchen mutiert«, gackerte Melli-Nelli. Sie presste sich die linke Hand auf den Bauch und zeigte mit der rechten auf Juline. »Sie ist schon ganz rosa. Genauso wie ihre Artgenossen.«

Lachend warf Luisa den Kopf in den Nacken. Als sei das ein geheimes Zeichen für ihre Freundinnen, grölten die jetzt richtig los.

»Ihr haltet euch für ganz toll, nicht wahr!«, stieß Juline heftig hervor, schob Luisa zur Seite und stürmte aus dem Klassenzimmer, vorbei an Emil, der mit tief gesenktem Kopf seinen Rucksack packte und scheinbar gar nicht mitbekam, was er mit seinem Geoinke losgetreten hatte.

Als wäre das Kartoffelpüree auf ihrem Teller ihr persönlicher Feind, stocherte Juline mit ihrer Gabel darin herum. Sie hatte das Gefühl, ungerecht behandelt worden zu sein. Wut und Zorn ließen das Blut durch ihre Ohren rauschen wie die Niagarafälle, sodass der Speisesaal und alles um sie herum im Nichts versanken.

»Erde an Juline!«

Jemand tippte ihr auf die Schulter.

»Was?«, schnauzte Juline und drehte sich zu dem Störenfried hinter ihrem Rücken um. Augenblicklich bereute sie ihren Ton, denn es war Hannah, die da mit einem versöhnlichen Grinsen hinter ihr stand und fragend auf den freien Stuhl neben Juline nickte.

»Setz dich!«

»Luisa ist ein echtes Aas«, legte Hannah ohne große Einleitung los, schob ihr Tablett auf den Tisch und ließ sich auf dem Stuhl nieder. »Glaube mir! Ich weiß, wovon ich rede. Immerhin habe ich seit dem neuen Schuljahr die fragwürdige Ehre mein Zimmer mit ihr zu teilen.«

»Mein allerherzlichstes Beileid!«, knurrte Juline.

»Man gewöhnt sich an alles!«, nickte Hannah und ließ ihren Blick durch den immer voller werdenden Speisesaal huschen. »Trotzdem. Höchststrafe, ich sage es dir. Ich glaube, ich werde nie wieder etwas riechen können. Du machst dir ja keine Vorstellung davon, wie viele Tonnen Parfum die sich morgens, mittags und abends aufsprüht. Bah!«

Juline musste gegen ihren Willen kichern.

»Wir haben eine friedliche Form des Zusammenlebens gefunden. Ich ignoriere sie. Sie ignoriert mich. Und das ist auch gut so.« Hannah machte eine Pause, reckte den Hals und guckte nervös zu dem noch verwaisten Stammplatz der Schickimickis rüber. »Dir kann ich nur eins raten: Besorg ihr dieses verfluchte Handy. Versteh mich jetzt nicht falsch. Dein Auftritt im Aufenthaltsraum war echt abgefahren. Ich meine ... puh ... das hat sich, glaube ich, noch niemand getraut. Blöd ist nur, dass du sie dir damit zum absoluten Feind gemacht hast. Ich weiß nicht, ob sie im jetzigen Stadium überhaupt noch eine Entschuldigung von dir annehmen würde, aber einen Versuch wäre es echt wert. Anderenfalls wirst du nämlich deines Lebens nicht mehr froh werden. Glaube mir!«

»Wie meinst du das?«, fragte Juline irritiert.

»Na ja, sie wird dir das Leben zur Hölle machen. Das eben war nur eine kleine Kostprobe von dem, was Luisa mit den Leuten macht, die sie auf dem Kieker hat. Dieses Handy ist ihr Leben! Von früh bis spät postet sie sich die Finger auf *mylife* wund. Irgendeinen Schwachsinn über ihr Luxusleben, Schminke, teure Klamotten, Schmuck, Partys, ihre Wahnsinnsreisen. Ich kann zwar nicht verstehen, wie man sich für den ganzen Blödsinn interessieren kann, aber sie hat zig Follower und täglich werden es mehr. Dafür lebt sie. Ohne ihr Handy gibt es Luisa nicht.

Verstehst Du? Und dann hast du dich auch noch ihrem Befehl widersetzt.« Hannah schüttelte bedauernd den Kopf. »Ganz schlecht!«

»Moment mal!« Julines Gabel landete in der Nürnberger-Würstchen-Soße. »Ich soll klein beigeben, obwohl sie im Unrecht ist?«

Bedauernd hob Hannah die Schultern. »Unbefriedigend, ich weiß. Aber zielführend.«

Zu Julines großem Erstaunen stand Hannah plötzlich auf, schob den Stuhl an den Tisch zurück und griff nach ihrem Tablett.

»Das ist jetzt echt nicht böse gemeint«, raunte Hannah ihr eilig zu, dabei nickte sie auf eine Gruppe von vier Mädchen. Luisa, Chiara, Melli und Nelli. Mit festen Schritten hielten sie auf ihren Stammplatz zu. »Aber wenn Luisa mich in deiner Nähe erwischt, setzt sie mich auch auf ihre Abschussliste. Und das hilft keinem von uns beiden, glaube mir.«

»Aber ... Hannah!« Ungläubig schaute Juline Hannah hinterher, wie sie sich wie ein Schatten zu dem nächstbesten Tisch davonstahl. Kaum saß sie, landete auch schon ein Buch neben ihrem Tablett.

»Einen schönen, guten Nachmittag, meine Lieben!«, dröhnte eine tiefe, gemütliche Bassstimme durch den Musiksaal. Das musste Herr Bach sein, der Musiklehrer. Peter, nicht Johann Sebastian, der berühmte Komponist. Wie ihr Vater unter leisem Gekicher den Dauerwitz des Lehrers immer zitiert hatte. Schon Julines Eltern hatten bei Herrn Bach Unterricht gehabt. Er war wohl ein absolut großartiger Lehrer, witzig, schrecklich lieb, aber auch ziemlich verpeilt.

Knallend fiel die Tür ins Schloss. Neugierig musterte Juline ihren Musiklehrer. Herr Bach sah genauso aus, wie ihre Eltern ihn beschrieben hatten. Allerdings war sein kinnlanges Haar nicht mehr schwarz, sondern mittlerweile weiß wie Schnee, aber er trug es immer noch in dicken Wellen streng nach hinten gekämmt. Über seinem runden Bauch spannte sich eine knielange schwarze Jacke, unter deren Kragen ein weißes Tuch hervorlugte. Es war offensichtlich. Auch wenn ihr Lehrer eben nicht der berühmte Komponist war, sondern sich mit ihm nur den Nachnamen und die Liebe zur Musik teilte, hatte er sich doch sehr bemüht, wenigstens ein bisschen wie er auszusehen. Genau das hatten Julies Eltern von ihm als Allererstes berichtet.

»Juline Taubert?«

Juline erstarrte. Verfluchter Mist! Was kam denn jetzt?

»Wo hast du dich denn versteckt?«

Juline reckte auf ihrem Platz am Rand der dritten Reihe die Hand in die Luft. Gefühlt der ganze Musiksaal richtete seinen Blick auf sie. »Ich bin hier!«

»Ah, da bist du ja! Es ist mir eine Ehre, dich kennenzulernen, liebe, liebe Juline!« Herr Bach legte seine rechte Hand auf die linke Brust und deutete eine leichte Verbeugung an. Ein verständnisloses Raunen ging durch die Reihen. Irgendjemand zischte: »Was geht denn hier ab?«

Bitte, bitte nicht, flehte Juline in sich hinein. Nicht heute. Nicht jetzt.

»Mein Name ist Bach …«, stellte sich ihr Musiklehrer

vor. Und im nächsten Moment brüllte die ganze Klasse lachend im Chor. »Nicht Johann Sebastian, sondern Peter!«

Herr Bach lächelte zustimmend. »Genau, meine Lieben. Ihr sagt es!« An Juline gewandt fuhr er fort: »Ich brenne ja schon seit Monaten darauf, endlich deine Bekanntschaft zu machen! Das Pech hat dich aber auch wirklich verfolgt. Erst eine hartnäckige Erkältung und dann die Lungenentzündung, wie ich von Herrn Leonard höre.«

Das Lachen erstarb. Juline fielen die verwunderten Blicke auf, die plötzlich gewechselt wurden.

»Fehlt Ihnen etwa ein Schwein?«

Julines Kopf schoss zu Luisa herum, die in der Reihe unter ihr einige Plätze versetzt in Richtung Mitte saß und bemerkte zu spät, dass Luisa genau diese Reaktion mit ihren gewisperten Worten hatte hervorrufen wollen. Denn sie empfing Julines Blick mit einem dreisten Grinsen. »Berechtigte Frage, oder?«, raunte sie ihr zu.

Es wurde gekichert. Alles, was Juline für den Moment tun konnte, war Luisa eine genervte Grimasse zu schneiden und sich wieder zu ihrem Lehrer herumzudrehen. Der hatte von Luisas Einwurf nichts mitbekommen, weil er in tiefe, tiefe Nachdenklichkeit versunken war. Bedächtig tippte er die Fingerspitzen seiner gefalteten Hände gegen sein Kinn. Die ganze Klasse fuhr erschrocken zusammen, als er plötzlich rief: »Deine Eltern, Juline!«

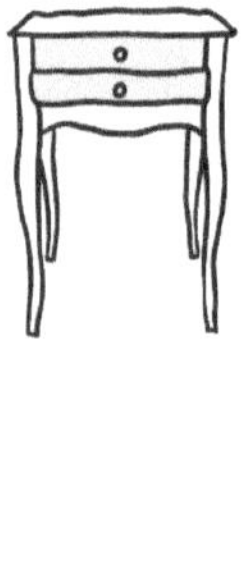

Mit geschlossenen Augen schüttelte er den Kopf. »Was für außergewöhnliche Talente sie sind!« Er riss die Augen weit auf. »Es war mir eine so große Ehre, sie unterrichten zu dürfen. Deine Mutter … eine Göttin auf dem Cello und dein Vater … ein Virtuose auf der Geige.«

»Uuuh! Wie toll!«, zischte Luisa da boshaft und verdrehte die Augen.

»Du bist ja nur neidisch, weil du noch nicht mal auf der Flöte einen geraden Ton herausbekommst!«, stichelte Chiara und fing sich dafür einen ziemlich sauren Blick ein.

»Und was für eine Karriere sie gemacht haben!«, schwärmte Herr Bach verträumt weiter. »Sie haben in den besten Orchestern der Welt gespielt. Und du warst immer mit von der Partie. Kein Wunder, dass aus dir auch so ein großes Talent geworden ist. Und wo sind deine Eltern heute? Auf Welttournee mit den berühmten Berliner Philharmonikern!«

Einige raunten anerkennend und Juline spürte, wie sie rot wurde vor Verlegenheit. Ja, sie war schon auch stolz auf ihre Eltern. Aber musste dieser Bach das hier so ausbreiten?

Und natürlich kam dann auch prompt der erste ätzende Kommentar – selbstverständlich von Luisa: »Wie gestern ist das denn? Die Berliner Philharmoniker!« Sie warf Juline einen hochmütigen Blick zu. »Fände mein Vater die gut, würde er sie sich kaufen.«

Leider war Herr Bach mit seinem Lobgesang noch lange nicht am Ende.

»Deine Eltern sind ein hervorragendes Beispiel für die Wichtigkeit von Stipendien«, stieß er hervor.

Aus den Augenwinkeln bemerkte Juline, wie Luisa sich

aufmerksam aufrichtete. Dabei zuckte ein Lächeln um ihren Mund.

»Auch Kinder aus Familien, bei denen das Geld nicht vom Himmel regnet, verdienen eine gute Förderung. Und weil die Schulleitung von *Haus Sonnenbühl* schon vor vielen, vielen, vielen Jahren ihre soziale Verantwortung erkannt hat, konnten deine Eltern von unserem großzügigen Schulstipendium profitieren – und haben gezeigt, wie wichtig so etwas ist.« Wieder schüttelte Herr Bach den Kopf.

»Bei den ganzen Preisen, die du mit der Geige schon abgeräumt hast, müssen deine Eltern unglaublich stolz auf dich sein.« Nickend schaute er sich im Musiksaal um. »Ja, ihr habt hier eine vielfach ausgezeichnete Geigenvirtuosin vor euch! Das ist etwas ganz Besonderes. Und deshalb war es auch überhaupt keine Frage ...«

»Na ja, Geige spielende Schweine sind in der Tat selten –«, setzte Melli-Nelli an, wurde aber von Luisa mit einem ungeduldigen »Psscht!« zum Schweigen gebracht.

»... dass unsere Schule die liebe Juline auch mit Kusshand als Stipendiatin aufgenommen hat«, schloss Herr Bach seine Rede.

Irgendjemand zog scharf die Luft ein. Das Getuschel, das die ganze Zeit leise durch den Saal geschwirrt war, schwoll in Julines Ohren plötzlich zu einem Orkan an.

Der ausgestreckte Zeigefinger des Musiklehrers schoss in Julines Richtung. »Gleich nach unserem Unterricht erwarte ich dich mit deiner Geige zu unserer ersten Stunde. Hier an Ort und Stelle. Ich bin schon sehr gespannt. Sehr gespannt!«

Er schritt auf den schwarzen Flügel zu, strich seine lange Jacke glatt, bevor er sich setzte, und schlug ein paar sanfte Töne an. »Tschaikowsky, meine Lieben! Einer der ganz großen russischen Komponisten. Peter Tschaikowsky.«

Juline schob sich durch ihre Mitschüler auf den Flur hinaus. Mit Musik war auch die letzte Schulstunde des Tages geschafft und aus allen Klassenzimmern strömten die schnatternden Schüler ihrem Nachmittag entgegen. »Nicht zu fassen, diese Juline, oder?«, drang da die schneidende Stimme von Luisa an Julines Ohr. »Ich meine, sie wird von unseren Eltern mitfinanziert! Ratet mal, warum diese Schule so wahnsinnig teuer ist?« Ihre Stimme wurde jetzt extralaut und Juline spürte hinter sich Luisa mit ihrem Hofstaat näher kommen. »Natürlich weil unsere Eltern für irgendwelche Stipendiaten mitbezahlen. Und was macht diese Schmarotzerin Juline? Aus purer Dankbarkeit schrottet sie mein Handy und will noch nicht mal dafür geradestehen.«

Jetzt tat Luisa so, als hätte sie Juline erst entdeckt.

»Wenn man vom Teufel redet!« Sie überholte Juline und baute sich vor ihr auf, während sich Chiara, Melli und Nelli wie eine Wand hinter ihr postierten.

»Oh, mein Gott, Juline! Warum hast du denn nichts gesagt?«, tat Luisa betroffen.

Verwirrt starrte Juline sie an. »Was hätte ich denn sagen sollen?«

»Na, dass deine Familie auf das Geld anderer Leute angewiesen ist, natürlich.«

Ungläubig zog Juline die Augenbrauen zusammen.

»Hätte ich das von Anfang an gewusst, hätte ich doch nie im Leben von dir ein neues Handy verlangt. Meine Schuld! Ich dachte eben, du wärst eine von uns. Dabei hätte es mir sofort auffallen müssen. Ich meine, deine Klamotten, oh, mein Gott … die sprechen ja wirklich Bände.« Gespielt mitleidig setzte Luisa noch hinzu. »Deine Eltern sind Musiker? Jetzt wundert mich nichts mehr! Meine Mutter veranstaltet ab und an Musikabende in unserer Villa. Dafür engagiert sie Orchestermusiker. Die verdienen so gut wie nichts, sagt sie immer.«

»Du hast wohl einen Vollknall!« Jetzt explodierte Juline. »Meine Eltern sind angesehene Musiker, sonst wären sie wohl kaum Mitglieder der Berliner Philharmoniker«, brüllte Juline, jedes Wort betonend. »Aber ich glaube, du bist einfach zu dämlich, um zu verstehen, was das bedeutet! Du oberflächliche Luxustusse!«

»Gott, was bist du prollig! Aber was will man von Schmarotzern wie dir auch anderes erwarten?«, schnaubte Luisa verächtlich, während sie ganz nebenbei ein Handy aus ihrem Schulrucksack fischte. Es sah aus wie ihr altes, nur ohne das Spinnwebmuster auf dem Display. Also, musste es wohl ein neues sein. »Jedenfalls bin ich sehr glücklich darüber, dass ich kein Stipendium für diese Schule benötige, genauso wenig wie ich eine Bank überfallen muss, um mir so ein Ding hier leisten zu können. Ich habe es mir am Wochenende in Mailand geholt.«

»Schön für dich!«, gab Juline zurück.

»Was ich damit sagen will ist: Du passt nicht hierher,

Juline!«, verkündete Luisa für jeden im Umkreis gut hörbar ihr Urteil. »Verstehst du? Leute, die auf ein Sti-pen-di-um, also Spenden anderer Leute, angewiesen sind, gehören einfach nicht auf diese Schule. Warum gehst du nicht auf eine für Leute wie dich? Nur ein gut gemeinter Ratschlag. Hier wirst du ganz bestimmt nicht glücklich!«

Sprachlos und mit vor Wut bebenden Lippen sah Juline dabei zu, wie Luisa ihren Freundinnen winkte und alle vier vergnügt die Treppe hinunterhüpften. Luisa war eine derartige Giftspritze! Trotzig richtete sich Juline zur ihrer vollen Größe auf, warf die Haare zurück und straffte entschlossen die Schultern. Ob sie hierhergehörte oder nicht, hatte Luisa ganz bestimmt nicht zu entscheiden. Auch wenn sie sich so aufspielte, gehörte ihr *Haus Sonnenbühl* schließlich nicht. Ja, Juline hatte ein Stipendium und sie war zu Recht verdammt stolz darauf, das bekam man nämlich nicht geschenkt! Und wenn Luisa sich auf den Kopf stellte: Juline gehörte hierher und sie war fest entschlossen, das Internat ihrer Träume nicht kampflos aufzugeben.

Der Unterricht war zwar für heute beendet, aber das bedeutete noch lange nicht, dass die Hänseleien damit auch ein Ende gehabt hätten, wie Juline nach ihrer Geigenstunde bei Herrn Bach feststellen musste. Ob auf den Schulfluren, im Studierzimmer bei den Hausaufgaben oder beim Abendessen im Speisesaal, gefühlt überall war da dieses verstohlene Getuschel, das augenblicklich erstarb, sobald Juline näher kam. Und trotzdem schwebten die Worte »Stipendium« oder »Schmarotzer« wie rabenschwarze Luftballons immer noch in der Luft. Und dann waren da natürlich noch die Zwillinge. Sollte Juline das Pech haben, ihnen in die Arme zu laufen, grunzte mindestens eine von ihnen los, während die andere lächelnd fragte: »Hallo, Schweinemädchen, heute schon gegrunzt?« Auf einen Lachanfall folgte dann ein wahres Grunzkonzert. Klar, die hirnlosen Dienerinnen erfüllten wahrscheinlich nur den Auftrag ihrer Königin. Juline tat ihr Bestes, um all das zu ignorieren und hoffte, dass diese Stänkerer bald das Interesse an ihr verlieren würden. Aber es wurmte sie schon massiv, dass keiner der anderen Mitschüler es wagte, sich gegen Luisas Urteilsspruch aufzulehnen und ihr beiseitezustehen. Die Lehrer bekamen auch nichts mit, denn Luisa und ihre Schickimicki-Freunde waren schlau genug, ihre Fiesheiten nur dann zu versprühen, wenn kein Erwachsener in der Nähe war. Juline schwor sich, stark zu bleiben, sich nichts anmerken zu lassen. Sie würde sich diese tolle Schule nicht vermiesen lassen. Erst am Abend im Bett, als dieser schreckliche Tag endlich vorüber war und Chiara die Kopfhörer aufgezogen hatte, um mal wieder irgendeine Serie zu gucken, da liefen stumme Tränen über Julines Wangen und versickerten lautlos in ihrem Kissen.

Kapitel 7

Leider wurden die Gemeinheiten in den nächsten Tagen eher mehr anstatt weniger. In der Biostunde gab es zuerst eine sehr lustige Schlacht mit feuchten Papierkügelchen, die sich die Jungen gegen die Mädchen lieferten. Juline vergaß fast ihre Fehde mit Luisa, während sie Seite an Seite mit ihr gegen die Jungs kämpfte. Doch als Emil dann dazu überging, tintengetränkte Kügelchen in die Menge zu schleudern, wechselte Luisa lieber die Seiten und ohne dass jemand hinterher sagen konnte, wie das vor sich gegangen war, war plötzlich Juline ganz allein die Zielscheibe einer wilden Klassenhorde.

Und dann war da die gemeine Sache mit dem versalzenen Kakao. Gierig hatte Juline ihn getrunken und erst zu spät bemerkt, dass etwas mit ihm nicht stimmte. Im hohen Bogen hatte sie das widerwärtige Zeug wieder ausgespuckt und für die Sauerei auf dem Speisesaalboden ganz schönen Ärger kassiert. Sie würde wohl nie erfahren, wer den Zuckerstreuer auf ihrem Tisch mit Salz gefüllt hatte. Es hätte jeder gewesen sein können. Dafür wusste sie aber sehr genau, wer ihr die Coladose gereicht hatte.

Das war Emil gewesen. Vorher musste er sie kräftig geschüttelt haben, denn als Juline sie öffnete, regnete ein brauner Sprühregen auf sie herab, verklebte ihr die Haare und durchnässte ihren Schulpulli derart, dass sie sich erst mal umziehen musste und natürlich zu spät zur Mathestunde kam. Juline war nicht humorlos. Aber Streiche, die witzig hätten sein können, waren es nicht, wenn man keinen hatte, mit dem man hinterher über seinen Schlamassel oder sein eigenes blödes Gesicht lachen konnte. Das merkte Juline schnell.

Und witzig war es auch nicht, wenn man die Info bekam, dass der Geschi-Test ausfiele – und das dann gar nicht der Fall war. Natürlich war es Julines eigene Blödheit gewesen, das zu glauben und kein Stück dafür zu lernen, sondern lieber weiter an den Kostümen für das Weihnachtsstück zu arbeiten. Zusammen mit einer Freundin hätte man hinterher darüber gelacht oder sich gegenseitig getröstet. Als Einzige auf den Leim gegangen zu sein, fühlte sich dagegen richtig mies an. Für ihr nahezu leeres Blatt in Geschichte hatte Juline eine satte Fünf und einen verwunderten Blick von Herrn Leonard geerntet. Und nicht nur das. Neugierig hatte Melli-Nelli in der Fünf-Minuten-Pause Julines Test an sich gerissen und durch die Luft geschwenkt wie eine Fahne. Dabei hatte sie lauthals gerufen: »Nimm es nicht so schwer! Als Schweinehirt braucht man ja kein Abitur.«

Juline wusste, dass sich auf keinen Fall die ganze Klasse gegen sie verschworen haben konnte, aber manchmal fühlte es sich genauso an. Sie konnte immer noch nicht glauben, dass Hannah oder die lustige Felippa so sehr vor Luisa kuschten, dass sie Juline nicht aus der Patsche halfen. Komischerweise mischte sich nämlich niemand ein, witterte anscheinend niemand von den netteren Mitschülern, wie gemein Juline behandelt wurde. Und sich jemandem anvertrauen? Nein, das wollte sie nicht, sie war ja keine Heulsuse. So weit kam es noch – sie würde schon selbst mit diesen Arrogantlingen, an deren Meinung ihr Nullkommanichts lag, fertigwerden.

An einem Nachmittag beobachtete Juline von ihrem Platz am Nähtisch aus, wie Luisa auf der Bühne der Theater-AG herumsprang und in ihre Handykamera strahlte, ein Selfie nach dem anderen schoss und sich schließlich auf der Bühnenkante niederließ. In dem Moment fasste Juline einen Entschluss. Immer und immer wieder hatte sie sich in den letzten Tagen den Kopf darüber zerbrochen, was sie tun konnte, und immer wieder war sie nur auf die eine Antwort gekommen. Reden – und zwar mit Luisa. Mit klammem Herzen schaltete sie die Nähmaschine aus, legte Luisas Geist-der-Weihnacht-Kostüm, an dem sie gearbeitet hatte, achtsam auf dem Tisch zusammen, schob ihren Stuhl zurück und schritt auf die Bühne zu.

»Luisa, ich muss mit dir reden.«

»Bin beschäftigt.« Luisa guckte nicht mal von ihrem Handy hoch, sondern postete ungerührt ihre Fotos auf *mylife*.

»Bitte!«

Gelangweilt ließ Luisa das Handy sinken. »Mach aber schnell.«

»Ok. Ich möchte dir einen Vorschlag machen …«

»Bin ganz Ohr!«

»Ich gehe euch so weit wie möglich aus dem Weg und dafür lasst ihr mich in Ruhe!«

Luisa stieß ein gekünsteltes Lachen aus. »Bedauere. Doch leider wird das nicht funktionieren, denn ich muss ja trotzdem deinen Anblick im Unterricht etc. etc. ertragen. Nein, Juline, das alles hört erst dann auf, wenn du hier verschwunden bist.« Damit stieß Luisa sich vom Bühnenrand ab und ließ Juline einfach so stehen.

Was für ein Tyrann, musste Juline denken, als sie die Nähmaschine wieder anschaltete. Wenn Reden nicht mehr half, was konnte dann noch helfen?

Schon letzte Woche hatte sie ihre Eltern per Videochat in Tokio angerufen, weil sie unbedingt jemanden zum Reden gebraucht hatte. Dafür hatte sie sich extra mitten in der Nacht in den Aufenthaltsraum geschlichen. Doch dann hatte ihre Mutter so begeistert von der Tournee erzählt, dass Juline es einfach nicht über das Herz gebracht hatte, ihr den wahren Grund ihres Anrufs zu verraten. Stattdessen hatte sie einfach nur in den Hörer geflüstert: »Ich vermisse euch ganz schrecklich!« Was der Wahrheit ja auch ziemlich nahekam.

Ihre beste Freundin Brooke hatte im Moment nur Augen und Ohren für diese Ballett-Internat-Sache in Paris und ging so gut wie nie online.

Beinahe hätte Juline Herrn Bach bei der letzten Geigenstunde ihr Herz ausgeschüttet. Ihm war aufgefallen, wie nachdenklich und wenig bei der Sache sie gewesen war. Besorgt hatte er den Grund für ihre Zerstreutheit wissen

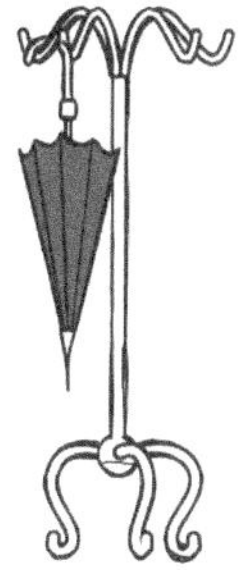

wollen. Zum Glück war Juline aber noch in allerletzter Sekunde eingefallen, wie schusselig ihr Musiklehrer war. Bei ihm konnte sie sich leider gar nicht sicher sein, dass er ihr Problem nicht genauso achtlos hinausposaunen würde wie die Sache mit ihrem Stipendium, selbst wenn sie keine Namen nennen würde.

Aber es musste doch jemanden geben, der ihr helfen oder zumindest einen Rat geben konnte!

Na klar! Juline hielt die Nähmaschine an. Den gab es! Herrn Leonard. Natürlich! Warum war sie denn nicht gleich auf ihn gekommen? Er würde sie zumindest aus der Schickimicki-Ecke wegsetzen und einem anderen Zimmer zuteilen können. Hannah, die wäre doch in beiden Fällen die Lösung!

Anstatt zur Studierzeit rannte Luisa nach der AG direkt zum Büro ihres Direktors. Natürlich würde sie sich eine gute Entschuldigung für ihr Zuspätkommen ausdenken müssen. Aber da würde ihr schon was einfallen.

Vor der Tür zum Direktorat blieb Juline stehen und lauschte. Von drinnen erklang kein Laut. Hoffentlich war Herr Leonard überhaupt da ... Nachdenklich legte Juline die Stirn in tiefe Falten. War es wirklich schlau, zu Herrn Leonard zu gehen? Was, wenn er nachbohren würde, um den genauen Grund für ihren Wunsch zu erfahren? Sie wollte schließlich keine Petze sein!

Das Quietschen der Türangeln riss Juline aus ihren Gedanken. »Ah, Juline! Willst du zu mir?« Einen dicken Aktenordner unter dem Arm trat Herr Leonard aus seinem Büro. Für einen kurzen Moment wusste Juline nicht, ob sie sich über sein Erscheinen freuen sollte oder lieber doch nicht.

»Merk dir einfach, was du von mir wolltest.« Der dicke Schlüsselbund klimperte, als Herr Leonard mit flinken Fingern seine Bürotür abschloss. »Ich bin gerade auf dem Weg zu einem Termin in der Stadt. Wichtige Besprechung! Aber was hältst du davon, wenn wir uns so gegen zwanzig Uhr hier treffen? Ich habe eh noch Berge von Arbeit zu erledigen und werde von daher hier sein. Dann habe ich auch Zeit für dich. Ich freu mich, zu hören, wie du dich hier eingelebt hast.«

Ohne Julines Antwort abzuwarten, winkte Herr Leonard ihr lächelnd zum Abschied zu und marschierte den Flur entlang.

Fassungslos starrte Juline einige Stunden später auf das Nutellabrot. Es war mitten auf ihrem Deutschheft gelandet. Und natürlich mit der bestrichenen Seite nach unten. Eine Ewigkeit hatte sie an der Interpretation der Ballade gesessen. Und jetzt lag ihr schöner Text unter einer dicken Nutellaschicht begraben.

»O Mann, tut mir das leid!« Luisa legte sich die flache Hand gegen den Mund und spielte die Betroffene. Dabei wusste doch echt jeder im Aufenthaltsraum, dass sie nicht wirklich gestolpert war. Jetzt hob sie mit spitzen Fingern die klebrige Brotscheibe hoch. Nutellafäden spannten sich wie ein Spinnennetz zwischen Heft und Brotscheibe. Bis sie rissen und den großen Klecks auf dem Papier in eine Kraterlandschaft verwandelten.

»Das sieht nicht gut aus!«, urteilte Luisa und schob sich genießerisch die Stulle in den Mund. Ihre Augenbrauen schnellten nach oben, während Bissen für Bissen in ihrem Mund verschwand. Genüsslich schleckte sie die Schokocreme von jedem einzelnen Finger. »Wieso machst du dir auch noch die Arbeit mit der blöden Ballade? Willst du uns nicht eh verlassen?« Luisa warf einen triumphierenden Blick in Richtung Sofa. Dort hockten Chiara, Melli, Nelli und Emil und kicherten schadenfroh.

Julines Hand zitterte, als sie vergeblich versuchte, die klebrigen Seiten umzublättern. In null Komma nichts war die Schokocreme durch die oberste Seite gezogen und verklebte auch noch die darauffolgenden. Das Heft war ruiniert. Bis zur nächsten Deutschstunde würde Juline alles noch mal neu schreiben müssen.

Hastig schob sie Hefte und Bücher zusammen und stapelte sie übereinander. Ganz obenauf legte sie ihr aufgeschlagenes Deutschheft. Mit ein bisschen Glück war vielleicht doch noch etwas zu retten. Wenn sie ganz vorsichtig versuchte die Schokocreme mit Klopapier wegzutupfen. Platsch! Donnernd schlug Luisa das Heft zu.

»Sonst schmierst du dir noch deinen schicken Pulli voll! Das wäre doch jammerschade!«, grinste sie ihr hinterhältiges Lächeln. »Und wir wollen ja nicht, dass du aussiehst, wie ein kleines Schweinchen, das sich im Schlamm gewälzt hat!«

Schweinchen. Klar, das war das Stichwort. Sofort kam vom Sofa das vertraute Geoinke und Gegrunze. Juline funkelte Luisa an. Zu gerne hätte sie dieser gemeinen Kuh einfach den Rücken gekehrt oder ihr die Meinung entgegengebrüllt. Aber diesmal schaffte sie es weder, cool zu bleiben noch wütend zu werden. Diesmal war sie einfach nur fix und fertig. Tränen schnürten ihr den Hals zu. Das wäre jetzt das Letzte, was passieren dürfte – vor Luisa zu heulen. Entschlossen presste Juline die Lippen aufeinander, schnappte sich ihre Schulsachen, quetschte sich an Luisa vorbei und stürmte aus dem Aufenthaltsraum. Über den breiten Flur, vorbei an dem Gemälde der Frau mit dem Zahnschmerzengesicht und der Büste mit dem langnasigen Typen. Am Fuß der ausgetretenen Steintreppe musste Juline sich durch einen Schwarm von schnatternden Schülern zwängen. Obwohl sie weiterhin die Lippen aufeinanderpresste, war da ihr Gesicht schon tränenüberströmt.

Julines Gedanken fuhren dabei immer wieder im Kreis. Luisa war das mit Abstand niederträchtigste Mädchen, das ihr jemals begegnet war. Wie konnte man nur so einen kranken Spaß daran haben, jemanden immer und immer wieder zu demütigen? Und warum stellte sich niemand auf Julines Seite? Alle waren so fies und ekelig! Es schien, als hätte sich die ganze Welt gegen sie verschworen. Wie konnte das nur sein?

Juline riss die nächstbeste Tür auf und rannte in den dunklen Park hinaus. Keine Minute zu früh, denn länger konnte sie die Traurigkeit nicht zurückhalten. Bebend und schluchzend hockte sie sich auf den Rand des kleinen Brunnens mit der Meerjungfrau in der Mitte. Jetzt konnte sie endlich richtig weinen. Wie Sturzbäche liefen ihr die Tränen über die Wangen und klatschten auf das Deutschheft in ihrem Schoß. Der Schriftzug *Juline Tau-*

bert verschwamm zu einem kleinen blauen See. Ein heftiger Schluchzer schüttelte Juline, als sie den Finger in den Tränenteich tauchte und die Schrift ganz verwischte. So sehr hatte sie sich auf *Haus Sonnenbühl* gefreut ... all die Jahre. Und kaum, dass sie hier angekommen war, da war auch schon alles schiefgelaufen.

Und jetzt wollte sie nur noch eins: weg! Lieber heute als morgen.

Entschlossen fuhr Juline sich mit dem Unterarm über die Nase. Sie würde zu ihrer Oma fahren! Das war es! Noch heute Abend. Nicht einen Tag würde sie länger hier bei diesen kaltherzigen Mitschülern und dieser fiesen Luisa mit ihrem bösartigen Gefolge bleiben. Sie fuhr sich über die Augen und atmete tief durch.

In diesem Augenblick kündigte ein fröhliches Pfeifen Herrn Leonard an. Schnell warf Juline einen Blick auf ihre Armbanduhr. Fünf vor acht. Bestimmt war Herr Leonard auf dem Weg zu ihrer Verabredung in seinem Büro. Da würde er aber vergeblich auf sie warten. Ihr Entschluss stand fest. Sie würde hier abhauen. Luisa würde nämlich niemals aufhören, sie zu peinigen. Kein Wegsetzen aus der Schickimicki-Ecke und auch kein Umzug in ein anderes Zimmer würden irgendetwas ändern.

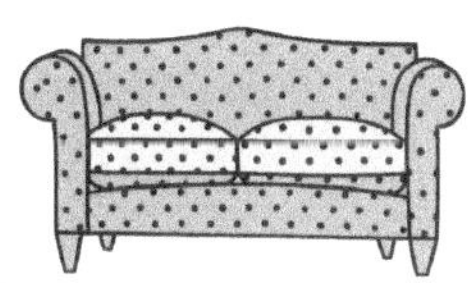

Herr Leonard musste irgendwo hinter der Kirschlorbeerhecke sein und dem Pfeifen nach kam er schnell näher. Alarmiert sprang Juline auf. Sie brauchte ein Versteck. Und zwar schnell.

Suchend drehte sie sich im Kreis. Sollte sie unter den Rhododendron kriechen? Nee, da waren bestimmt viele

Kellerasseln. Vorsichtig drückte sie sich zwischen die Zweige. Stopp! Was war denn das? Hinter dem großen Strauch entdeckte Juline in der Steinwand etwas Hölzernes. Und als sie es näher unter die Lupe nahm, erkannte sie, dass es sich um eine kleine, unscheinbare Tür in der Schulmauer handelte. Die war ihr noch nie aufgefallen. Juline schlängelte sich zwischen Busch und Hauswand so geräuschlos wie möglich entlang, bis sie die Klinke erreichte. Gespannt drückte sie sie runter. Glück musste man haben! Sie war nicht abgeschlossen. Mit einem letzten Blick über die Schulter vergewisserte Juline sich, dass Herr Leonard noch außer Sichtweite war. Dann öffnete sie die leise quietschende Tür und trat ein. Es machte nur leise *klack*, als sie diese hinter sich ins Schloss zog.

Kapitel 8

Vor Julines Füßen schraubte sich eine schmale Wendeltreppe nach oben. Juline spähte in das Dämmerlicht. Das Ende der Treppe war nicht zu sehen. Draußen war Herr Leonard vom Pfeifen zum Singen übergegangen. Die schiefen Töne von *Galway Girl* kamen immer näher. Juline reckte sich auf die Zehenspitzen und linste durch ein schmales, dreckverschmiertes Fenster. Sie sah ihren Klassenlehrer. Gar nicht weit von der kleinen Holztür war er stehen geblieben. Die Hände tief in den Taschen seiner Jeans vergraben, betrachtete er das Schulgebäude. Nachdenklich kratzte er sich das bärtige Kinn. Jetzt setzte er sich wieder in Bewegung und ... O nein, er kam her! Er ging direkt auf den Rhododendron zu! Eine Hand an der kalten Steinmauer stolperte Juline hastig die Stufen hinauf. Staub wirbelte auf. Und ab und an legten sich eklige, klebrige Spinnweben über Julines Gesicht oder zupften an ihren Haaren. Hier war wohl sehr, sehr lange niemand mehr gewesen. Immer höher und höher, als ob die Treppe kein Ende nehmen wollte, führte sie Juline nach oben. Juline hatte schon einen ordentlichen Drehwurm, als die Treppe endlich vor einer weiteren Holztür endete. Mit laut klopfendem Herzen lauschte Juline nach unten. Quietschte da nicht die alte Klinke?

Nein. Kein Ton zu hören. Herr Leonard war wohl doch weitergegangen.

Uff! Juline atmete tief durch.

Immer noch lauschend betrachtete sie die Tür, vor der sie stand. Das Holz war spröde, die schmiedeeisernen Scharniere staubbedeckt. Was mochte sich dahinter verbergen? Juline legte ihre flache Hand gegen das Holz und drückte. Die Tür bewegte sich kein Stück. Juline versuchte, die Klinke zu drücken. Nichts. Sie bewegte sich keinen Zentimeter. Erst nachdem Juline ihr ganzes Körpergewicht darauf gestützt hatte, sprang die Tür auf. Die Angeln quietschten gespenstisch, als sie die schwere Tür weiter aufschob. Wo war sie hier hineingeraten? Kurz blickte sie sich um, sah die Dachluken, die Balken, die Kamine, die Dachschrägen. Es dämmerte ihr: Sie war auf dem zugerümpelten Dachboden von *Haus Sonnenbühl*!

Staunend trat Juline näher. Leise knarzte das Holz unter ihren Füßen. Durch die Dachluken fiel das Mondlicht und tauchte die ausgedienten Stühle und Schulbänke, die alten Tafeln und verstaubten Bücher in ein fahles Grau. Unzählige Kisten standen da und schienen nur darauf zu warten, dass jemand kam, um ihre Geheimnisse zu ergründen. An einer Stange hingen mottenzerfressene Theaterkostüme und warteten auf die nächste Aufführung. Direkt daneben lehnte ein blinder Spiegel, über den jemand nachlässig ein Tuch geworfen hatte. Juline setzte vorsichtig einen Fuß vor den anderen, sie wollte nichts umwerfen oder verschieben. Sie staunte über einige ausgestopfte Eulen und einen richtig großen Globus mit einem prunkvoll verzierten Fuß aus Messing. Aber was war das? Ganz hinten in einer Ecke schimmerte ein magischer Lichtschein. Zögernd ging Juline auf ihn zu. Gerade als sie um einen der vielen Kamine biegen wollte, um der Lichtquelle auf den Grund zu gehen, wehte ein leichter Luftzug durch eine der kaputten Dachluken und die Tür knarrte und fiel im nächsten Moment krachend ins Schloss.

Juline zuckte zusammen. Doch Zeit, um sich zu ängstigen, hatte sie nicht. Denn sie hatte etwas entdeckt. Ungläubig hielt sie den Atem an – und wollte ihren Augen nicht trauen. Da stand inmitten von dem ganzen Gerümpel ein wunderschönes, altmodisches Puppenhaus. Nein, das war nicht einfach ein Puppenhaus.

Es war eine Puppenvilla!

Ein Traum von einem Zuhause.

Sehr, sehr vorsichtig und ganz, ganz leise ging Juline darauf zu. Sie ging in die Knie, legte ihre Schulsachen lautlos neben sich in den Staub und betrachtete das altertümliche Puppenhaus. So hatten die Häuser vor weit über hundert Jahren ausgesehen, das wusste Juline. Dieses hier war besonders prächtig – es war violett und hatte unzählige Türmchen und Erker. Es sah ein bisschen englisch aus. Die Fensterläden waren weiß gestrichen. Und oben zwischen den Schornsteinen standen inmitten unzähliger Blumenkübel schön verzierte Stühlchen auf einer Dachterrasse. Durch eines der offenen Fenster hörte Juline jetzt das Ticken der großen Standuhr im Wohnzimmer. Sie spähte durch die blank geputzten Scheiben. Juline hielt den Atem an. Jedes Zimmer war eingerichtet wie zu alten Zeiten. Plüschig und herrlich altmodisch. Im Wohnzimmer knisterte das Kaminfeuer. Das sah richtig echt aus! Juline kniff kurz die Augen zusammen, doch das Feuer war auch dann noch da, als sie sie wieder öffnete. Und jetzt entdeckte Juline, dass der Tisch für die Teestunde gedeckt war. Da stand eine winzig kleine Etagere mit Sandwiches, Scones und Buttergebäck. Teetässchen und Tellerchen, klitzekleine Servietten und Besteck. Zwei Kerzen brannten in silbernen Ständern. Ganz so, als ob gleich ... Juline verschlug es den Atem. Denn genau jetzt schwang die Tür zur Küche auf und eine alte Dame, hochgewachsen und spindeldürr, betrat in einem rauschenden, langen schwarzen Kleid mit Rüschenkragen das Wohnzimmer. Dicht hinter ihr folgte eine zweite alte Dame. Im Vergleich zu der ersten war sie klein und dick und trug ebenfalls ein bodenlanges Kleid. Nur war ihres von einem tiefen Weinrot. Juline versuchte, genauer hinzusehen. Tief weinrot mit ... weißen Flecken. War das Puder? Zumindest hatte die Dame die gleichen weißen Flecken im Gesicht. Merkwürdig. Beide Damen hatten ihre grauen Haare hochgesteckt. Die größere stellte eine Platte mit Kuchen auf dem Tisch ab, während die kleinere aus einer Kanne dampfenden Tee in die Miniaturtassen füllte.

»Ich verstehe immer noch nicht, wie das passieren konnte, Rose!«, schimpfte die dünne Dame. Missbilligend schüttelte sie den Kopf.

»Oh, das ging ganz einfach, Hortensie. Die Mehltüte stand doch mal wieder auf dem allerobersten Regalbrett. Viel zu hoch für mich, wie du weißt. So hoch, dass noch nicht mal der Küchenstuhl, auf den ich ja ohnehin schon immer klettere, ausreichte. Also habe ich ein paar Bücher darauf gestapelt. Kriminalromane, weißt du? Unter anderem diesen spannenden dicken Schinken, nach dem ich drei Tage nicht mehr schlafen konnte, weil ...«

»Komm zum Punkt«, unterbrach die Hagere ungeduldig. »Immer deine Ausschmückungen!«

Die Dicke nickte und machte beschwichtigende Handbewegungen. »Also die Krimis reichten noch nicht. Ich kam immer noch nicht an das Mehl. Deshalb habe ich noch mehr Bücher aufgestapelt, die Kochbücher, weißt du, das fünfbändige, was uns der Duke of Winshire zum Einzug ...«

»Rose!«

»Jaja, ist ja gut, Schwesterherz!« Sie seufzte. »Also: Ich stapelte, bis es passte. Dann kletterte ich auf den Stuhl, dann auf den Bücherturm, stützte mich dabei am Küchenschrank ab – du, weißt du eigentlich, dass wir den obendrauf dringend abstauben –«

»Rose!«

»Ähem. Also: Gerade als ich die Mehltüte zu fassen bekommen hatte, fing dann der Bücherturm an zu schwanken ... und dann bin ich mit allen Büchern und dem Stuhl umgekippt und die Mehltüte ist mir direkt auf den Kopf gefallen«, erklärte die dicke Dame, die offensichtlich Rose hieß. Verstohlen wischte sie sich die Mehlspuren von den Wangen.

»Du hättest mich rufen sollen, Schwester!«, erwiderte die dünne Dame.

»Hab ich doch!«, rief Rose empört.

Hortensie seufzte. »Ich meine, bevor du die ganze Küche eingemehlt hattest.«

Ein Lächeln huschte über Roses Gesicht. »Irgendwie war es doch auch lustig.« Sie kicherte. »Wie früher. Wenn es so wahnsinnig schneite und wir eine Schneeballschlacht veranstaltet haben! Erinnerst du dich, Hortensie?«

»Natürlich erinnere ich mich, meine liebe Schwester!«, seufzte Hortensie. Ihr Kleid raschelte leise, als sie sich setzte. Sie warf einen Blick auf die Standuhr und schnalzte mit der Zunge. »Sieh nur! Jetzt sind wir viel zu spät für den Tee. Andere haben um diese Zeit längst zu Abend gegessen.«

»Trink erst mal ein schönes Tässchen. Das beruhigt die Nerven!«, lächelte die dicke Dame und klopfte sich das restliche Mehl vom Kleid.

»Und wer diesen Kirschkuchenberg essen soll, ist mir völlig schleierhaft!«, setzte Hortensie nach.

»Ach, ach ...«, machte Rose und wackelte ein wenig mit dem Kopf, während sie Platz nahm. »Ich habe da so ein Gefühl ...«

»Schwesterchen, das letzte Mal, als du so ein Gefühl hattest, mussten wir drei Wochen lang Kirschkuchen essen«, erinnerte Hortensie sie. Sie tippte mit dem Zeigefinger gegen ihre Lippen und ließ ihren Blick nachdenklich über die Leckereien huschen. Dann entschied sie sich gegen den Kirschkuchen und für ein Gurkensandwich.

Juline schnüffelte. Der köstliche Duft vom frisch gebackenen Kirschkuchen schlängelte sich in ihre Nase. Jetzt erst merkte sie, wie hungrig sie war. Vor lauter Ärger und Wut hatte sie in den letzten Wochen kaum einen Bissen hinuntergebracht. Oh, was würde sie dafür geben, mit diesen netten alten Damen Kuchen essen zu können! Am Kamin war es auch bestimmt kuschelig warm. Juline fröstelte. Der Dachboden hatte keine Heizung, und jetzt im Herbst kroch die Kälte aus dem Park abends in das alte Schulgemäuer.

Rose lud sich ein großes Stück von dem köstlich duftenden Kuchen auf ihren Teller und nahm einen Schluck Tee.

Juline beobachtete alles gebannt und wagte kaum zu atmen, aus lauter Angst, entdeckt zu werden. Sie wollte auf gar keinen Fall die Magie zerstören. Denn dass hier Magie am Werke war, das war ihr völlig klar.

Eine Weile hörte Juline nur das Ticken der Standuhr, während die Schwestern schweigend die Leckereien genossen. Dann tupfte Rose sich mit der Serviette die Lippen und legte sie beiseite.

»Ich bin in großer Sorge um Kasimir!«, gestand sie ihrer Schwester und presste sich die Hand auf die Brust. »Es ist schon so lange her, dass er sich hat blicken lassen. Ihm wird doch wohl nichts zugestoßen sein, Schwester, was meinst du?«

Hortensie schüttelte den Kopf. »Ich hoffe sehr, dass er wohlauf ist. Aber beunruhigt bin ich auch. Zumal er doch ganz fest versprochen hatte, diesmal nicht so lange wegzubleiben.«

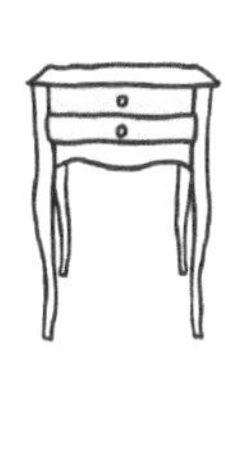

Die beiden verstrickten sich in ein Gespräch über Kasimirs Unzuverlässigkeit und Juline legte die Stirn in Falten. Wer war dieser Kasimir? Ein Bruder von den alten Damen? Ein Onkel? Oder ein Kind? Wie alt mochte er wohl sein? Und wo steckte er?

»Wenn der erste Schnee fällt und Kasimir noch nichts von sich hat hören lassen, werde ich mich aufmachen, um ihn zu suchen!«, entschied Hortensie.

»Dann werde ich dich selbstverständlich begleiten!«, versprach Rose.

»Nicht doch!«, widersprach Hortensie. »Einer muss ja hier die Stellung halten!«

»Ganz wie du meinst.« Fröstelnd zog Rose die Schultern hoch und warf einen Blick zum offenen Fenster. Gerade noch rechtzeitig duckte Juline sich weg. Puh! Das war knapp gewesen.

»Es wird kalt!«, stellte Rose fest. »Wir sollten die Läden schließen.«

»Wie recht du hast!«, pflichtete ihr Hortensie bei. »Der Abend ist ja auch schon längst hereingebrochen.«

Die Schwestern erhoben sich, öffneten die Fenster, lehnten sich hinaus und schlossen die Läden. Die kleine dicke Rose hatte große Mühe, die Läden zu erreichen, und ächzte und stöhnte dabei. Mit jedem Mal klackte es leise, als Rose und Hortensie schließlich von innen ein Fenster nach dem anderen schlossen.

Dann waren alle Läden zu, und das Haus lag im Dunkeln. Nur durch die Lamellen der Fensterläden fielen schwache Lichtstreifen.

Juline blieb wie betäubt vor dem Puppenhaus hocken.

Sie konnte den Blick nicht abwenden. Aus den Schornsteinen stiegen kleine Qualmwölkchen auf. Was mochten die Schwestern jetzt wohl noch machen?, fragte sich Juline. Räumten sie auf? Las Hortensie Rose noch aus einem Roman oder der Zeitung vor, während Rose sich am knisternden Kaminfeuer wärmte und an einem Schal für Kasimir strickte?

Ahhhh! Juline lächelte.

Sie musizierten. Geige und Klavier klangen gedämpft über den Dachboden. Das war doch *Eine kleine Nachtmusik*. Juline lauschte bis zum letzten Ton. Sie kannte das Stück, weil sie es vor Jahren selber auf der Geige eingeübt hatte. Sie spürte den Kloß in ihrem Hals und genoss gleichzeitig die sanften Töne aus vollem Herzen. Als die Musik mit einem leisen Schlussakkord endete, konnte sie sich gerade noch bremsen. Sie hätte beinahe applaudiert.

Einen Moment blieb sie noch sitzen, dann hob Juline, ohne den Blick von der Puppenvilla zu nehmen, ihre Schulsachen auf und kroch leise rückwärts. Plötzlich fühlte sich ihr Herz so glücklich und federleicht an. Hatte sie wirklich vorhin noch weglaufen wollen?

Das schien Jahre her zu sein.

Einige Zeit später huschte Juline lautlos unter ihre Bettdecke. Chiara schnarchte ungewöhnlicherweise schon leise in ihrem Bett.

Ein Lächeln huschte über Julines Gesicht. Auf dem Dachboden von *Haus Sonnenbühl* stand ein zauberhaftes Puppenhaus. Ob Rose und Hortensie auch schon schliefen? Jetzt noch konnte Juline den herrlichen Duft von frisch gebackenem Kirschkuchen riechen. Sie würde nicht zu ihrer Oma verschwinden. Vorerst nicht mehr. Aber dafür würde sie morgen wieder auf den Dachboden schleichen und Rose und Hortensie besuchen. Vielleicht war Kasimir dann ja auch schon nach Hause gekommen ... Juline drehte sich auf die Seite. Plötzlich schrak sie hoch. Oh, verdammt! Die Deutschhausaufgaben! Sie hatte den Aufsatz ganz vergessen. Wie sollte sie nur Herrn Leonard erklären, dass sie den nicht hatte?

Kurz wurde ihr gleichzeitig heiß und kalt, aber dann ließ sie sich mit einem Erleichterungsseufzer ins Kissen sinken.

Ganz einfach ... sie würde ihm die Wahrheit sagen und versprechen, die Aufgabe nachzureichen. Sie würde ihrem Klassenlehrer erzählen, was passiert war. Und selbst wenn sie sich damit noch mehr Ärger mit Luisa einhandeln würde. Bitte schön, dann war das eben so.

Zufrieden lächelte Juline in sich hinein und kuschelte sich wieder in ihr Kissen. Und zum ersten Mal seit langer Zeit schlief sie glücklich ein.

Kapitel 9

Juline schlug die Augen auf. Sofort war die Erinnerung zurück. Ein Lächeln legte sich auf ihr Gesicht, als sie an das violette Puppenhaus mit den unzähligen Türmchen und verspielten Erkern dachte. Und an die netten Schwestern Rose und Hortensie. Und plötzlich stieg ihr auch wieder dieser köstliche Duft nach frisch gebackenem Kirschkuchen in die Nase. Wie wunderbar! Doch plötzlich griff eine kalte Hand nach Julines Herz und sie erschrak fürchterlich. Sie lag in ihrem Bett. Sie war gerade erst aufgewacht. Hatte sie vom magischen Puppenhaus mitsamt seinen niedlichen Bewohnerinnen vielleicht nur geträumt? Julines Herz hämmerte wie wild. Das durfte nicht sein! Nein. Mit einem Satz sprang sie aus ihrem Bett, schlüpfte so leise wie nur möglich in ihre Schuluniform und tastete im Halbdunkeln den kalten Boden vor ihrem Bett nach ihren Schuhen und dem Schulrucksack ab. Aus Chiaras Ecke drangen leise, regelmäßige Atemzüge. Sie schlief also immer noch tief und fest, und das sollte auch genauso bleiben. Unter gar keinen Umständen durfte Juline sie aufwecken. Denn wenn Chiara jetzt wach würde, hätte sie erklären müssen, warum sie zu nachtschlafender Zeit komplett angezogen, die Schuhe in der linken Hand und den Rucksack über die Schulter geworfen, auf Socken in Richtung Zimmertür schlich. Für diese Frage hatte sie nämlich keine andere Antwort als die Wahrheit parat, aber die würde niemals über ihre Lippen kommen. Sollte es das magische Puppenhaus wirklich geben, würde sie ihr wunderbares Geheimnis hüten wie einen wertvollen Schatz und ihn mit niemandem teilen. Leise öffnete sie die Tür einen Spaltbreit und erstarrte. Hatte Chiara sie gerade angesprochen? Im Zeitlupentempo drehte Juline den Kopf in ihre Richtung und wartete zwei, drei bange Sekunden. Sie wagte es kaum zu atmen. Doch dann schmatzte Chiara leise vor sich hin und kuschelte sich tiefer in ihre raschelnde Bettdecke. Puh! Sie hatte nur im Schlaf geredet. Alles gut! Erleichtert linste Juline auf den Korridor hinaus, der im schwachen Licht der Nachtbeleuchtung verlassen vor ihr lag. Ein letztes Mal warf sie einen prüfenden Blick zu Chiara hinüber, dann huschte sie durch die Tür und zog sie leise hinter sich ins Schloss.

Ohne jemandem zu begegnen, schlich Juline lautlos die Treppen ins Erdgeschoss hinunter. Hinter einer Statue blieb sie stehen und spitzte die Ohren. Irgendwo klimperte ein Schlüsselbund. Schritte klackerten über den Steinboden. Dann wieder das Klimpern. Und ... ja ... jetzt war sie sich sicher ... es entfernte sich von ihr. Das war bestimmt der Hausmeister, der, bevor die Schule zum neuen Tag erwachte, seine Runde drehte und die Türen aufschloss. Was für ein Glück! Juline hatte nicht eine Sekunde an den Gedanken verschwendet, wie sie auf den

Dachboden gelangen sollte, falls die Schule noch verschlossen war. Einen anderen Zugang als den durch den Park, den sie jetzt durchquerte, kannte sie ja nicht.

Endlich, endlich hatte sie die schlichte Holztür in der Schulmauer erreicht. Es war zwar unwahrscheinlich, dass jemand sie beobachtete oder ihr gar gefolgt war. Trotzdem ließ sie noch einmal ihren forschenden Blick durch den dunklen Park huschen, bevor sie ganz behutsam die leise quietschende Tür öffnete. Erleichtert atmete sie auf, als sie sie hinter sich schloss.

Eine Hand an der kalten Steinmauer schob Juline sich im schwachen Licht der Parkbeleuchtung, das sich wacker durch die verschmierten Fensterchen kämpfte, die Wendeltreppe hinauf. Von Stufe zu Stufe fühlte sie ihr Herz schneller schlagen.

Bitte, lass es keinen Traum gewesen sein, flehte Juline, als sie mit fest aufeinandergepressten Lippen die hölzerne Tür am Ende der Treppe öffnete. Das Quietschen der Scharniere klang in Julines Ohren nicht mehr so gespenstisch wie gestern Abend. Trotzdem konnte sie vor lauter Aufregung kaum atmen. Ganz, ganz vorsichtig tastete sie sich vorwärts. Vorbei an all dem Kram, der hier oben darauf wartete, vielleicht doch noch mal gebraucht zu werden. Und dann ... noch hatte sie die hinterste Ecke zwar nicht erreicht ... aber ... ihr Herz machte vor Freude Luftsprünge. Es war tatsächlich da! Unverändert und genau an der Stelle, an der Juline es gestern zurückgelassen hatte. Aus den offen stehenden Fenstern fiel das Licht der Gaslampen auf den dunklen Dachboden wie der Schein von Sternen. Bedächtig kam Juline näher. Vor dem

Puppenhaus kniete sie sich auf den staubigen Boden und ließ ihren Rucksack langsam von der Schulter gleiten. Die kleine rundliche Rose stand in der Küche, eine gerüschte Schürze über ihrem weinroten Kleid und sie backte ... Juline musste schmunzeln ... Kirschkuchen. Schon wieder. Dabei summte Rose gut gelaunt ein fröhliches Liedchen. Trotz Schürze hatte sie es allerdings schon wieder geschafft, ihr schönes Kleid von oben bis unten mit Mehl zu bestäuben. Juline beugte sich etwas vor, um die anderen Zimmer genauer in Augenschein zu nehmen. Wo steckte denn Hortensie? Ob sie noch schlief? Na, es war ja auch noch richtig früh ... Und Kasimir? War der gestern Abend noch nach Hause gekommen? Juline konnte ihn nirgendwo entdecken. Alle vier Schlafzimmer waren ordentlich aufgeräumt und gewischt, sodass nicht ein Staubkörnchen zu sehen war. Genauso wie das gemütliche Wohnzimmer, in dem das Kaminfeuer schon wieder behaglich prasselte. Huch, Juline zuckte zurück. Wo war denn Hortensie so plötzlich hergekommen? Mit langen Schritten rauschte die hagere Schwester gerade wie ein Wirbelwind vom Wohnzimmer in die Küche. Sie baute sich neben ihrer Schwester auf und stemmte kopfschüttelnd die Händen in die Hüften.

»Schon wieder, Rose?«, schnalzte sie missbilligend mit der Zunge. »Kirschkuchen? Vor dem Frühstück backst du schon? Wir haben doch noch den Berg von gestern!« Mit dem Kinn nickte sie auf einen großen Blechkasten, von dem sie jetzt den Deckel hob. Bis obenhin war er mit Roses Kirschkuchenresten vom Vortag gefüllt. »Wer um Himmelswillen soll das alles essen?«

Rose lächelte und wischte sich eine vorwitzige Strähne, die sich aus ihrer Hochsteckfrisur gestohlen hatte, aus dem Gesicht. Dabei hinterließ sie einen schneeweißen Mehlstreifen auf ihrer Wange. »Was sollte ich sonst backen? Ich habe dir doch gestern schon gesagt, ich habe da …«

Hortensie seufzte schwer und ließ den Deckel wieder sinken. »Ich habe auch so ein Gefühl und zwar, dass wir dringend Holz für unsere Kamine sammeln müssen. Jetzt, wo der Winter quasi vor der Tür steht. Das Laub müssen wir auch noch zusammenkehren. Wie sieht das denn da draußen aus. Man muss sich ja schämen. Es wartet noch so viel dringend notwendige Arbeit auf uns, wir haben noch nicht gefrühstückt – und du vergeudest deine Zeit mit Kirschkuchenbacken.«

Rose lächelte ein vielsagendes Lächeln. »Das eine ist so notwendig wie das andere. Glaub mir, Schwesterherz, ich weiß, was ich tue.«

Jetzt sah Juline es auch. Alle Laubbäume im Garten des Puppenhauses hatten ihre Blätter verloren, sodass der gepflegte Rasen und die Blumenbeete über und über mit Laub bedeckt waren. Nur der Kirschbaum, unter dem eine verschnörkelte, weiße Holzbank stand, strahlte immer noch in einem satten Grün und seine Äste bogen sich unter der Last der reifen Kirschen, die dunkelrot zwischen den Blättern leuchteten. Merkwürdig. Als sei es Sommer und Herbst gleichzeitig.

Hortensie hob die mit Blümchen bemalte Teekanne aus weißem Porzellan vom brennenden Stövchen und schwenkte sie auf Ohrhöhe sanft hin und

her. Ein zufriedenes Lächeln ließ ihr Gesicht aufleuchten. »Trink erst mal einen Frühstückstee, Schwesterchen!«

»Oh, ja, sehr gerne. Ich sagte eben noch zu mir selbst: ›Rose, starte in den Tag mit einem Teechen. Es gibt doch nichts auf der Welt, was …‹«

»Jaja, Rose, ich weiß … was Tee nicht kurieren oder noch schöner machen könnte«, vollendete Hortensie den angefangenen Satz ihrer Schwester und nahm dabei zwei weiße mit Blümchen verzierte Tassen aus dem Hängeschrank über der Messingspüle und ließ den bernsteinfarbenen Tee hineinfließen. Sofort kräuselte sich der heiße Dampf in Richtung Zimmerdecke. Juline schnupperte. Vanille?

»Ich muss schon sagen, dass ich über Kasimirs Verhalten etwas ungehalten bin«, stellte Hortensie, nachdem sie ein Schlückchen zu sich genommen hatte, grimmig fest. »Schließlich weiß er ganz genau, wie sehr wir bei der Gartenarbeit auf seine Hilfe angewiesen sind. Ich darf gar nicht daran denken, was Vater dazu gesagt hätte, hätte er unseren Garten in diesem verwahrlosten Zustand sehen können.« Betrübt schüttelte sie den Kopf.

»Damit hast du natürlich völlig recht. Es ist ausgesprochen rücksichtslos von Kasimir. Und Vater wäre ganz fürchterlich schockiert gewesen. Wo er doch immer so viel Wert auf den tadellosen Zustand von Haus und Garten gelegt hat. Wir waren immer der Stolz der ganzen Straße«, nickte Rose. Als ob sie sich daran wärmen wollte, schloss sie ihre mehligen Hände um die Teetasse. Genießerisch schloss sie die Augen, hielt sich die Tasse unter die Nase und sog ganz tief den Duft ein. Erst dann nippte sie daran. »Weißt du noch ... wie Lady Middleton immer geschwärmt hat: ›Sie haben da keinen Garten, Lord Butterfield‹, hat sie zu Vater immer gesagt, ›Sie haben einen Park, der ist so schön, dass selbst Königin Viktoria neidisch werden könnte.‹« Die Erinnerung malte feine Lachfältchen in Roses Gesicht.

»Natürlich erinnere ich mich an Lady Middleton. Nach Mutters Tod hätte sie zu gerne unseren Vater geehelicht. Gott sei Dank kannten wir Mittel und Wege, um das zu verhindern.« Hortensie stellte abrupt die Tasse ab. »So. Ich werde mich zur Gartenarbeit umkleiden und das Laub zusammenkehren.« Sie seufzte. »Und dabei ein bisschen auf Kasimir schimpfen, der uns so schmählich im Stich lässt ...«

»Warte ein Sekündchen, Schwesterherz, dann schiebe ich den Kuchen in den Ofen und ...« Mitten im Satz brach Rose ab, drehte verlegen die Teetasse in den Händen hin und her und warf ihrer Schwester einen unsicheren Blick zu. »Kasimir geht es doch gut, oder? Bitte sag mir, dass er sich bester Gesundheit erfreut und er bald nach Hause kommen wird.«

Schon hatte Hortensie den Mund geöffnet, ließ ihn aber schnell wieder zuschnappen, bevor ihm auch nur ein Laut entwischt war. Juline hatte ganz den Eindruck, als ob sie die Antwort, die ihr schon auf der Zunge gelegen hatte, bei Roses traurigem Anblick schnell hinuntergeschluckt hatte. Jetzt trat sie näher an ihre Schwester heran, beugte sich etwas zu ihr herunter und legte liebevoll den Arm um sie. »Der kleine Racker ist putzmunter, das verspreche ich dir. Er wird hier auftauchen, als sei nichts gewesen.

Und wie jedes Mal, wenn ich ihn mit Stubenarrest strafen will, wird er mich mit seinem Charme verzaubern. Mach dir keine Sorgen, Kasimir kann hervorragend auf sich selbst aufpassen.«

Am liebsten wäre Juline in das Puppenhaus gekrochen und hätte die beiden ganz fest umarmt. Sie wusste zwar nicht, wer Kasimir war, aber sie spürte, wie sehr die beiden ihn liebten und vermissten. Auch Hortensie, obwohl sie so cool tat. Schon jetzt hatte Juline die beiden Schwestern richtig lieb gewonnen. Wenn sie wüsste, wer Kasimir war oder wie er aussah, dann hätte sie auf dem Schulgelände nach ihm suchen können. Schon malte Juline sich die freudigen Gesichter der Schwestern aus, wenn sie diesen Kasimir nach Hause bringen würde …

Der Klang der Schulglocke ließ Juline erschrocken zusammenzucken. Sie hatte völlig die Zeit vergessen. Schnell warf sie einen Blick auf ihre Armbanduhr. Acht Uhr. Unterrichtsbeginn. Jetzt erst fiel ihr auf, dass der Dachboden nicht mehr im Dämmerlicht lag. Die aufgehende Herbstsonne schickte, so gut es ging, ein wohliges gelbes Licht durch die verschmierten Dachluken. Sofort wurde Juline das Herz ganz schwer. Sie wollte viel lieber hierbleiben. Hier oben auf diesem verwunschenen Dachboden, bei Rose und Hortensie und ihrem zauberhaften Puppenhaus. Stattdessen musste sie jetzt zum Unterricht, zu dem sie nun eh zu spät kommen würde. Auf allen vieren krabbelte Juline langsam rückwärts. Ganz vorsichtig war sie darauf bedacht, ja nichts umzustoßen oder sonst ein verräterisches Geräusch zu machen. Erst als sie die morsche Holztür, hinter der die Wendeltreppe in die Tiefe führte, erreicht hatte, richtete sie sich langsam auf. Sie würde wiederkommen. So bald wie möglich. Und vielleicht war Kasimir dann ja auch schon wieder nach Hause zurückgekehrt.

Den Rucksack gegen ihre Brust gepresst schlich Juline durch das andächtig lauschende Klassenzimmer. Herr Leonard schien noch nicht mal das Klacken der sich schließenden Tür bemerkt zu haben. Während Hannah irgendeinen Text aus dem Deutschbuch vorlas, blätterte er mit gerunzelter Stirn einige eng bedruckte Blätter auf dem Lehrerpult durch.

Doch jemand anderes beobachtete Juline ganz genau. Chiara. Juline konnte an ihrer gefurchten Stirn ablesen, welche Fragen sie fieberhaft beschäftigten. Wo bist du heute Morgen beim Aufstehen gewesen? Und wo kommst du gerade her? Aber das Interesse daran würde sich bestimmt bald in Luft auflösen.

Melli-Nelli grinste Juline angriffslustig entgegen und fragte mit Unschuldsmiene: »Na, noch den Schweinestall ausgemistet? Oink, grunz, grunz!«

»So wie sie riecht, bestimmt sogar!« Mit verschränkten Armen grinste Luisa ihr frech entgegen. Doch Juline interessierte das alles nicht.

Sollten sie doch so viel Oinken und Grunzen und blöde Bemerkungen machen, wie sie wollten. Und Luisa ... ach, die sollte ruhig grinsen. Wenn sie Spaß daran hatte.

Beinahe hätte Juline ihn übersehen. Den ollen, stinkenden, aber vor allem triefnassen Tafelschwamm, den jemand mit voller Absicht auf ihrem Stuhl deponiert hatte. Unbeeindruckt kickte sie ihn auf den Boden, wischte kurz über die Sitzfläche und schob sich auf ihren Platz. Das enttäuschte Gesicht von Luisa nahm sie nur aus den Augenwinkeln wahr. Tief in Gedanken versunken kramte sie ihr Deutschbuch und das Nutella verschmierte Hausaufgabenheft hervor und legte beides aufgeschlagen vor sich aufs Pult. Ihre Gedanken waren immer noch da oben auf dem Dachboden, bei diesem wundersamen, verträumten Puppenhaus mit seinen bezaubernden Bewohnerinnen, die nicht größer waren als Julines kleiner Finger.

Wie von ganz weit weg hörte sie Herrn Leonards Stimme sagen: »Danke, Hannah.«

Juline warf einen Blick auf ihre Armbanduhr. Frühestens zum Mittagessen konnte sie sich wieder auf den Dachboden stehlen.

»Juline? ... Juline?«

»Ja?« Verwirrt schaute sie auf. Für einen kurzen Moment wusste sie gar nicht, wo sie war, dann traf ihr Blick den ihres Klassenlehrers. »In der Ballade, mit der wir uns ab heute beschäftigen wollen, ist ja ganz schön viel los. Könntest du den Inhalt kurz zusammenfassen?«

Julines Hände wurden schwitzig. Nein, das konnte sie nicht. Hannah hatte gelesen und gelesen. Es hatte eine halbe Ewigkeit gedauert, aber Juline hatte nicht eine Sekunde davon mitbekommen. Sie reckte den Hals und versuchte, die Überschrift auf der aufgeschlagenen Seite in Chiaras Deutschbuch zu entziffern. Mit einem triumphierenden Lächeln legte Luisa, die auf der anderen Seite saß, ihre flache Hand darüber.

»Nur ganz grob. Worum geht es?«, versuchte Herr Leonard ihr die Aufgabe leichter zu machen.

Aber Juline hob nur hilflos die Schultern. »Dann schlaf mal schön weiter!«, lachte Herr Leonard gutmütig. »Es ist ja auch noch ziemlich früh am Morgen. Ist sonst jemand wach genug, um meine Frage zu beantworten?«, wandte er sich an die Klasse. Sofort schossen zahlreiche Hände in die Höhe.

Die Deutschstunde zog sich wie ein zäher Kaugummi. Doch endlich, endlich war auch sie vorüber. Juline erhob sich ächzend vom Stuhl und wollte schnell aus dem Zimmer eilen, als ein Wort in ihren Ohren klingelte: »Hausaufgabenkontrolle!«

»Och, nö! Muss das sein!«, erhob sich lautes Protestgemurmel. Aber es half alles nichts. Wer das Klassenzimmer verlassen wollte, der musste erst an Herrn Leonard vorbei. Das nach Nutella duftende Heft in der Hand ließ Juline sich mit der Schlange vorwärts in Richtung Tür schieben.

»Hattest du gestern Abend doch etwas Besseres vor?« Juline starrte erschrocken in die fragenden Augen ihres Klassenlehrers. Was meinte Herr Leonard? Hatte er sie doch dabei beobachtete, wie sie durch die verborgene Tür gehuscht war?

»Unsere Verabredung«, half er ihr auf die Sprünge. »Ich habe auf dich in meinem Büro gewartet.«

»Ach, das!«, seufzte Juline erleichtert auf. »Ich ... ehm ... also ... das hat sich erledigt. Tut mir leid, wenn Sie umsonst auf mich gewartet haben. Ich hätte Bescheid sagen sollen.«

Herr Leonard wischte ihr schlechtes Gewissen mit einer Handbewegung beiseite. »Ich musste eh noch arbeiten.« Damit pflückte er ihr das Heft aus der Hand. Aus den Augenwinkeln bemerkte Juline Luisa. Mit verschränkten Armen und spöttischem Lächeln lehnte sie an der Wandtafel und vertuschte noch nicht einmal ihr Lauschen. Juline zögerte. Für einen kurzen Moment zuckt da dieser Gedanke durch Julines Kopf: Sag es ihm. Sag ihm die Wahrheit über Luisas »Nutella-Attacke«. Eine bessere Gelegenheit dafür würde nicht kommen. Aber nein. Wozu das Ganze. Es würde eh nichts bewirken, außer noch mehr Ärger mit Luisa und außerdem wusste sie seit gestern Abend mit ihrer Zeit viel, viel Besseres anzufangen, als sich mit der herumzustreiten. Ohne es zu wollen, musste sie fast ein wenig schmunzeln. Wenn die alle nur wüssten!

Herr Leonard hatte ihr Heft zu den anderen auf den Stapel gelegt und schob es so lange hin und her, bis es schön ordentlich Ecke auf Ecke mit ihnen lag, dabei fragte er beiläufig: »Nur um sicherzugehen: Es gibt wirklich nichts zu besprechen?« Sein prüfender Blick zuckte zu Luisa hinüber, deren ganze Aufmerksamkeit sich gerade scheinbar auf die Untersuchung ihrer Haarspitzen konzentrierte.

Juline schüttelte entschlossen den Kopf. »Ich wüsste nicht, was.«

»Gut!«, nickte Herr Leonard. Ahnte er, dass sie nicht ganz die Wahrheit sagte? »Sollte sich etwas daran ändern ... du weißt ja, wo du mich finden kannst.«

Kapitel 10

Von nun an stahl sich Juline in jeder freien Minute auf den Dachboden, hockte sich lautlos in Mantel und Schal gemummelt in den Staub und beobachtete gespannt die kleine Villa. Die Welt von Hortensie und Rose faszinierte sie. Das gemütliche Haus mit dem immer knisternden Feuer im Kamin, wie die Schwestern sich gegenseitig neckten und der Duft nach Roses Backwaren, all das ließ es Juline warm ums Herz werden.

Hierhin flüchtete sie sich vor Luisa und ihrer hochnäsigen Schickimicki-Clique, die nach wie vor nichts unversucht ließen, um ihr das Leben in *Haus Sonnenbühl* zur Hölle zu machen. Aber seltsamerweise konnten ihre Gemeinheiten Juline fast nichts mehr anhaben. Ob Chiara nachts ein Foto von der mit offenem Mund schlafenden und sabbernden Juline machte und Luisa es auf *mylife* online postete, damit ihre Follower sich darüber kugeln konnten vor Lachen; es war ihr beinahe gleichgültig. Sollten sie doch alle lachen. Oder die Sache mit Chiara und ihrem Füller, mit dem sie nie schrieb, sondern ihn nur zum Angeben gelegentlich zwischen den Fingern kreisen ließ. Ein teures Edelteil, das plötzlich nicht mehr aufzufinden gewesen war. Den Tränen nahe hatte sich Chiara empört vor Herrn Leonard aufgebaut, mit dem Zeigefinger wütend auf Juline gezeigt und behauptet, sie sei die Einzige, die für sein Verschwinden verantwortlich sein könnte. Sonst hätte das ja wohl niemand nötig ...!!! Herr Leonard hatte Chiara sofort zurechtgewiesen und sich solche grundlosen Beschuldigungen verbeten. Und siehe da, keine fünf Minuten später musste Chiara zugeben, dass sie den Füller gerade in ihrer Jackentasche entdeckt hatte, wohin sie ihn, wie sie sich jetzt erinnerte, morgens in aller Eile geschoben hatte und es dann wohl vergessen haben musste. Ein kurzes, kaum ernst gemeintes »Sorry!« begleitet von einem Schulterzucken in Julines Richtung. Damit war für Chiara die Sache erledigt. Was die anderen jetzt von Juline dachten? Erstaunt über sich selbst stellte sie fest, dass es ihr ziemlich gleichgültig war. Genauso wie Herrn Leonards Kracheridee, sie von Chiara weg und neben Emil zu setzen. Bestimmt hatte er es nur gut gemeint und hatte sie nach Chiaras Füller-Aktion aus der Schusslinie bugsieren wollen. Gelungen war ihm das damit aber nicht, denn natürlich ließ Emil kaum eine Gelegenheit aus, Juline mit seinem dämlichen Geoinke und Gegrunze zu nerven und Luisa zum Grinsen zu bringen.

Aber solange Juline jede freie Sekunde auf dem Dachboden verbringen konnte, sollten die da unten in der Schule doch machen, wozu sie Lust hatten.

Doch dann eines Tages geschah es.

Kaum hatte der Schulgong das Ende der letzten Unterrichtsstunde verkündet, hatte Juline sich mal wieder auf den Dachboden geschlichen.

Schon bei einem ihrer allerersten Besuche hatte sie die Scharniere der morschen Dachbodentür mit Olivenöl beträufelt, das sie von der Salatbar hatte mitgehen lassen. Ein paar Tropfen hatten genügt, um das verräterische Quietschen ein für alle Mal verschwinden zu lassen. Trotzdem achtete sie auch diesmal darauf, kein unnötiges Geräusch zu machen, als sie die Tür behutsam hinter sich schloss. Juline hielt kurz in der Bewegung inne, schloss die Augen und schnupperte. Schon von hier aus meinte sie, den unverwechselbaren Duft von frisch gebackenem Kuchen erschnuppern zu können. Doch ja, Schokoladenkuchen. Diesmal war es Schoko. Eindeutig. Nichts duftete mehr nach Trost, Behaglichkeit und Geborgenheit als Roses Bäckereien, fand Juline.

Als Juline die Augen mit einem glückseligen Seufzer wieder öffnete, um auf Zehenspitzen über die alten Holzbohlen zu huschen, schien es ihr, als ob die vielen Staubkörnchen im Licht der Nachmittagssonne extra für sie einen märchenhaften Begrüßungstanz aufführten. Wie aufs Stichwort erklang jetzt aus dem Puppenhaus Klaviermusik. Juline wog den Kopf zum Klang der Musik und begann zu tänzeln. Vorsichtig setzte sie eine Fußspitze vor die andere. Wie eine Primaballerina. Und da passierte es. Das Sonnenlicht fiel für einen kurzen Moment auf den blinden Spiegel. Der reflektierte das Licht, sodass es Juline schmerzhaft in die Augen stach. Sie musste blinzeln, verlor das Gleichgewicht und taumelte gegen eine der Schulbänke. Die mit Spinnweben überzogenen Bücher darauf gerieten gefährlich ins Wanken. Noch bevor Juline begriff, was für eine Lawine sie da ausgelöst hatte, fielen die Bücher wie die Dominosteine eines nach dem anderen um. Dumpf knallten sie auf dem Holzboden auf. In Julines Ohren klang es wie Donnerschläge. Augenblicklich brach das Klavierspiel ab.

Juline erstarrte zur Salzsäule. Im Zeitlupentempo drehte sie den Kopf zum Puppenhaus. Was, wenn sie den Zauber zerstört hatte, wenn die Magie verpufft war? Wenn

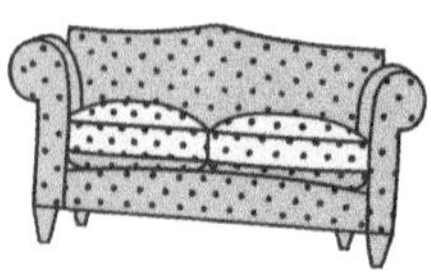

von dem wunderschönen, magischen Puppenhaus nicht mehr als ein ausgedientes, lange vergessenes Kinderspielzeug übrig geblieben war? Unendlich erleichtert stieß Juline die Luft aus. Das Puppenhaus, es stand noch an Ort und Stelle und war genauso zauberhaft wie immer. Auch Rose und Hortensie waren noch da. Das wusste Juline deshalb, weil die beiden alten Damen eines der Wohnzimmerfenster geöffnet hatten und Juline interessiert beäugten.

»Sieh nur, Schwesterherz!«, hörte Juline, wie Rose ihrer Schwester zuraunte. »Mein Gefühl hat mich nicht getäuscht. Ich wusste doch, dass wir Besuch bekommen würden! Und was für einen netten!«

»Tatsächlich!«, antwortete Hortensie verwundert. »Ein Mädchen. Wie alt würdest du sie schätzen?«

»Ich – ich bin dreizehn«, stellte Juline mit leiser Stimme klar, während sie auf die Knie sank und die umgefallenen Bücher einsammelte, um sie wieder auf ihren Platz zu stellen. »Und ich heiße Juline.«

»Hörst du, Hortensie, Juline heißt das Kind. Was für ein schöner Name!«

»Wo bleiben nur unsere Manieren!«, schnalzte Hortensie, beugte sich weiter aus dem Fenster und machte Juline ein Zeichen näher zu kommen.

Juline ging einen Schritt auf das Puppenhaus zu. »Normalerweise bin ich nicht so tollpatschig«, erklärte sie. »Ihre Musik war nur so wunderschön, da haben sich meine Füße selbstständig gemacht, und ich musste einfach tanzen.« Sie ging vor dem Puppenhaus in die Knie. Jetzt erst fiel ihr auf, dass dort, wo sie sich immer hinhockte, ein blanker Fleck im Staub zu sehen war.

»Eines der größten Komplimente, das man einem Musiker machen kann, wenn du mich fragst«, urteilte Hortensie. »In diesem Fall gebührt es meiner Schwester. Es grenzt zwar an ein Wunder, dass sie mit ihren kurzen Knubbelfingerchen überhaupt das Klavier bedienen kann. Aber sie kann es und sogar recht passabel.«

Mit einem dankbaren Lächeln neigte Rose ihren Kopf, während sich ein Hauch von Blassrosa auf ihre runden Wangen malte.

Am liebsten hätte Juline sich einmal kräftig in den Arm gekniffen. Sie sprach mit Rose und Hortensie! War das zu fassen? Irgendwie konnte sie es gar nicht glauben, obwohl es doch gerade im Moment wirklich passierte. Es war etwas ganz anderes, die beiden einfach nur still zu beobachten, als jetzt einfach so mit ihnen zu reden, als sei es das Selbstverständlichste auf der Welt.

»Nun kennen wir deinen Namen und wollen dir unsere nicht vorenthalten«, setzte Hortensie an. »Wir sind Rose und Hortensie Butterfield.«

Juline strahlte von einem Ohr zum anderen. Beinahe wäre ihr rausgerutscht, dass sie das doch längst wusste.

»Ich freue mich sehr, Ihre Bekanntschaft zu machen«, erwiderte sie stattdessen. Irgendwie hatte sie das Gefühl sich gegenüber den beiden alten vornehmen Damen sehr gewählt ausdrücken zu müssen. Vielleicht ein bisschen so wie in *Stolz und Vorurteil.*

»Wir uns auch!«, winkte Rose mit ihrer pummeligen Hand ab. »Und bitte sag einfach Rose und Hortensie zu uns. Obwohl wir aus dem vorletzten Jahrhundert kommen, heißt das noch lange nicht, dass wir da auch stehen geblieben sind. Und nun würden wir uns freuen, dich auf ein Tässchen Tee in unsere gute Stube bitten zu dürfen. Du hast doch Zeit?«, fragte sie erschrocken.

»Um nichts auf der Welt würde ich mir das entgehen lassen!«, rief Juline überglücklich.

»Wie wunderbar! Der Tee ist gleich aufgebrüht«, verkündete Rose geschäftig und war schon auf dem Weg in die Küche, als sie Hortensie über die Schulter zurief. »Öffnest du unserem Gast die Tür, Schwesterherz?«, um dann immer wieder vor sich hin zu murmeln: »Oh, ich habe es doch gewusst! Ich habe es gewusst! Am Anfang war es ja nur eine Ahnung, ach was, ein Hauch davon, weil es ja … ach … Ich habe es einfach gewusst!«

»Natürlich öffne ich ihr die Tür, Rose, wer sollte das denn sonst übernehmen?« Hortensie schnalzte über die Gedankenlosigkeit ihrer Schwester missbilligend mit der

Zunge, wandte sich um und durchschritt mit rauschendem Kleid das Wohnzimmer.

Fast hatte Juline das Gefühl, sie würde schweben. Freudige Aufregung und eine Riesenportion Glück durchströmten sie wie ein Schwarm kunterbunter Schmetterlinge.

Im Erdgeschoss öffnete sich die niedliche Haustür und die gertenschlanke Hortensie kam die drei Stufen herab in den inzwischen wieder picobello gepflegten Vorgarten.

Juline zog nachdenklich die Augenbrauen zusammen. Ratlos wanderte ihr Blick zwischen Hortensie und der Spielzeugvilla hin und her. Dann schaute sie an sich selbst herab. »Ich bin doch viel zu groß für das kleine Puppenhaus!« Juline ließ enttäuscht die Schultern hängen. Obwohl sie nur leise vor sich hingemurmelt hatte, musste Hortensie jedes Wort verstanden haben. Während sie sich im Vorbeigehen einen Besenstiel schnappte, der an der Hauswand gelehnt hatte, versicherte sie nämlich: »Mach dir darüber keine Gedanken, Juline. Das haben wir gleich.«

Erst als Hortensie vor dem Kirschbaum haltgemacht hatte und den Besenstiel zu den Ästen emporreckte, erkannte Juline, dass sich am Ende des Stiels gar kein Besen befand. Da war eine Art Netz von der Größe eines kleinen Beutels. Er war kreisrund und an seinem oberen Ende befanden sich Metallzacken. Was hatte Hortensie nur damit vor? Juline beugte sich tiefer herab und beobachtete, wie die kleine Dame damit zwischen die Äste fuhr, sie schüttelte und eine Kirsche nach der anderen im Netz landete. Scheinbar benötigte Hortensie nur sehr wenige

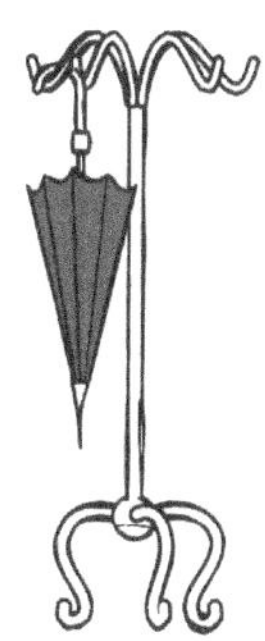

Früchte. Denn kaum, dass sie angefangen hatte, hörte sie auch schon wieder auf, hielt sich das Netz unter die Nase, nickte zufrieden und fischte eine besonders prachtvolle Kirsche heraus. Dann drehte sie sich zu Juline um und streckte ihr die Frucht entgegen. »Wenn du diese Kirsche gegessen hast, spielt deine Größe keine Rolle mehr.«

Zögernd hielt Juline die ausgestreckte Hand unter Hortensies und im nächsten Moment kullerte ein kleines rotes Etwas von der Größe einer Zuckerperle darauf.

»Iss!« Aufmunternd nickte Hortensie ihr zu.

»Und dann schrumpfe ich oder wie?« Skeptisch beäugte Juline die Minikirsche.

»So verhält es sich!«, bestätigte Hortensie und lehnte das Pflückgerät an den Kirschbaum. In der Küche pfiff der Wasserkessel auf dem Herd. Juline biss sich ängstlich auf die Unterlippe. Sie fand Hortensie und Rose supernett. Keine Frage. Aber was, wenn diese Kirsche sie für immer klein bleiben ließ?

»Die Wirkung hält exakt so lange an, wie du es möchtest. Es gibt nämlich eine Art Gegenmittel. Den Kirschkuchen meiner Schwester. Ein Biss genügt und du nimmst wieder deine normale Größe an«, versicherte ihr Hortensie. Konnte sie vielleicht Gedanken lesen? Fröstelnd zog sich Hortensie die wollene Stola, die sie sich vor dem Verlassen des Hauses umgelegt hatte, fester um die Schultern. »Etwas zugig hier draußen, findest du nicht auch?«

Hätte Alice nicht die geheimnisvolle Flüssigkeit getrunken, wäre sie niemals ins Wunderland gekommen, überlegte Juline. Kurz entschlossen wischte Juline alle Bedenken beiseite, warf die Kirsche in den Mund und biss zu.

Noch während sie mit der Zunge den klitzekleinen Kern aus dem Fruchtfleisch pulte und in die linke Wange schob, kniff sie die Augen zu. Ein, zwei Sekunden lang spürte sie nichts Außergewöhnliches. Dann, gerade wollte sie zaghaft blinzeln, begann es in ihrem Kopf zu prickeln wie Schneegestöber. Es bizzelte ihren Hals hinunter, über Arme und Beine bis in ihre Finger- und Zehenspitzen. Und dann ging es los. Sie schrumpfte in einem rasenden Tempo. In einem Moment ging ihr das Puppenhaus noch bis zur Brust, dann konnte sie plötzlich durch die kleinen Sprossenfenster direkt auf den gemütlichen Dachboden gucken. Wäre sie näher dran gewesen, hätte es mit einem Mal gereicht, die Hand auszustrecken und sie hätte sich problemlos eine Kirsche von dem Kirschbaum pflücken können. Noch ehe sie diesen Gedanken zu Ende gedacht hatte, reichte ihr das weiße Gartentörchen nur noch bis zur Nasenspitze.

Plötzlich klackte es, Schritte klapperten über den Holzboden und eine schmale, zierliche Hand schob sich vor Julines Augen.

»Darf ich dir helfen?« Dankbar griff Juline nach der Hand und ließ sich von Hortensie, der alten Dame, die überraschend kräftig war, auf die Füße ziehen. »Bitte folge mir!« Wieder raschelte Hortensies Kleid, als sie vor Juline durch das Gartentörchen schritt und sie über den knirschenden Kiesweg auf die Stufen zuführte. Gerade als Juline die Haustür hinter sich schließen wollte, hörte sie Rose aus der Küche rufen: »Wo bleibt ihr denn, ihr Lieben? Der Tee wird kalt!«

Kapitel 11

Staunend folgte Juline Hortensie ins Haus.

»Komm, gib mir deinen Mantel, meine Liebe!« Mit ausgestreckter Hand deutete Hortensie auf die altmodische Garderobe gleich hinter der Tür.

»Gerne!«, nickte Juline, denn im Puppenhaus war es muckelig warm, und streifte Schal und Mantel ab.

Juline reckte den Hals und linste neugierig die mit einem weinroten Läufer ausgelegte Holztreppe hinauf. Logisch wusste sie, was sie dort oben erwartete. Nämlich das antike Badezimmer und die beiden Schlafzimmer der Schwestern mit dem großen Balkon in der ersten Etage und in der zweiten noch mal zwei gemütliche Schlafzimmer. Und trotzdem brannte sie darauf, sich das alles, was sie von außen schon so gut kannte, aus der Nähe anzusehen.

Von links war Geschirrgeklapper zu hören. Und als Juline jetzt hinter Hortensie durch eine von gebauschten, weinroten Samtgardinen eingerahmte Tür ins Wohnzimmer trat, fiel ihr Blick sofort auf die pummelige Rose. Mit vor Aufregung geröteten Wangen stellte sie gerade die letzte Tasse des niedlichen Blümchenservices auf die Untertasse, presste die Hände vor der Brust zusammen und betrachtete zufrieden ihr Werk.

»Da seid ihr ja!«, rief sie im Hochblicken und eilte mit ausgebreiteten Armen auf Juline zu. »Herzlich Willkommen in unserem bescheidenen Haus, liebes Kind.« Damit schlang sie die Arme um Juline und drückte sie fest an sich. »Bitte, nimm doch Platz. Am besten auf dem Sofa!«

»Danke, das ist sehr freundlich!«, stammelte Juline. Sie war absolut überwältig. Von Roses Herzlichkeit ... und ach, einfach von allem. Schon von außen hatte das Puppenhauswohnzimmer unendlich gemütlich gewirkt und trotzdem war es kein Vergleich zu der Behaglichkeit und Geborgenheit, die Juline jetzt wohlig durchströmten. Die Wärme des knisternden Kaminfeuers legte sich um sie wie eine flauschige Decke. Wie oft hatte Juline die beiden Schwestern dabei beobachtet, wie sie an dem hübsch eingedeckten Tisch mit der blütenweißen Tischdecke, dem Blümchenservice, den brennenden Kerzen und dem Silberbesteck ihren Nachmittagstee zu sich genommen hatten und wie oft hatte sie sich dann gewünscht, dabei sein zu können. Juline konnte nicht anders. Sie musste aus tiefster Seele seufzen. Denn jetzt in diesem Moment, auch wenn sie es immer noch nicht glauben konnte, war ein Traum wahr geworden. Sie, Juline Taubert, nahm gerade, als sei es das Selbstverständlichste auf der Welt, auf einem altmodischen Sofa mit weißen Häkeldeckchen Platz. Mann, war das kuschelig gemütlich! Sie konnte nicht anders, sie musste einen Blick durch die Sprossenfenster des Puppenhauses

auf den frostigen, im herbstlichen Licht liegenden Dachboden da draußen werfen. Erst jetzt wusste sie, dass es stimmte und dass sie wirklich Teil dieser zauberhaften Welt geworden war. Und das nur, weil sie eine Kirsche gegessen hatte. Genau. Sie bohrte ihre Zunge in die Wange und stieß gegen den harten erbsengroßen Gegenstand. Wohin nur mit dem Kirschkern? Hilfe suchend schaute sie sich auf dem Teetisch um.

»Ach, der Kern!«, rief Rose aufmerksam. »Erst auf den Teelöffel damit und dann auf deine Untertasse. Nur nicht wegwerfen. Wir sammeln die Kerne, damit ... nun ... damit.« Unsicher schaute sie ihre Schwester an.

»Weil Ordnung eben sein muss!«, half Hortensie ihr aus der Patsche. Tatkräftig griff sie nach Julines Teelöffel und hielt ihn ihr auffordernd unter den Mund. Kaum hatte Juline den Kern daraufgespuckt, kippte Hortensie ihn auf ihre eigene Untertasse.

»Du ahnst ja gar nicht, was du uns mit deinem Besuch für eine riesengroße Freude machst!«, schnatterte Rose und hob die Teekanne vom Stövchen. Juline schob sich auf die Sofakante vor, reckte schnuppernd den Kopf in Richtung des dunklen Kuchens und schloss genüsslich die Augen. Wie das nach Schokolade duftete! Einfach himmlisch!

»Tee?« Abwartend hielt Rose die Kanne über Julines Tasse. Juline zögerte. Sie konnte Tee nicht ausstehen. Zumindest Kamillentee und Fencheltee hasste sie regelrecht. Immer wenn sie krank war, flößte ihre Mutter ihr einen von beiden ein. Aber es war bestimmt sehr unhöflich, das jetzt zu sagen.

»Rose, wo bist du nur mit deinen Gedanken. Du weißt doch ganz genau, was Kinder am liebsten zum Kuchen trinken«, erinnerte Hortensie ihre Schwester.

»Wie recht du hast, Schwesterherz. Ach, das ist die Aufregung. Kakao. Natürlich Kakao. Kommt sofort!«

»Kakao wäre echt super!«, bestätigte Juline und warf Hortensie einen dankbaren Blick zu.

Keine fünf Minuten später war Rose auch schon wieder zurück mit einer dampfenden Kanne Kakao. Sie stellte einen Becher vor Juline, schenkte den Kakao ein und streute ein Pulver darüber. Juline schnupperte skeptisch. Das roch ja nach Weihnachten!?

»Probier mal«, flüsterte ihr Rose verschwörerisch zu. »Zimt verleiht dem Kakao eine ganz besondere Note!«

Dann trat sie neben ihre Schwester, die sich Juline gegenüber auf einen der beiden Polsterstühle gesetzt hatte. Die Ellenbogen auf die Tischplatte gestützt, die Hände gefaltet, saß sie kerzengerade da und hatte das Kinn auf die Fingerspitzen gelegt. Irgendwie hatte Juline das Gefühl, als ob Hortensie sie aufmerksam musterte. Ganz so, als ob sie versuchte, in ihrem Gesicht zu lesen. Auch wenn das komisch klang. Sie schaute noch nicht mal auf, als Rose ihr Tee eingoss. Stattdessen sagte sie jetzt ganz beiläufig, während sie den zierlichen Silberring von ihrer Serviette zog und diese auf ihrem Schoß ausbreitete.

»Sag, Juline, was führt dich auf den Dachboden?«

»Ich bin nicht das erste Mal hier, falls ihr das denkt«, plapperte Juline los, ohne nachzudenken. »Seit Wochen komme ich in jeder freien Minute hierher und schaue nach, was ihr so macht!« Plötzlich gefror ihr das Lachen auf dem Gesicht. Was wenn die beiden es gar nicht lustig fanden, von ihr heimlich beobachtet worden zu sein?

»Ach, seit Wochen!«, wunderte sich Rose und hielt im Kuchenauftun inne. »Hast du sie bemerkt, Hortensie?«

»Mitnichten, Rose, das hätte ich dir doch sonst mitgeteilt!«, erwiderte Hortensie empört. War sie jetzt wegen Juline empört oder wegen der Frage ihrer Schwester? Unsicher zuckte Julines Blick zwischen Hortensie und Rose hin und her. Wäre sie nicht so besorgt gewesen, mit ihrer unbedachten Äußerung alles ruiniert zu haben, hätte sie jetzt beinahe gegrinst. Denn die beiden waren wirklich ein witziges Gespann. Selbst im Sitzen war Hortensie immer noch ein Stückchen größer als die stehende Rose. Wieder schaute Hortensie Juline so forschend an. Sie drehte sich auch nicht zu ihrer Schwester um, als sie jetzt sagte: »Ich kann mir nicht helfen, Rose, aber dieses Gesicht ... kommt es dir nicht auch irgendwie bekannt vor?«

Rose spitzte die Lippen und kniff die Augen zusammen.

»Ja!«, raunte sie zögernd, fast überrascht. »Jetzt, wo du es erwähnst. Sehr sogar.«

Unwohl rutschte Juline auf dem Sofa hin und her.

»Wie heißt du?«, bohrte Hortensie nach.

»Aber das weißt du doch, Hortensie!«, rief Rose. »Bist du schon so vergesslich geworden? Juline heißt das Kind!«

»Ach, Rose. Ich meine doch den Nachnamen!«

»Taubert«, antwortete Juline verwirrt. Woher sollten die alten Damen sie schon kennen? »Juline Taubert.«

Mit einem Plumps, der ihren Stuhl unter ihrem Gewicht aufstöhnen ließ, landete Rose auf ihrem Platz. Wie vom Donner gerührt starrte sie Juline an. Dann legte sie ihre zitternde Hand auf den Unterarm ihrer Schwester. »Hast du das gehört?«, wisperte sie. »Juline Taubert heißt das Kind!«

»Aber natürlich habe ich verstanden, was Juline gerade gesagt hat, Rose. Schließlich bin ich alles andere als taub!«, erwiderte Hortensie pikiert und griff nach ihrer Teetasse. Bevor sie sie an die Lippen führte, sagte sie beiläufig: »Um ganz ehrlich zu sein, habe ich die Ähnlichkeit sofort erkannt.«

Jetzt war Juline völlig verwirrt.

»Es sind die Augen!«, urteilte Rose.

»Oh, nein!«, rief Hortensie aus, kaum dass sie den Tee hinuntergeschluckt und die Tasse auf der Untertasse abgestellt hatte. »Nicht die Augen. Es ist die Nase. Die Nase und vielleicht noch der Mund.«

Verunsichert tastete Juline Nase und Mund ab. Was stimmte denn damit nicht? Und bekam prompt die Antwort. »Nase und Mund hat sie eindeutig von Ben. Die Augen hat sie eher von Jana.«

»Ihr kennt meine Eltern?!« Völlig entgeistert starrte Juline die beiden Schwestern an.

»Aber natürlich kennen wir deine Eltern, liebe Juline. Es ist, als ob es gestern gewesen wäre, dass deine Mutter genau dort auf dem Sofa gesessen hat, auf dem du jetzt sitzt. Und dein Vater ebenso ... Weißt du noch, Hortensie, wie viele Stücke von meinem Kuchen er immer verdrückt hat?«, erinnerte sich Rose und richtete ihren Blick irgendwohin in die Vergangenheit. Die Erinnerung an lang vergangene Tage zauberte ein Lächeln auf Roses füllige Wangen. Ungläubig starrte Juline den leeren Platz neben sich auf dem tannengrünen Sofa an. Ihre Eltern? Hier im Puppenhaus?

»Die Tochter von Ben und Jana«, seufzte Rose glückselig. »Ach, das ist einfach zauberhaft!« Damit zog sie ihren Teller näher zu sich heran. »Als ob ich es geahnt hätte … dieser Schokoladenkuchen hier war der Lieblingskuchen deines Vaters. Probier mal!«

Völlig verdattert nahm Juline die Kuchengabel in die Hand.

»Sie ist also erblich!«, raunte Hortensie und nahm ihr Kuchenstück in Angriff. »Interessant. Sehr interessant.«

»Aber …« Juline ließ die Gabel wieder sinken und schaute Hilfe suchend zu den Schwestern hinüber. »Wie ist das möglich? Ich meine …« Mit der linken Hand machte sie eine Bewegung, die das ganze Puppenhaus einschloss. »Das alles hier. Meine Eltern. Ich. Eigentlich geht das doch gar nicht! Und was bitte ist erblich?«

»Die Gabe«, antwortete Hortensie, als wüsste das nun wirklich jeder. Sie legte ihre Gabel auf den Teller und tupfte sich die Schokokrümel aus den Mundwinkeln.

»Oh, ja, erkläre du es ihr, Schwesterherz. Du bist so viel besser in diesen Dingen als ich«, sagte Rose zustimmend und nahm einen tiefen Schluck Tee zu sich.

»Gerne, Rose.« Hortensie nickte. »Für normale Menschen ist unser wunderschönes Zuhause nicht mehr als ein altes, verwahrlostes, kaputtes Puppenhaus.«

»Was?« Ungläubig schüttelte Juline den Kopf.

»Aber deine Eltern haben die Magie darin erkannt.

Und das kommt daher, dass sie eine ganz besondere Gabe hatten«, mischte Rose sich jetzt doch ein.

»Ich habe diese verborgene Tür in der Schulmauer entdeckt. Durch Zufall. Vor ein paar Wochen«, berichtete Juline. »Dann bin ich die Treppe rauf und auf den Dachboden und da habe ich es entdeckt. Das Puppenhaus. Es ist so wunderschön und gar nicht verwahrlost oder kaputt oder hässlich. Es ist … es ist ein Traum.«

»Siehst du?« Hortensie zog die Augenbrauen hoch. »Du hast die Gabe von deinen Eltern geerbt. Deshalb sitzt du jetzt genau an der Stelle, an der sie vor vielen, vielen Jahren auch gesessen haben.«

»Und das ist märchenhaft!«, jubelte Rose. »Ach, was werden wir für einen Spaß zusammen haben.« Erschrocken hielt sie kurz inne. »Du kommst uns doch jetzt regelmäßig besuchen, oder?«

»Auf jeden Fall!«, versprach Juline nur allzu gerne und hob die Gabel wieder an, aber nur um sie im nächsten Augenblick erneut sinken zu lassen. »Eins verstehe ich aber immer noch nicht. Warum können meine Eltern sich nicht mehr an euch oder das Puppenhaus erinnern?«

»Weil sie uns vergessen haben«, antwortete Hortensie und strich die Serviette auf ihrem Schoß glatt. »Leider!«

»Wie kann man denn so etwas vergessen?« Jetzt verstand Juline gar nichts mehr.

»Das ist das Problem mit dem Erwachsenwerden. Die Gabe wächst sich aus. Und auch die Erinnerung an alles, was man mit der Gabe zu sehen vermochte. Von Jahr zu Jahr konnten deine Eltern sich immer schlechter an unser Zuhause erinnern. Bis es schließlich vollkommen verblasst war«, erklärte Hortensie und ließ traurig die Schultern sinken.

»Die ersten paar Jahre nach ihrem Abitur haben deine Eltern uns noch regelmäßig besucht. Deshalb wissen wir auch, dass sie geheiratet haben – das war ja klar, die beiden waren schon zu Schulzeiten unzertrennlich.« Hortensie verdrehte die Augen und lächelte, bevor sie ernst sagte: »Dann kamen sie immer seltener und schließlich gar nicht mehr.« Rose schniefte, zog ein besticktes Taschentuch aus ihrem Kleid und tupfte sich damit die Nase. »Sie haben uns einfach vergessen. Als ob wir und unsere zauberhafte gemeinsame Zeit nie existiert hätten!«

Tröstend legte Hortensie einen Arm um Rose. »Aber Schwester, so ist das Leben nun mal.«

»Ein wenig erinnern sie sich doch noch«, sagte Juline schnell, um Rose und Hortensie wenigstens ein bisschen zu trösten. »Sie wissen nämlich sehr genau, dass ihre Zeit im Internat zauberhaft war.« Ein Leuchten flackerte in Roses Augen auf.

»Stimmt das?«, schniefte sie an Hortensies Schulter gelehnt.

»Sicher!«, versicherte Juline. »Jeden Abend vor dem Einschlafen haben sie mir von *Haus Sonnenbühl* erzählt und davon, dass es hier magisch war, märchenhaft. Wie ihre Augen leuchten, wenn sie von hier erzählen ...«

»Wenigstens etwas!«, sagte Rose, schniefte ein letztes Mal und stopfte ihr Taschentuch zurück. »Aber, was ist denn das? Du hast den Kuchen ja noch nicht mal angerührt, Juline!«

»Kommt sofort!« Gespannt pikste Juline endlich die

Gabel in den Kuchen, schob sich ein Stück in den Mund und kaute abwartend. OMG! Das war ja ... pure Schokolade! Wow! Wie göttlich war das denn? So einen perfekt schokoladigen Schokoladenkuchen hatte sie noch nirgendwo auf der Welt gekostet.

»Der ist ja mega!«, seufzte sie und ließ sich in die Kissen sinken. Mehr als ein paar Krümel hatte sie nicht übrig gelassen.

»Danke für das Lob. Der Trick ist eigentlich ganz einfach ... weißt du, die meisten Leute machen bei ihrem Schokoladenkuchen den Fehler, dass ...«, wollte Rose gerade losschwätzen, aber da fiel ihr Hortensie ins Wort. »Entschuldige, aber wenn sich die Schulregeln nicht allzu sehr geändert haben, dann muss sich unser Gast jetzt sputen.« Sie deutete in Richtung Standuhr, deren Zeiger sich unaufhaltsam auf fünf Uhr zubewegten.

»Großer Gott, wie recht du hast!«, rief Rose. Erstaunlich flink sprang sie von ihrem Stuhl auf und sauste in die Küche, um wenige Sekunden später mit einem Stück in eine Serviette gewickelten Kirschkuchen zurückzukommen. »Es wird Zeit.« Entschlossen fasste sie Juline am Handgelenk.

»Ich will aber noch gar nicht gehen!«, protestierte Juline. Bei dem Gedanken, jetzt zurück in die Schule zu müssen, lief ihr ein eiskalter Schauer über den Rücken.

»Pflicht ist Pflicht«, belehrte Hortensie sie, als sie den beiden in den Garten folgte und Juline in Schal und Mantel half. Mit einem leisen *Klack!* sprang das Gartentor auf und Rose reichte Juline den Kirschkuchen. »Du musst immer daran denken, weit genug von unserem Garten entfernt zu sein, bevor du in den Kuchen beißt, sonst stößt du dir noch den Kopf oder bleibst mit den Haaren im Kirschbaum hängen. Hier, bitte …«, erklärte Rose und schob Juline auf den Dachboden hinaus. »Ein Bissen reicht eigentlich. Aber« – keck zwinkerte sie Juline zu – »du wirst das ganze Stück essen wollen. Ohne mich selbst loben zu wollen: Von meinem Kirschkuchen kann niemand genug bekommen.«

Den beiden alten Damen zuliebe zwang sich Juline zu einem Lächeln. Die Zwei waren so süß. Wie sie jetzt hinter dem Gartentörchen standen. Arm in Arm. Die eine, lang wie eine Bohnenstange, winkte majestätisch wie die englische Königin, die andere, klein und kugelrund wie ein Schneemann, winkte aufgeregt wie ein kleines Mädchen, während Juline sich Schrittchen für Schrittchen immer weiter von ihnen entfernte. »Komm ganz bald wieder, ja?!«, rief Rose ihr zu.

»Wir würden uns wirklich sehr freuen!«, schloss Hortensie sich an.

»Ist es auch okay, wenn ich schon heute Abend wieder vorbeikomme?« Aufgeregt knetet Juline das Kuchenstück zwischen den Fingern. Wenn sie nicht aufpasste, hatte sie gleich keinen Kuchen mehr, sondern nur noch Krümel mit Kirschmatsche in den Händen.

»Wann immer du willst!«, bestätigte Hortensie.

»Cool!«, strahlte Juline glückselig, wickelte Roses Kirschkuchen aus und biss herzhaft hinein. Himmlisch! Im Nu hatte sie das ganze Stück verputzt. Und noch während sie kaute, wurde sie Zentimeter für Zentimeter immer größer und größer …

Im Rennen schmeckte Juline noch den leckeren Kirschkuchengeschmack auf der Zunge. Was hatte sie nur für ein Glück, dass sie diese ungewöhnliche Gabe besaß, dachte sie gerade, als sie hinter dem Rhododendron hervorhuschte und über die Wiese auf das Schulgebäude zuhielt. Gleichzeitig schwor sie sich, dass sie das zauberhafte Puppenhaus mit Rose und Hortensie nie im Leben, absolut niemals vergessen würde.

Kapitel 12

»Hoppla! Träumst du?«

Zwei Hände hatten sie bei den Schultern gepackt und jetzt tauchte ein Gesicht direkt vor ihrem auf. Juline erstarrte und spürte, wie sie tomatenrot anlief. Marc-Henri!

»Oh, Entschuldigung!«, stammelte sie.

»Nichts zu entschuldigen. Ich wollte nur nicht, dass du dir wehtust«, sagte Marc-Henri und zwinkerte ihr zu. »Du warst ja völlig weggebeamt.«

Juline schaute an Marc-Henri vorbei und sah die Tür dicht hinter seinem Rücken. Hätte er nicht ihren Weg blockiert, wäre sie unter Garantie voll dagegengedonnert.

»Oh, danke!«, stammelte Juline. Wie peinlich war das denn? Jetzt musste Marc-Henri ja denken, dass sie völlig verpeilt war.

»Große Geister verlassen häufig das Hier und Jetzt!« Er grinste, öffnete die Tür und trat zur Seite, um sie vorbeizulassen. »Sehen wir uns in der Theater-AG?«

»Klar!«, krächzte Juline. Wenn sie nicht bald wegkam, würde sie gleich glühen wie ein Feuerball, und außerdem hatte sie die Befürchtung, dass jeder im Umkreis von drei

Kilometern merken musste, wie nervös er sie machte. Da halfen nur zwei Dinge: Ein möglichst schnelles und neutrales »Danke!« und dann ab durch die Mitte. Schnell genug, aber gerade eben noch so langsam, dass es nicht nach Flucht aussah. War das jetzt Nelli oder Melli, die auf der Steinbank neben der Treppe hockte und sie hämisch angrinste? Eine war so schlimm wie die andere. Juline konnte nur von Glück reden, dass der Zwilling gerade kein Handy zur Hand hatte. Das wäre es noch gewesen: Julines peinliche Anhimmelei exklusiv präsentiert auf *mylife* …

Bei den nächsten Treffen der Theater-AG sah Juline Marc-Henri allerdings immer nur aus der Ferne. Während sie an ihrem Nähtisch hockte und das Kostüm für Luisa unter ihren fleißigen Fingern immer mehr Gestalt annahm, bastelte und schraubte er auf der Bühne mit den anderen vom Schreinerei-Team am Bühnenaufbau herum. Wenn sich ihre Blicke dann zufällig trafen und Marc-Henri sie mit seinem charmanten Lächeln anstrahlte, machte Julines Herz jedes Mal einen kleinen Freudenhüpfer und sie musste sich ganz schnell wieder über ihre Näharbeit beugen, damit niemand bemerkte, wie das Glück ihre Augen leuchten ließ.

Ratsch!

»Was machst du denn da?«

Luisa beachtete Julines entsetzten Ausruf nicht. Stattdessen legte sie ein teuflisches Lächeln auf und riss die Naht, die den langen Rock mit dem

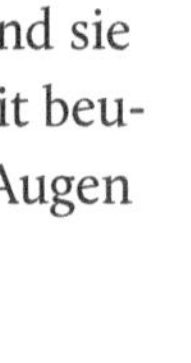

Oberteil ihres Kostüms verband, immer noch weiter auf. *Ratsch! Ratsch!* Sie stand so nah vor Julines Nähtisch, dass Juline sie mit der Nadel hätte piken können, die sie gerade zurück ins Nadeltäschchen schieben wollte.

Es war keine fünf Minuten her, dass Juline voller Stolz den letzten Knopf an Luisas Kostüm befestigt hatte. Juline hatte sich so viel Mühe damit gegeben, so viel Zeit darauf verwandt, und jetzt stand Luisa da und riss es in tausend Fetzen.

»Hör auf damit!«, schrie Juline und sprang auf die Füße. Da machte Luisa kehrt und marschierte schnurstracks zu Miss Fenwick. Die Leiterin der Theater-AG hatte beide Hände voll damit zu tun, einen Streit zwischen einer Gruppe kleiner Statisten aus der Fünf zu schlichten. Zwei heulten, einer hatte bockig die Arme vor der Brust verschränkt und die zwei übrigen redeten wild durcheinander.

»Okay, Sweeties, ich kann immer nur einem auf einmal zuhören!«, rief Miss Fenwick über den Tumult hinweg. »Jasper darf zuerst seine Version erzählen. Und die anderen sind bitte so lange still.«

»Miss Fenwick!« Rücksichtslos schob Luisa die Kleinen beiseite und drängte sich vor die Lehrerin. »Sehen Sie sich bitte mal an, was Juline unter einem fertigen Kostüm versteht! Darin soll ich auf der Bühne stehen und mich vor meinen Eltern und Freunden blamieren?«

Juline schob sich neben Luisa. Beim Anblick des Kostüms hätte sie echt heulen können. Der linke Arm des Kleides baumelte lose am Oberteil, dafür war nur noch die rechte Seite des Rocks, dessen Saum Luisa ebenfalls aufgerissen hatte, mit dem Oberteil verbunden. Und das Oberteil selbst machte den Eindruck, als würde es sich gleich in seine Bestandteile auflösen. Da hatte Luisa wohl mit der Schere nachgeholfen. Miss Fenwicks violette Katzenbrille wanderte ihren Nasenrücken hinauf, während die Lehrerin einen knappen Blick auf das warf, was von dem Kostüm noch übrig geblieben war.

»Ich meine …« Schulterzuckend spielte Luisa die Unbeholfene und presste sich doch tatsächlich ein paar Krokodilstränen raus. »Ich meine, wenn Juline nichts an unserem Stück liegt, warum ist sie dann überhaupt in der AG? Es soll doch schön werden. Für alle! Es wird wohl das Beste sein, wenn ich doch die Schneiderin meiner Mutter in Paris anrufe.«

»Miss Fenwick, Jasper hat mich schon wieder geboxt!«, heulte in diesem Moment der Junge in dem Kostüm eines viktorianischen Straßenjungen auf. Genervt drehte sich die Lehrerin zu ihm um. »Ich bin sofort bei euch, Max. Einen Moment, bitte!« Mühsam beherrscht drehte sie sich wieder zu Luisa und damit auch zu Juline um. »Juline, was hast du dir denn nur dabei gedacht?« Schon hatte Juline den Mund geöffnet, um sich zu verteidigen, kam jedoch nicht dazu. Denn Miss Fenwick redete einfach weiter. »Was man macht, das macht man richtig oder gar nicht. Alle geben hier ihr Bestes und das verlange ich auch von dir. Wenn dir unser Theaterstück nicht wichtig ist, dann ist es in der Tat besser, wenn du die Theater-AG verlässt.«

»Miss Fenwick, darf ich auch was dazu sagen?«, setzte Juline an.

»Bring einfach das Kostüm schnellstens in Ordnung«, entschied die Lehrerin.

»Nicht Ihr Ernst, Miss Fenwick!«, protestierte Luisa entsetzt, die bestimmt mit ihrer fiesen Aktion beabsichtigt hatte, gleich zwei Fliegen mit einer Klappe zu schlagen und ihr supertolles Hollywood-Kostüm schon zum Greifen nah gesehen hatte.

»So, und jetzt zu euch, Jungs. Immer einer nach dem anderen und Jasper fängt an.« Keine Chance. Miss Fenwick hatte sich schon dem nächsten Problem zugewandt.

»Ich fasse es nicht!«, zischte Luisa kopfschüttelnd, ließ das Kostüm mit spitzen Fingern vor Julines Füßen in den Staub fallen, warf den Kopf hochmütig in den Nacken und rauschte ab.

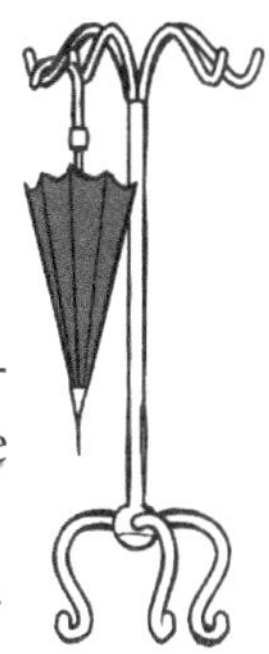

Juline kochte vor Wut. Am liebsten hätte sie dieses blöde Kostüm richtig in Fetzen zerrissen, anstatt es wieder mühsam zusammenflicken zu müssen. Ächzend hob sie es auf. Toll! Ganz toll! Jetzt war auch noch Miss Fenwick sauer auf sie. Völlig zu Unrecht, aber wen kümmerte das schon? Das Ergebnis zählte. Bei der Fünf, die Herr Leonard ihr für die Nutella verschmierte Hausaufgabe verpasst hatte, fragte ja auch keiner nach, wer für die Sauerei verantwortlich war. Juline donnerte das Kostüm auf ihren Nähtisch. Konnte es denn wirklich wahr sein, dass Luisa immer gewann? Nachdenklich glitt Juline auf ihren Stuhl. Na ja, auch wenn sie es sich selbst gegenüber nur sehr ungern eingestand … an der Vier im Französisch Vokabeltest trug Luisa ausnahmsweise mal keine Schuld. Ebenso wenig wie an dem Rüffel, den Juline sich letzthin von Herrn Bach eingehandelt hatte, weil sie mal wieder unvorbereitet zur Geigenstunde erschienen war. Das ging schon alles auf ihr eigenes Konto. Und der Grund dafür war, dass sie jede, absolut jede freie Minute, die sie nicht unbedingt in der Schule verbringen musste, mit Rose und Hortensie im Puppenhaus zubrachte. Es machte ihr so viel Spaß, von Rose ganz viel über das Backen und das Kochen zu lernen oder Hortensie dabei zu helfen, den Garten winterfest zu machen. Wie um alles in der Welt sollte sie da noch Zeit für die Schule oder die Geige finden? Obwohl ... Julines Miene hellte sich auf ... was sprach eigentlich dagegen, die Geige mit ins Puppenhaus zu nehmen?

»Gar nichts, mein Kind! Sehr gerne sogar!«, beantwortete Rose noch am selben Abend Julines Frage und klatschte begeistert in die Hände. »Hortensie! Hortensie, hast du gehört, was Juline vorgeschlagen hat? Sie hat die wirklich fabelhafte Idee ...«

»Ich sitze doch direkt neben euch. Natürlich habe ich gehört, was unsere liebe Juline sich überlegt hat«, raunte Hortensie, ohne von dem Buch, in dem sie sich gerade Notizen machte, hochzuschauen. »Eine sehr hübsche Idee ist das.«

»Dass Hortensie die Geige spielt, weißt du ja. Aber sie beherrscht auch das Cello. Früher hat sie deinen Vater und deine Mutter unterrichtet. Und ich habe sie auf dem Klavier begleitet. Ach, wie herrlich! Es wird genauso wie in alten Zeiten werden!«

Bedächtig schloss Hortensie das Buch, legte den Stift

daneben und spitzte die Lippen. Dabei trommelten ihre langen Finger einen flotten Rhythmus auf dem Buchdeckel. »Wenn ich mich recht entsinne, haben wir mit Ben und Jana nicht nur musiziert.«

»Stimmt!«, kicherte Rose. »Wir haben ihnen auch in der Schule ein wenig auf die Sprünge geholfen.«

»Ben war keine Freund der Mathematik«, erinnerte sich Hortensie, stand auf und ging mit raschelndem Kleid am Klavier vorbei auf das Bücherregal zu. Suchend wanderte ihr Zeigefinger die brüchigen Buchrücken ab. »Ich glaube, die Naturwissenschaften waren generell nicht so sein Ding.«

»Da erinnerst du dich richtig. Und Jana hatte es nicht mit den Sprachen«, ergänzte Rose, dabei strich sie gedankenversunken mit der flachen Hand über die Tischdecke. »Das arme Mädchen, was hat sie sich mit Latein gequält. Wenn du es für dich behältst …« Vertraulich beugte sich Rose zu Juline vor: »Sie waren beide keine Leuchten in der Schule.«

»Rose!«, kopfschüttelnd warf Hortensie ihrer Schwester einen mahnenden Blick zu. »Aber wir haben sie durchgeboxt. Ich vermisse es richtig. Chemie, Physik, Biologie.« Liebevoll zog sie eines der Bücher heraus und hielt es so, dass Juline den Titel lesen konnte. *Grundlagen der Chemie.* »Es wäre schön, wenn das alte Schätzchen auch noch mal zu Ehren käme. Grundlagen bleiben schließlich Grundlagen!«

»Diese Fächer vermisse ich nicht im Geringsten!«, versicherte Rose und schüttelte sich.

»Vielleicht Französisch?«, rief Juline hoffnungsvoll

und schon landete ihr Vokalheft auf dem Tisch. »Eigentlich ist Französisch mein Lieblingsfach. Nur hatte ich in letzter Zeit zu wenig Zeit zum Üben. Wie wäre es? Mag mich eine von euch abfragen?«

»Avec plaisier, meine Liebe!« Lächelnd beugte sich Rose über den Tisch, zog das Heft näher zu sich heran und setzte umständlich ihre Nickelbrille auf. »Sprachen fallen in mein Gebiet!«

Bald kannte Juline das niedliche Puppenhaus wie ihre Westentasche. In der ersten Etage befand sich das putzige Badezimmer mit den Wasserrohren, in denen es immer äußerst bedenklich rumpelte, sobald man den Hahn aufdrehte. Dann waren da noch die beiden Zimmer, in denen Rose und Hortensie schliefen. Ganz unter dem Dach lagen zwei weitere Schlafzimmer. Das eine wirkte seltsam bewohnt, auch wenn Juline beim besten Willen nicht wusste, von wem. Und in dem anderen, dem mit der Tapete mit den Efeuranken, mit dem riesengroßen Himmelbett samt großer Kissen, in denen man so herrlich versinken konnte, in diesem Zimmer ... durfte sie ihre erste Nacht im Puppenhaus verbringen.

Das erste Besuchswochenende war *die* Gelegenheit dafür. Alle fuhren zu ihren Eltern nach Hause. Nur Juline nicht. Ihre Eltern konzertierten gerade in Peking, das war dann für ein Wochenende doch ein bisschen weit weg. Juline hatte vorgegeben, zu ihrer Oma nach Stuttgart zu fahren. Eine Lüge, die hoffentlich nicht auffliegen würde, weil ihre Eltern es ohnehin mit Herrn Leonard abgesprochen hatten, dass Juline an dem ein oder anderen Wochenende ihre Oma besuchen wollte. Dass Oma dieses

Wochenende aber mit ihrem Literaturclub in Weimar war, wusste in *Haus Sonnenbühl* niemand.

Als es am Samstagmorgen unten in der Einfahrt von teuren Autos und Abholern und Wiedersehensumarmungen nur so brummte, schnappte sich Juline ihren gepackten Rucksack, rief Sophie, die die Aufsicht hatte, ein »Meine Oma ist da! Bin weg! Tschü-üß!« zu, um sich dann jedoch im Gewimmel unbemerkt auf den Dachboden zu schleichen und in ein supertolles Wochenende mit den beiden Schwestern zu starten.

Immer noch klebten kleine Teigklümpchen in Julines Haar, als sie an diesem Abend müde, aber glückselig im Puppenhaus in das große von Rose frisch bezogene Himmelbett sank und augenblicklich einschlief.

Sie schlief so tief und fest, dass sie das verräterische Knacken nicht hörte, das sich schnell und unaufhaltsam über den Dachboden auf das dunkle Puppenhaus zubewegte. Auch Rose und Hortensie waren längst zu Bett gegangen, sonst hätten sie vielleicht alarmiert aufgehorcht, als die Äste im Kirschbaum raschelten und zwei, drei Kirschen auf den Rasen plumpsten. Nichts ahnend drehte sich Juline fröstelnd auf die Seite und zog im Schlaf die kuschelige Decke bis zur Nasenspitze. Von dem lodernden Kaminfeuer war mittlerweile nur noch ein Gluthaufen mit kleinen, züngelnden Flammen übrig geblieben, der es nicht mehr schaffte, den Raum ganz zu wärmen. Plötzlich trippelte etwas über das Dach, dann öffnete sich eines der Sprossenfenster. Ein Schatten schob sich geschickt durch den schmalen Spalt, schaute sich suchend um, zögerte kurz, spannte sich an und sprang.

»Auch ne Nuss?«

Juline schrie spitz auf und schoss hoch. Verschreckt blinzelte sie. Schlief sie noch oder war das da, was sie im Feuerschein auf ihrer Bettdecke sah, wirklich ein Eichhörnchen, das ihr breit grinsend eine Haselnuss entgegenstreckte?

»Oh!«, verwundert betrachtete das Eichhörnchen die Nuss und strahlte dann wieder Juline an. »Sorry, die Schale. Kleinen Moment nur!« Ungläubig beobachtete Juline, wie es die Haselnuss zwischen die langen Zähne steckte, beherzt zubiss, sodass die Schale knackend in zwei Hälften zerbrach und dann die Nuss stolz vor Juline auf die Bettdecke legte. »Hau rein!«, grinste das Eichhörnchen und verschränkte die Vorderpfoten ineinander.

Mit spitzen Fingern nahm Juline die Nuss und betrachtete sie von allen Seiten. Kirschen, die einen schrumpfen ließen, Kirschkuchen, der einen wachsen ließ ... was würde wohl die Nuss mit ihr anstellen?

»Ganz frisch. Eben erst gesammelt«, klärte das Eichhörnchen sie auf, während es für sich eine Nuss knackte und in den Mund schob. »Köstlich!«, schmatzte es. »Nett, dich endlich kennenzulernen!« Es streckte eine Pfote aus. »Kasimir, mein Name!« Ganz vorsichtig griff Juline mit Daumen und Zeigefinger die dargebotene Eichhörnchenpfote und schüttelte sie. »Du bist also dieser berühmte Kasimir!«

»Yepp!«, bestätigte das Eichhörnchen knapp. »The one and only!«

Was war das denn nur für ein putziges Kerlchen? Um ein Kichern zu unterdrücken, schob sich Juline schnell die Haselnuss in den Mund. Hmm … die war wirklich richtig gut!

»Schön, dich mal lächeln zu sehen, Juline Taubert. In der Schule ist es für dich ja wohl eher nicht so lustig.« Kasimir legte sein Köpfchen schräg und ließ sein Näschen zucken.

Beinahe hätte Juline sich verschluckt. »Woher weißt du, wer ich bin? Und woher weißt du das mit der Schule?«

Das Eichhörnchen ließ fünf braune Nüsse wie Murmeln auf die Bettdecke kullern und rollte sie abschätzend hin und her. Jetzt erst sah Juline den kleinen, ausgebeulten Stoffbeutel, den das Eichhörnchen quer über der Brust trug. »Ich weiß so einiges. Komme eben viel herum. Gucke hier und da mal durch Fenster und so manches Mal schleiche ich mich auch in ein Klassenzimmer. Ich liebe den Geschichtsunterricht von Herrn Leonard. Stundenlang könnte ich ihm zuhören, wenn er von Revolutionen, großen Feldherrn und Königen erzählt!«

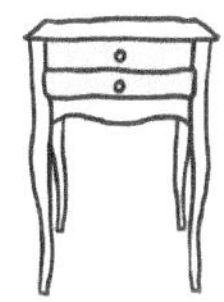

Mit einer Kralle wählte Kasimir die Nuss in der Mitte aus, knackte sie und fuhr dann schmatzend fort: »Aber wen ich gar nicht ausstehen kann, ist diese schreckliche Luisa. Was denkt die eigentlich, wer sie ist? Das schöne Kostüm zu zerreißen und zu behaupten, du hättest es ihr so gegeben? Und die Sache mit dem Nutellabrot, ja, die habe ich auch beobachtet. Ich finde, du solltest ihr mal so richtig eins auswischen. So, dass ihr Hören und Sehen vergeht.«

Wie ein wild gewordener Ninja-Krieger hopste Kasimir auf der Bettdecke herum. »Ich meine natürlich nicht, dass du sie verprügeln sollst. Ich meine, nur dass diese gemeine, fiese, hinterhältige Sumpfschnepfe ...«

»Juline, Kind, ist alles in Ordnung!« Gefolgt von Hortensie erschien Rose im Türrahmen, eine Lampe in der Hand, im langen weißen Nachthemd und Schlafhaube auf dem Kopf.

»Wir haben Stimmen gehört!«

»Hi, Rose!«, winkte Kasimir ihr freudig zu, ohne mit der Hopserei aufzuhören. »Ich bin's doch nur. Dachte mir, ich sollte mich mal wieder zu Hause blicken lassen.«

»Gütiger Gott im Himmel, dir ist nichts passiert!«, rief Rose erleichtert aus. Ihre Hausschühchen klackerten leise, als sie auf das Bett zutrippelte. »Lieber guter Kasimir, wir haben uns solche Sorgen um dich gemacht. Wir hatten schon die Befürchtung, dir könnte etwas zugestoßen sein.« Mit einem erleichterten Seufzer ließ sie sich auf das Bett plumpsen und sackte tief in die Matratze ein. »Nicht wahr, Hortensie?«, bat sie ihre Schwester um Zustimmung.

»Nun, Rose war ganz krank vor Sorge«, sagte diese mit vorwurfsvoller Stimme. »Ich hingegen habe mich eher über dieses rüpelhafte Verhalten von dir geärgert. Sehr geärgert, sogar!« Hortensie blickte Kasimir streng an. »Ich hoffe sehr, dass du gute Gründe zu deiner Entschuldigung anführen kannst.«

»Na ja, was soll ich sagen, Hortenschen? Ich war auf Erkundungsgang«, erklärte Kasimir. »Das dauert eben manchmal länger als gedacht. Unvorhergesehene Ereignisse, wenn du verstehst, was ich meine!«

»Nicht wirklich!«, erwiderte Hortensie kühl.

»Leider habe ich versprochen, über meine Aktivitäten Stillschweigen zu bewahren, sonst würde ich dir nur zu gerne alles brühwarm berichten. Ganz davon abgesehen, möchte ich unser Röschen nicht erschrecken, denn was ich erlebt habe, war schon ziemlich abenteuerlich, um nicht zu sagen, gefährlich«, behauptete das Eichhörnchen. Seine Worte verfehlten die gewünschte Reaktion bei Rose nicht, denn die presste sich augenblicklich erschrocken die Hand auf die Brust und japste: »Gefährliche Abenteuer?«

»Ach, alles halb so wild, Röschen!«, versprach Kasimir und an Hortensie gewandt, setzte er hinzu. »Ehrlich, ich konnte gar nichts dafür. Aber ich bessere mich, Ehrenwort! Das nächste Mal darfst du mich über glühende Kohlen schicken, sollte ich mich wieder nicht an eine Abmachung halten. Großes Eichhörnchen-Versprechen und darauf gebe ich einen aus.« Kasimir schenkte den beiden alten Damen ein verführerisches Lächeln und schon hatte er zwei Nüsse für sie geknackt.

»Glühende Kohlen«, wiederholte Hortensie und schüttelte scherzhaft ihren Zeigefinger vor Kasimirs Näschen, bevor sie die Versöhnungsnuss entgegennahm. »Ich nehme dich beim Wort, mein Freund!«

»Ich bitte darum!«, behauptete Kasimir grinsend.

»Eigentlich ist es ja schon viel zu spät, um noch etwas zu essen. Je später der Abend, desto mehr setzt es an«, zögerte Rose, um dann doch herzhaft zuzugreifen. »Aber was soll es? Du kleiner Charmeur! Hauptsache dir ist nichts passiert und wir haben dich endlich wieder!«

»Umfasst dein ominöses Schweigegelöbnis auch diese

Luisa, von der du gerade gesprochen hast?«, bohrte Hortensie doch noch nach.

»Das ist nicht meine Angelegenheit, sondern …« Er deutete mit dem Kopf auf Juline.

Eine kurze Weile sagte niemand etwas.

»Sie geht in meine Klasse«, murmelte Juline schließlich. Musste dieser Kasimir denn alles ausplaudern?

»Und sie ist so gemein zu Juline, das könnt ihr euch gar nicht vorstellen«, sprudelte Kasimir los und pustete seine Bäckchen wütend auf.

»Ist das wahr, Juline?«, erschrocken stellte Rose die Lampe auf Julines Nachttisch ab und ergriff tröstend ihre Hand. Juline spürte den liebevollen Blick und die zärtliche Berührung der alten verschrumpelten Hand. Und sie spürte vor allem, dass da zwei Menschen waren, die zu ihr halten würden. Das war zu viel.

Ganz fest presste Juline die Lippen aufeinander und versuchte alles, um die angestauten Tränen zurückzuhalten. Doch schon kullerte eine nach der anderen ihre Wangen hinunter. Stumm nickte sie. »Deswegen habe ich ja überhaupt erst das Puppenhaus gefunden. Eigentlich wollte ich weglaufen, weil Luisa mal wieder so ekelig zu mir gewesen war, aber dann war da plötzlich Herr Leonard, und um ihm nicht in die Arme zu laufen, habe ich mich hinter dem Rhododendron versteckt und dann habe ich die Tür in der Schulmauer entdeckt und dann …«

»Warum hast du uns denn nichts von deinen Sorgen erzählt, du Dummerchen?«, fragte Rose ganz betroffen. »Uns kannst du doch alles anvertrauen!«

»Weil hier alles so schön und friedlich ist. Wenn ich

hier bin, will ich nicht über Luisa und den ganzen Ärger in der Schule nachdenken!«, schniefte Juline und begann die Bettdecke zwischen ihren Fingern zu kneten.

Die Bettdecke knisterte, als Hortensie sich Rose gegenüber auf die Bettkante setzte, die Hände auf dem Schoß gefaltet, sagte sie mit ruhiger Stimme: »Das kann ich gut verstehen. Aber jetzt erzählst du uns bitte alles und zwar von Anfang an.«

Und das tat Juline. Am Anfang stockend, aber dann sprudelten die Worte nur so aus ihr heraus. Sie erzählte alles, angefangen bei ihrem Zusammenstoß mit Luisa, über deren Schickimicki-Clique und Luisas Beschluss, dass Juline nicht ins *Haus Sonnenbühl* passte, weil sie Stipendiatin war. Unterbrochen wurde ihr Bericht nur von gelegentlichen »Das ist ja unglaublich!« oder »Ist es denn zu fassen!«-Ausrufen von Rose oder Kasimirs »Ich sage es doch, einen ordentlichen Denkzettel müsste man ihr verpassen!«-Forderungen. Hortensie schüttelte nur immer wieder fassungslos den Kopf.

»Was für ein unglückliches Kind diese Luisa sein muss!«, schlussfolgerte Rose mitleidig, als Juline sich endlich ihre ganzen Sorgen von der Seele geredet hatte. Hätte sie auch nur geahnt, wie viel besser sie sich danach fühlen würde, hätte sie das schon viel früher gemacht.

»Nach allem, was Juline uns gerade anvertraut hat, habe ich eher den Eindruck, dass wir es mit einem sehr verzogenen, egoistischen und hochmütigen Biest zu tun haben, Rose«, urteilte Hortensie und spitzte nachdenklich die Lippen.

Unterdessen hatte Kasimir wieder angefangen, wild

herumzuhopsen. »Der sollte Juline auch mal ein Nutellabrot auf die Hausaufgaben klatschen und richtig schön darauf verschmieren!«

»Nein, nein.« Entschieden schüttelte Rose den Kopf. »Ich denke, andersherum wird ein Schuh draus. Ausnehmende Freundlichkeit. Damit sollte Juline es versuchen.«

»Ganz falsch, Rose, ganz falsch«, sagte ihre Schwester und schüttelte energisch den Kopf. »Glaube mir, Rose, bei den Luisas dieser Welt kommst du mit Freundlichkeit nicht weiter.«

»Es käme auf einen Versuch an.« Rose ließ sich einfach nicht von ihrer Idee abbringen. »Das wäre mein Rat, liebe Juline. Wenn du damit nicht weiterkommst, überlegen wir uns etwas anderes.«

Skeptisch zog Juline die Augenbrauen hoch. »Ganz ehrlich? Ich soll unglaublich nett zu ihr sein? Das wird nicht funktionieren!«

»Abwarten!«, trällerte Rose mit erhobenem Zeigefinger. »Auf jeden Fall hast du uns jetzt an deiner Seite. Wir finden eine Lösung! Jetzt mach dir keine Sorgen mehr und schlaf!« Damit gab sie Juline einen Kuss auf die Stirn und griff nach der Lampe.

»Wir finden einen Weg!«, versprach auch Hortensie und erhob sich vom Bett. »Ich muss nur etwas genauer über die Sache nachdenken! Vertrau mir! Gute Nacht, mein Kind!«

Kapitel 13

»Pfft! Nachdenken! Ich weiß schon einen Weg«, flüsterte Kasimir geheimnisvoll, nachdem hinter den beiden Schwestern die Zimmertür klackend ins Schloss gefallen und das Knarzen der Treppe verklungen war.

»Was hast du vor?« Im Dunkeln, das Feuer im Kamin war mittlerweile völlig runtergebrannt, stützte Juline den Ellenbogen auf die Matratze und starrte in Richtung Tür, wo sie Kasimir als dunklen Schattenriss auszumachen glaubte.

»Pssst!«, machte das Eichhörnchen nur. Juline lauschte. Unter ihnen wurden zwei Türen geschlossen, Schritte, quietschende Bettfedern und dann kehrte absolute Ruhe im Puppenhaus ein.

Juline wagte es kaum, zu atmen oder ihre Position zu wechseln, dabei wurde ihr Arm langsam taub. Gerade als sie meinte, es nicht länger aushalten zu können, zischelte Kasimir: »Ich denke, die Luft ist rein.«

»Nun komm schon!« Dämmrig, wie es war, konnte Juline nicht wirklich etwas sehen und sie hatte auch nichts gehört. Lediglich der feine Luftzug, der ihre Wangen streifte, verriet ihr, dass Kasimir die Zimmertür geöffnet haben musste. Vier Eichhörnchenpfötchen landeten nahezu unhörbar auf den Holzdielen. »Worauf wartest du denn noch?«, drängelte Kasimir.

Juline streifte die Bettdecke ab und schlich auf Zehenspitzen hinter dem Eichhörnchen her die Treppen hinunter durch die Garderobe und das Wohnzimmer. Gerade als sie an der Standuhr vorbeihuschten, ratterte das Uhrwerk gespenstisch los und schlug mit tiefen, dumpfen Schlägen Mitternacht. Juline erschrak so sehr, dass sie beinahe gegen das Sofa gelaufen wäre.

Erst in der Küche machte Kasimir Halt, entzündete die kleine bauchige Gaslampe mit den eingeritzten Efeuranken in der Ecke der Anrichte und sprang von dort aus mit einem Satz auf den Küchentisch. »Wir sind uns einig, dass diese Luisa eine ordentliche Abreibung verdient, einen richtigen Denkzettel?«

Zögernd nickte Juline. Eine Abreibung für Luisa, die Vorstellung war unendlich verlockend, obwohl … »Eigentlich will ich nur, dass sie mich in Ruhe lässt.«

»Das wird sie dann, glaube mir!«, versprach Kasimir mit einem siegessicheren Grinsen. »Gut! Dann sind wir uns also einig.«

Wieder nickte Juline zögernd. Wenn sie doch nur wüsste, worauf das Eichhörnchen hinauswollte.

»Dann muss ich da oben dran!«, rief Kasimir und deutete mit der Pfote auf den Hängeschrank mit dem rosa Knauf in Form einer dreistöckigen Sahnetorte, der umgeben von gerahmten, alten, vergilbten Schwarz-Weiß-

Aufnahmen von Rose und Hortensie an der Wand hing. Jedes Mal, wenn Rose zum Beispiel Mehl oder Zucker brauchte, musste sie erst einen der Küchenstühle an den Schrank heranziehen, umständlich daraufklettern, sich auf die Zehenspitzen stellen und sich ganz langmachen. Das half aber nur, wenn die benötigte Zutat nicht gerade auf einem der oberen Regalbretter stand. Sollte das der Fall sein, baute sie sich die abenteuerlichsten, meistens bedenklich schwankenden Konstruktionen, um irgendwie trotzdem daranzukommen. Juline hatte sich schon immer gefragt, warum die Schwestern den Schrank nicht einfach etwas niedriger gehängt hatten. Das wäre doch viel praktischer gewesen.

»Du willst backen? Mitten in der Nacht?«

»Gemütlich, nicht wahr?«, kicherte Kasimir. »Wir sollten allerdings so leise wie möglich sein. Denn, wenn wir Rose und Hortensie aufwecken, könnte der Spaß ganz schnell vorüber sein.«

»Aber wieso backen?«, ratlos breitete Juline die Hände aus.

»Sei doch nicht so begriffsstutzig!«, maulte Kasimir und verdrehte genervt die Augen. »Luisa. Um die geht es doch, oder?«

Juline nickte. »Jaaa? Und?«

»Und wenn wir von der gleichen Luisa sprechen, dann isst sie seeeehr gerne Kekse.«

»Sie stirbt für Süßigkeiten, obwohl sie immer sagt ...«, Juline legte den Kopf schräg und zitierte mit übertrieben verstellter Piepsstimme, »›Gift für Haut und Hüften, aber ich sterbe nun mal für diesen Süßkram!‹«

»Siehst du?«, nickte Kasimir zufrieden. »Und weil Luisa eine ganz besondere Süßigkeit bekommen soll, muss ich da oben an den Schrank.«

»Wenn du Backzutaten möchtest, dann sag mir doch einfach, was du brauchst«, schlug Luisa eifrig vor, zog einen Stuhl an den Hängeschrank, kletterte darauf, drehte den rosa Knauf an dem Schrank nach rechts, so wie sie es bei Rose immer gesehen hatte, und zog ihn auf. »Zucker, Kakao, Mehl, Salz, Vanillezucker«, zählte sie auf, »Haferflocken, Kardamon, Zimt, Lebkuchengewürz …«

»Nein, nein, nein! So gibt das nichts!« Das Eichhörnchen war jetzt richtig sauer. »Bist du denn taub? *Ich* muss da oben dran! Den Schrank wieder zu! Sofort!«

Ungeduldig sprang Kasimir auf dem Küchentisch herum wie ein wild gewordener Flummi. »Würdest du jetzt einfach mal das tun, worum ich dich bitte?«, knurrte er etwas versöhnlicher.

»Schon gut!« Schnell schloss Juline den Schrank. »Und jetzt?«

»Achtung! Achtung! Eichhörnchen im Anflug!« Kasimir hechtete zur gegenüberliegenden Seite des Küchentisches, begab sich dort wie ein Schnellläufer in gebückte Startposition, um urplötzlich wie ein Pfeil über den Tisch bis zur gegenüberliegenden Tischkante zu schießen, von der er sich abstieß wie ein Hochspringer und lang gestreckt durch die Luft sauste. Es fehlte nicht viel und Kasimir hätte Julines Unterarm knapp verfehlt. Es war nur Julines Geistesgegenwart zu verdanken, dass sie blitzschnell und im richtigen Moment handelte, die Hände nach

Kasimir ausstreckte und ihn zu packen bekam, bevor er in Richtung Küchenboden gestürzt wäre.

»Wowowo, nicht so stürmisch!«, rief Juline erschrocken, eine Hand an der Wand, um nicht das Gleichgewicht zu verlieren.

»Weichei!«, spottete Kasimir keuchend. »Es ist doch alles gut gegangen. Ich hatte alles voll im Griff. Und jetzt heb mich hoch. Los!«

Gespannt beobachtete Juline, wie Kasimir mit beiden Pfoten den rosa Knauf umfasste, hoch konzentriert die Augen schloss und den Sahnetortenknauf zu drehen begann. Nach links! Das konnte ja nichts geben. So verschloss er doch nur den Schrank. Im Inneren des Schranks klickte es erwartungsgemäß. Kasimir ließ den Knauf zurückschnappen, drehte ihn erneut nach links, bis wieder das Klicken ertönte. Dann drehte er ihn dreimal nach rechts. Jedes Mal ließ der Schrank das bestätigende Klicken hören. Nachdem Kasimir den Knauf noch ein letztes Mal nach links gedreht und es wieder geklickt hatte, öffnete er bedächtig die Tür.

»Verstehst du jetzt?«, erwartungsvoll sah er Juline an.

»Tolle Show, Kasimir, aber es ist echt schon spät und an die Zutaten ...«, setzte Juline an. Dann brach sie ab.

»Na, habe ich zu viel versprochen?«, wollte Kasimir wissen.

Kakao, Zucker, Mehl – Backzutaten eben – das war es gewesen, was Juline in dem Schrank erwartet hatte. Doch die waren weg. Einfach so verschwunden. Und statt ihrer stand da ein großes, schwarzes Buch aus brüchigem Leder. Die Ecken waren abgestoßen und ausgefranst. Die Aufschrift auf dem vergilbten Etikett konnte Juline nur mit großer Mühe entziffern *Backbuch für besondere Fälle von …* Aber sosehr sie auch die Augen zusammenkniff und das Buch mehr ins Licht drehte, der Schriftzug, der den Autor verraten hätte, war zu verblasst.

Gekonnt wand sich Kasimir aus Julines Händen, rannte ihren Arm bis zur Schulter hoch, sprang ab und segelte mit ausgebreiteten Pfoten zielsicher in Richtung Küchentisch.

»Worauf wartest du? Bring es hierher!«, befahl das Eichhörnchen, kaum dass es äußerst elegant gelandet war. Das Buch war ziemlich schwer, stellte Juline fest, als sie es zu Kasimir hinüberschleppte.

»Das muss ja uralt sein.« Vorsichtig blätterte Juline die vergilbten Seiten um.

»Lass mich mal!«, rief Kasimir und schubste ihre Hand weg. Wie ein Wirbelsturm fegte er durch die Seiten. So schnell, dass Juline von den vielen bestimmt schönen Illustrationen gar nichts erkennen konnte. »Dreh dich um!«, befahl Kasimir. Er schien gefunden zu haben, was er suchte, denn das wilde Seitenrauschen hatte abrupt gestoppt. »Ich möchte dich überraschen!«

Kasimir klatschte in die Pfötchen. »Dann wollen wir mal. Also, wir backen ein paar Haferkekse. Schließ den Schrank, öffne ihn erneut und dann hol bitte Haferflocken, Mehl, Zucker …«, zählte Kasimir auf, während Juline wieder auf den Stuhl kletterte, den Schrank schloss und wie gewohnt öffnete. Wie weggezaubert war das Fach, in dem sie eben das Backbuch gefunden hatte, einfach so, als wäre es nie da gewesen. Dafür lächelten Juline wie gewohnt die Backzutaten entgegen. Ein geheimer Mechanismus also. Nur, wem die Drehkombination des Knaufs bekannt war, konnte an das geheimnisvolle Backbuch gelangen.

Was hatte es wohl damit auf sich, dass Rose und Hortensie es hier versteckten? Alte Familienrezepte. Was sonst?

Unter Kasimirs Anweisungen rührte Juline die abgemessenen Zutaten in Roses großer Steingutschüssel zusammen. Ganz normale Zutaten für Haferkekse. Nicht mehr und nicht weniger.

Erschrocken fuhr Juline zusammen, als Kasimir mit einem heftigen Knall das Backbuch zuschlug. »Hast du dir gemerkt, auf welche Weise ich eben den Schrank geöffnet habe?«

Juline nickte. »Zwei mal nach links, dann …«

»Pssst!«, machte Kasimir, legte sich erschrocken eine Kralle gegen die Lippen und warf einen ängstlichen Blick in Richtung Küchenfenster.

»Schon gut!«, raunte Juline und verstaute das Buch wieder in seinem Versteck. Der machte aber auch eine Show!

»Ich muss kurz weg. Etwas besorgen. Bin aber gleich wieder zurück. In der Zwischenzeit belegst du ein Blech mit dem Keksteig. Aber behalte genau so viel Teig zurück, wie wir für einen Keks brauchen.«

Damit öffnete Kasimir das Küchenfenster und verschwand im dunklen Garten des Puppenhauses. Juline fröstelte und das nicht nur wegen der Kälte, die vom Dachboden in die Küche kroch. Das schlechte Gewissen

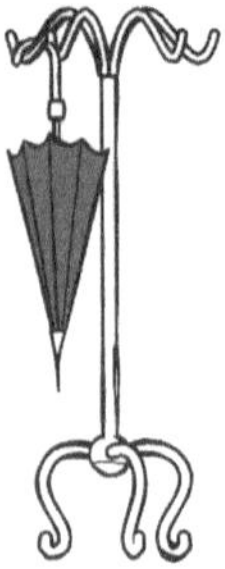

nagte an ihr. Obwohl ... was taten sie schon großartig Verbotenes? Nichts! Sie buken mitten in der Nacht Haferkekse nach einem alten Familienrezept von Rose und Hortensie, sonst nichts, beruhigte sie sich selbst, während sie mit zwei Teelöffelchen kleine Teigkleckse auf dem eingefetteten und mit Mehl bestäubten Backblech formte, das vor ihr auf der Anrichte lag.

»Da bin ich wieder!«, nuschelte Kasimir, und landete mit einem gewaltigen Satz neben dem Backblech, sodass das aufgewirbelte Mehl Juline in der Nase kribbelte. »Hatschi!«

»Gesundheit!« Kasimir kramte drei kieselsteingroße Gegenstände aus seinem Beutel und legte sie neben das Backblech. Einer war giftrot, der zweite stechend violett und der dritte schwarz wie die Nacht. Juline betrachtete sie forschend.

»Was ist das? Nüsse? Beeren?«

»Firmengeheimnis!«, war Kasimirs Antwort. Ungeduldig drängelte er Juline zur Seite. »Darf ich mal?«, er deutete auf die Schublade, vor der sie stand.

»Klar!« Juline machte einen Schritt nach hinten und zog gleichzeitig die Schublade auf.

»Besten Dank!«, nickte Kasimir, hängte sich kopfüber und zerrte mit beiden Pfoten eine Reibe aus der Schublade, legte sie quer über die Teigschüssel über das verbliebene Bisschen Teig und machte sich eifrig daran, diese geheimnisvollen Kieselsteine darüber hin und her zu raspeln. Wie farbige Schneeflöckchen rieselten sie in den Teig.

»Fertig!«, verkündete das Eichhörnchen stolz, nachdem es ein paarmal kräftig alles miteinander verrührt hatte. »Ab in den Ofen damit. Aber erst, wenn die erste Ladung durch ist!«

»Kasimir, was hast du zu dem Teig gegeben?«, fragte Juline misstrauisch.

Bedauernd schüttelte Kasimir den Kopf. »Nur eins: Dieser Keks ist nur und ausschließlich für Luisa bestimmt. Achte darauf, dass niemand anderer ihn in die Finger bekommt!«

»Warum?«

»Lass dich überraschen«, erwiderte Kasimir, wobei sich ein ziemlich schadenfrohes Grinsen auf seinem Gesichtchen ausbreitete.

Den ganzen Sonntag über hatte Juline den beiden Schwestern nicht in die Augen gucken können, weil ihr schlechtes Gewissen sie plagte. Deshalb war sie zum ersten Mal froh, als sie sich am späten Nachmittag verabschieden musste. Kasimir hatte noch in der Nacht die Kekse in ein Körbchen gepackt und gut hinter dem Kirschbaum versteckt. Jetzt kam es darauf an, dass Rose und Hortensie nicht bemerkten, wie Juline das Körbchen an sich nahm. Denn nur, wenn sie es in Händen hielt, während sie ihr Kirschkuchenstück aß, würde auch das Körbchen mitsamt seinem Inhalt mit ihr mitwachsen, so hatte Kasimir es ihr erklärt. Mit hämmerndem Herzen durchschritt Juline den Vorgarten des Puppenhauses, während Rose und Hortensie ihr vom Wohnzimmerfenster aus nachwinkten. Sollte sie den Korb nicht doch einfach stehen lassen? Sie fühlte sich richtig elend. Wie eine gemeine Betrügerin. Gerade hatte sie den Kirschbaum erreicht, als es in ihrem

Rücken laut schepperte. Sie wirbelte zum Puppenhaus herum. Das Wohnzimmerfenster war plötzlich verwaist. Dafür stand Kasimir am Küchenfenster und machte ihr ein Zeichen, sich zu beeilen.

»Was hast du jetzt wieder angestellt, Kasimir!«, hörte sie Rose rufen, die wahrscheinlich gerade mit Hortensie in die Küche stürzte, um sich die Bescherung anzusehen. Das war es also gewesen, was Kasimir gemeint hatte, als er sagte, er werde Juline den Rücken freihalten. Für den Bruchteil einer Sekunde rang Juline mit sich. Sollte sie oder sollte sie nicht? Sie wusste nicht, was richtig war. Als würde das irgendetwas besser machen, kniff sie ganz fest die Augen zu und zerrte den Korb aus seinem Versteck. Energisch stopfte sie sich den Kirschkuchen in den Mund, wuchs auf Normalgröße und stürmte vom Dachboden.

Die ganze Nacht hatte Juline sich unruhig von einer Seite auf die andere gedreht und Löcher in die Decke gestarrt. Dieses *Soll-ich-oder-soll-ich-nicht?* ging ihr einfach nicht aus dem Kopf. Denn sie fühlte sich mehr als mies bei dem Gedanken, etwas hinter Roses und Hortensies Rücken zu machen. Doch schon auf dem Weg in den Speisesaal hatte sie einen Entschluss gefasst. Es war eine Art Kompromiss. Sie würde, wie von Rose gefordert, so nett wie möglich zu Luisa sein. Vielleicht geschah ein Wunder und die Taktik funktionierte. Wenn nicht, dann würde sie Kasimirs Keks einsetzen.

Wie der Zufall es wollte, drängten sich Emil, Melli und Nelli direkt vor Juline in der Schlange am Frühstücksbüfett, sodass sie gar nicht umhinkonnte, deren Gespräch zumindest in Bruchstücken mit anzuhören. Die Zwillinge hatten natürlich nur ein Thema: Luisa und Chiara, und dass die beiden das freie Wochenende mit Luisas Mutter in London beim Christmas-Shopping verbracht hatten.

Plötzlich tauchte Luisa neben ihnen auf, bedachte Juline nur mit einem abschätzigen Seitenblick und rief im Befehlston: »Hey, Pumuckl, bring mir einen Muffin oder so was mit. Ich bin voll auf Süßigkeitenentzug.«

»Der Ring ist schön!«, raunte Juline, als Luisa sich wieder zum Gehen wandte.

»Wie bitte?«, erwiderte die mit schneidender Stimme, wobei sie die drei ineinander verschlungenen Ringe an ihrem linken Ringfinger mit einem gelangweilten Blick streifte.

»Der Ring!« Juline zeigte auf Luisas linke Hand. »Der ist sehr schön!«

»Cartier. Tja, so etwas kennst du wohl nur aus dem Fernsehen, nicht wahr?«, schnappte Luisa mit besonderer Betonung auf dem du, um dann hochmütig ihre hellblonden Haare über die Schulter zu werfen.

»Armes, armes Aschenputtel!«, setzte sie noch obendrauf und rempelte im Vorbeigehen mit voller Absicht Juline so doll an, dass die gegen den Jungen hinter sich stieß und bestimmt das Gleichgewicht verloren hätte, wenn der sie nicht festgehalten hätte.

Schulterzuckend wandte Emil sich zu Nelli und Melli um. »Nichts Süßes mehr da!«, verkündete er mit Grabesstimme, worauf eine der Zwillinge scharf die Luft einzog und die andere ängstlich hinter der davonschwebenden Luisa hersah.

Das war Julines Stichwort. Mit einem »Entschuldige, bitte!« schob sie sich an dem Jungen vorbei und raste, so schnell sie nur konnte, auf ihr Zimmer. Sie zerrte Kasimirs Korb unter ihrem Bett hervor, schnappte sich zwei von den normalen Keksen und den von Kasimir mit einer Haselnuss gekennzeichneten Extrakeks für Luisa, der vorsorglich in ein Papiertaschentuch geschlagen war. Als wäre der Teufel hinter ihr her, jagte Juline zurück zum Speisesaal. Sie durfte nicht zu spät kommen. Nicht dass doch noch einer Schokolade oder Kekse oder sonst was für Luisa besorgt hatte und Juline auf ihrem Keks sitzen blieb. Keuchend bog sie in den Speisesaal, der schon langsam leerer wurde. Auf Zehenspitzen reckte Juline den Hals. Okay, Luisa und ihr Hofstaat hockten noch an ihrem Stammplatz, und Luisas Miene nach zu urteilen, plagte sie immer noch der Heißhunger auf Süßigkeiten. Schnell schnappte sich Juline ein Tablett und lud ein Glas O-Saft darauf. Als Nächstes griff sie nach einem leeren Teller und breitete eine Serviette für den Luisa-Spezial-Keks darauf aus. Einen der normalen Kekse legte sie daneben, achtete aber genau darauf, dass die beiden sich nicht berührten. Dann schob sie sich den verbliebenen normalen in den Mund und schlenderte scheinbar auf der Suche nach einem Sitzplatz in Richtung Schickimicki-Tisch. Kaum war sie in Hörweite, gab sie begeisterte Laute von sich: »Ehm, oh, ist der gut! Lecker!« Aus den Augenwinkeln warf sie einen Blick zu den Schickimickis. Bingo! Luisa war auf sie aufmerksam geworden. Schnell schob Juline das Tablett auf die

linke Hand und schnappte sich den normalen Keks vom Teller, betrachtete ihn von allen Seiten und biss mit geschlossenen Augen genießerisch hinein, dabei ließ sie sich an dem Tisch direkt neben Luisa und ihrer Clique nieder.

»Was isst du da?« Mann, waren die berechenbar! Am liebsten hätte Juline jetzt laut aufgelacht. Stattdessen warf sie Melli oder Nelli, auf jeden Fall dem Zwilling, der gerade neben ihr aufgetaucht war, nur einen sehnsuchtsvollen Blick zu und nickte auf den letzten Keks auf dem Teller, den mit der Haselnuss.

»Kann ich den haben?«, fragte Melli-Nelli und wollte schon danach greifen, als Juline ihre flache Hand schützend darüberhielt.

»Ne, echt nicht! Das ist mein letzter!«, protestierte sie heftig, damit Luisa ihren Widerstand auch auf jeden Fall mitbekam. Und das fiel ihr gar nicht schwer, denn die Kekse waren einfach göttlich.

»Luisa will ihn aber haben!«, stellte Melli-Nelli klar. »Und was Luisa will, das bekommt sie auch, verstanden?« Energisch schlug sie Julines Hand zur Seite und schon trug sie den Teller mitsamt dem Keks für besondere Fälle an den Nachbartisch. Jetzt musste Juline nur noch warten. Wenn sie auch nicht wusste, worauf ...

Kapitel 14

In der ersten Unterrichtsstunde zeigte sich keine Wirkung. Auch in der zweiten wartete Juline vergeblich, aber in der großen Pause ging es los. Luisa thronte auf der Lehne einer schmiedeeisernen Schulhofbank, Chiara neben ihr, während Melli und Nelli vor ihnen standen und staunend den Erzählungen der beiden von ihrem London-Trip lauschten. Versteckt hinter einer Trauerweide hörte Juline Luisa vom Nobelhotel Ritz schwärmen, in dem ihre Familie immer wohnte, wenn sie in der britischen Hauptstadt war, vom Luxuskaufhaus Harrods und dem Edeljuwelier Cartier, wo ihre Mutter ihr mal eben den Cartier-Ring-Klassiker spendiert hatte.

»Nichts Besonderes«, behauptete Luisa, hielt aber trotzdem den Zwillingen die linke Hand unter die Nase, damit sie den verschlungenen Ring auch richtig bewundern konnten. »Hat nur etwas mehr als einen Tausender gekostet. Nichts im Vergleich zu meiner Uhr. Dafür musste mein Vater das Zehnfache hinblättern. Aber es gibt natürlich Leute, für die ist das ein Vermögen, ich will ja keine Namen nenn…«

Luisa brach abrupt ab, blickte verunsichert um sich. Dann riss sie plötzlich entsetzt die Augen ganz weit auf und presste beide Hände fest auf den Mund. Ihre Wangen bliesen sich auf wie Luftballone, sodass Juline schon befürchtete, sie würden gleich platzen.

»Was ist los?«, fragte Chiara alarmiert und legte besorgt einen Arm um die Schultern ihrer besten Freundin.

Heftig schüttelte Luisa den Kopf, befreite sich von Chiaras Arm, schnappte wie ein Fisch auf dem Trockenen nach Luft und stieß dann einen gigantischen Rülpser aus. Aber nicht nur den. Zwischen ihren Fingern, mit denen sie sich immer noch den Mund zuhielt, quetschte sich jetzt eine rabenschwarze Seifenblase hervor. Die schwebte einen Moment vor Luisa in der Luft, um dann mit einem lauten Knall zu zerplatzen.

»Igitt!«, kreischte Chiara auf und sprang von der Bank. Eine schwarze, klebrige Masse hing in Fetzen von ihrem Gesicht. Hektisch riss sie ihren Rucksack auf und zerrte ein Papiertaschentuch hervor. Panisch tupfte und wischte sie damit an ihrem Gesicht herum. Aber das Zeug klebte fest. »Gott, wie das stinkt!«, jammerte sie.

»Kümmere dich lieber um mich, du blöde Kuh«, befahl Luisa heulend. Auch auf ihrem Gesicht, in ihren Haaren überall klebte die schwarze Klebemasse, die Juline stark an Wackelpeter erinnerte. Der nächste Rülpser kündige sich mit einem wirklich gruseligen Rumoren in Luisas Bauch an und diesmal folgten ihm gleich zwei der schwarzen Stinkblasen. Schreiend brachten sich Luisas Freundinnen in Sicherheit. Immer mehr Stinkblasen quollen aus Luisas Mund und schwebten über den Schulhof. Dann machte es *Peng! Peng! Peng!* und eine nach der anderen platzte und die schwarze Masse prasselte auf die Schüler herab, die schreiend versuchten, dem gruseligen Regen zu entkommen. Mittlerweile kauerte Luisa jammernd am Boden. Sophie, die Pausenaufsicht hatte, war auf das Geschehen aufmerksam geworden und rannte auf sie zu.

»Ich bringe dich auf die Krankenstation!«, bot sie an und zog die sich heftig wehrende Luisa auf die Füße.

»Ich kann alleine gehen!« Wütend straffte Luisa die Schultern und strich ihre klebrigen Haare aus dem Gesicht. »Toll, dass du auch mal endlich was merkst, du …!«

Gerade noch rechtzeitig gelang es Sophie, sich vor der nächsten schwarzen Luftblase in Sicherheit zu bringen.

»Sophie hat echt Glück gehabt, dass sie nichts von dem Klebematsch abbekommen hat!«, erzählte Juline dem begeisterten Kasimir am Nachmittag. Sie kicherte, als sie an die Szene dachte. Kasimir wollte alles über die Wirkung der Kekse wissen. Aufgeregt turnte das Eichhörnchen über Julines Notenständer, während Juline berichtete und dabei ihre Geige stimmte. »Vorsicht, Kasimir! Pass mit meinen Noten auf!«

»Schon gut! Schon gut!«, wehrte das Eichhörnchen mit verdrehten Augen ab. Im nächsten Moment stieß es sich von dem schwankenden Notenständer ab und landete mit allen vieren und einem lauten, schrägen Klang auf der Klaviertastatur.

»Dann hat also alles wie am Schnürchen geklappt!«, jubelte es und balancierte auf den Hinterbeinen elegant die Tasten rauf und runter. »Und wie ging es weiter?«

Juline wurde ernst. »Kasimir, das war wirklich unfassbar komisch. Und irgendwie geschieht es Luisa auch recht. Aber ein schlechtes Gewissen habe ich trotzdem. Wir hatten doch mit Rose ausgemacht, dass wir versuchen, Luisa mit Freundlichkeit umzustimmen. So richtig freundlich war das wohl nicht, wenn man ehrlich ist.« Sie seufzte, musste aber im nächsten Moment doch wieder kichern, weil sich das Bild der schwarze Blasen spuckenden Luisa wieder vor ihre Augen geschoben hatte.

Immer noch giggelnd setzte sie die Geige an. Eigentlich hatte sie gar keine Zeit, um mit Kasimir zu plauschen, sondern sollte ihr neues Stück einüben, bis Hortensie aus dem Keller kommen und sie auf dem Cello begleiten würde.

Dieser Keller war auch eine sehr seltsame Sache. Ab und an verschwand Hortensie einfach dorthin. Zu gern hätte Juline gewusst, womit sie sich dort unten manchmal stundenlang beschäftigte. Nach Aufräumen sah es jedenfalls nicht aus, denn sonst hätte Juline doch mal das ein oder andere Staubflöckchen oder vielleicht eine Spinnwebe auf Hortensies Kleid entdecken müssen. Auch Wäschewaschen schied aus. So etwas Modernes wie eine Waschmaschine gab es im Puppenhaus bestimmt nicht. Also hätte Hortensie vom heißen Wasser gerötete Hände haben müssen, wenn sie die Wäsche wie vor hundert Jahren auf dem Waschbrett gewaschen hätte. Was war es also, das sie immer und immer wieder in den Keller zog?

Irgendwie lag da ein großes Schweigen auf dem Thema und Juline traute sich auch nicht nachzufragen.

»Quatsch, schlechtes Gewissen«, trompetete Kasimir und unterbrach Julines Gedanken. »Die blöde Ziege hat es so was von verdient!«, urteilte er, nahm Anlauf und sprang auf den Klavierhocker. Dort machte er es sich gemütlich, indem er sich auf den flauschigen Bezug ausstreckte und die Vorderpfoten hinter seinem Kopf verschränkte.

»Wo ist denn Rose eigentlich?« Jetzt erst fiel Juline auf, dass Rose schon vor einiger Zeit mit ziemlich blassem Gesicht aus der Küche in den Keller getrippelt war.

»Ist doch egal«, winkte Kasimir ungeduldig ab. »Jetzt mach es nicht so spannend, du hast noch gar nicht zu Ende erzählt. Was ist dann passiert?«

Juline spielte ein paar leise Töne auf der Geige und sagte: »Sophie hat Luisa auf die Krankenstation gebracht. Da liegt sie immer noch. Der Arzt ist total ratlos. Keiner kann sich erklären, was sie hatte und woher es kam. Mittlerweile hat sie aufgehört, schwarze Stinkblasen zu rülpsen. Aber sie soll noch bis morgen früh zur Beobachtung dortbleiben. Chiara, Nelli und Melli sind von der Krankenschwester in ein heißes Bad gesetzt worden, wo sie sich stundenlang einweichen lassen mussten. Die halbe Schule hockt noch im Wartebereich und wartet darauf, von dem Klebezeug befreit zu werden.« Juline spielte einen jammernden Ton. »Oh, Kasimir, wir haben echt ganz schön was angestellt!« Seufzend ließ sie die Geige sinken.

»Hab ich es dir nicht gesagt?« Das Eichhörnchen

machte ein zufriedenes Gesicht. »Zumindest für die nächsten zwei Tage hast du Ruhe vor der Ziege!«, stellte es zufrieden fest. »Und was die anderen anbetrifft ... die nehmen eben ein ausgiebiges Bad, werden einmal kräftig mit der Wurzelbürste abgeschrubbt und sind dann wieder so sauber wie nie zuvor. Alles gut!«

»Ja, schon, irgendwie, aber trotzdem ... Was waren das eigentlich für komische Sachen, die du da in den Teig gerieben hast?«, bohrte Juline nach.

»Hiervon ein wenig und davon eine Prise«, wich das Eichhörnchen aus.

»Kasimir?«

»Ehem?« Plötzlich tat das Eichhörnchen so, als ob es gerade ganz dringend seinen buschigen Schwanz putzen müsste.

»Oh, ich glaube, ich höre Rose und Hortensie kommen. Wir sollten wohl besser das Thema wechseln, denke ich!«, rief es, als wie aufs Stichwort die Tür zum Keller zufiel und die Stimmen der beiden Schwestern in der Garderobe zu hören waren.

Juline bemerkte es sofort, kaum dass die alten Damen eingetreten waren: Irgendetwas stimmte nicht.

»Setz dich bitte, Juline!« Wie ernst Hortensie sie anguckte. Widerspruchslos glitt Juline auf das Sofa. Geige und Bogen auf dem Schoß.

»Und du auch, Kasimir!«, pfiff Hortensie das Eichhörnchen zurück, das sich gerade klammheimlich in Richtung Flur verdünnisieren wollte.

»Ich?« Überrascht tippte sich das Eichhörnchen gegen die Brust.

Hortensie nickte und setzte sich auf einen der Stühle gegenüber von Juline.

»Ich kann es mir wirklich nicht vorstellen, Hortensie, wirklich nicht«, setzte Rose kopfschüttend an und nahm ebenfalls am Esstisch Platz. »Aber ich weiß auch keine andere Erklärung.«

Als hätte er mit dem Ganzen nichts zu tun, schlenderte Kasimir in aller Selenruhe zum Sofa zurück und sprang dann hinter Juline auf die Rückenlehne.

»Das werden wir gleich herausfinden, Schwester«, erwiderte Hortensie und richtet ihren Blick auf Juline, die ihr gegenüber unwohl herumrutschte, und auf Kasimir, der sich so gut es ging hinter Julines Kopf zu verstecken versuchte.

»Habt ihr uns etwas zu sagen? Oder besser gesagt: zu beichten?«

Sie wussten es! Sie wussten, was Juline und Kasimir getan hatten! Juline biss sich auf die Unterlippe. Sie würden sie rausschmeißen und ihr auf immer und ewig den Zutritt zum Puppenhaus verbieten. Sie wünschte, es täte sich ein Loch im Boden auf, in dem sie versinken könnte. Tat es aber nicht!

»Was sollten wir denn zu beichten haben?«, setzte Kasimir scheinheilig an. »Wir sind doch die Bravsten der Braven.«

Juline spürte den Blick der beiden Schwestern auf sich und hatte das Gefühl, an dem, was Kasimir und sie getan hatten, ersticken zu müssen, wenn sie es nicht ganz schnell erzählte.

»Wir haben Kekse gebacken. Ganz normale Haferkekse. Und dann noch einen anderen. Einen für …« Sie drehte sich zu Kasimir um und warf ihm einen entschuldigenden Blick zu. »Einen für Luisa. Mit einem Rezept aus dem *Backbuch für besondere Fälle*.«

Rose stieß einen kleinen Schrei aus. Hortensie saß einfach nur wie vom Donner gerührt da und starrte Juline mit ungläubig aufgerissenen Augen an. Dann sprang ihr Blick zu Kasimir.

Das Eichhörnchen zuckte mit den Schultern. »Ja, schon gut! Ich habe Juline das Backbuch gezeigt. Ich habe auch die erforderlichen Zutaten besorgt.« Ein äußerst stolzes Strahlen blitzte in seinen kleinen Äuglein auf. »Und es hat super funktioniert. Luisa liegt jetzt noch auf der Krankenstation. Sie hat schwarze Stinkeklebeblasen gespuckt. Wenn ihr mich fragt, eine gerechte Strafe! Okay, dass auch noch ein paar andere eine unverhoffte Dusche abbekommen haben, das war nicht so ganz eingeplant gewesen. Das gebe ich gerne zu.«

»Kasimir!«, hauchte Rose. »Juline!« Im Zeitlupentempo bewegte sie den Kopf von links nach rechts und wieder zurück. »Wir hatten doch ausgemacht, dass Juline es erst mal mit ausnehmender Freundlichkeit versucht.«

»Das habe ich ja!«, verteidigte sich Juline und rückte auf die Sofakante vor. »Das Ergebnis war aber nur, dass Luisa schon wieder ekelig zu mir war. Erst dann habe ich den Keks aus meinem Zimmer geholt.«

»Was ihr und vor allem du, Kasimir, gemacht habt, ist unglaublich gefährlich!«, belehrte Hortensie die beiden Missetäter mit mühsam beherrschter Stimme. »Versprecht, dass ihr euch nie wieder – nie wieder, hört ihr! –

ohne Rose oder mich an dem *Backbuch für besondere Fälle* zu schaffen macht!«

»Och, Mann!«, brummelte das Eichhörnchen missmutig. »Ganz ehrlich, dieser Luisa mit Freundlichkeit begegnen? Das war doch von Anfang an eine ziemliche Schnapsidee!«

»Kasimir?« Juline hatte gar nicht gewusst, wie streng Hortensie werden konnte, wenn sie etwas nicht guthieß.

»Schon gut! Ja, ja, ja ich verspreche es!« Und ganz leise hörte Juline ihn noch wispern: »Spielverderberin!«

»Ich auch. Es tut mir wirklich schrecklich leid!«, entschuldigte sich Juline. »Nie wieder werde ich an dieses Backbuch gehen. Versprochen!«

»Das war es, was ich hören wollte! Gut«, nickte Hortensie.

Einen Moment herrschte Stille. Juline starrte auf den Boden und überlegte, ob sie es sich jetzt ein für alle Mal mit den alten Damen verscherzt hatte. Da hörte sie plötzlich ein Schnaufen. Und dann ein unterdrücktes Japsen. Und als sie wieder nach oben und auf Rose und Hortensie guckte, sah sie, wie die beiden Frauen vergeblich versuchten, das Lachen zu unterdrücken. Als Juline sie ansah, war es um sie geschehen: Sie platzten heraus. Roses Gelächter zerriss die Stille und Hortensies Kichern war immer wieder zwischen Roses Lachsalven zu hören. Rose wischte sich mit einem Taschentuch die Augen: »Eine großartige Vorstellung – *hahaha* –, wie dieses böse Mädchen – *haha* – ihre Bosheit als Seifenblase von sich gibt!« Sie wieherte richtig vor Begeisterung.

»Und alle – *kicher-kicher!* –, die das zugelassen haben,

und die Juline in den letzten Wochen nicht zu Hilfe gekommen sind, haben auch was abbekommen – *kicher!*«, fügte Hortensie hinzu. »Wenn das nicht mal Gerechtigkeit ist!«

Und wie auf Kommando brachen sie alle vier in ein lautes Gelächter aus und hielten sich den Bauch. Einige Minuten lang war nichts außer Lachen, Schnaufen und Kichern zu hören. Juline konnte sich nicht erinnern, sich jemals so befreit gefühlt zu haben.

»So, und jetzt wird es höchste Zeit, dass sich ein Profi mit der lieben Luisa befasst!«, sagte Hortensie eine Viertelstunde später, als sie sich alle wieder beruhigt hatten. »Das Musizieren müssen wir verschieben«, setzte sie hinzu. Ohne auf die Zustimmung der anderen zu warten, erhob sie sich und schritt zu dem antiken Sekretär hinüber, öffnete die Lade und kam mit Papier, Feder und Tinte wieder an den Esstisch zurück. Gespannt darauf, was Hortensie vorhatte, beobachtete Juline sie dabei, wie sie sich wieder setzte, das Papier zu sich heranzog, das Tintenfass aufschraubte und die Feder hineintunkte. »Wir machen einen professionellen Plan, denn die Freundlichkeitstaktik führt zu nichts!«

»Ganz wie du meinst!«, sagte Rose ein bisschen beleidigt und erhob sich ächzend. »Aber ohne mich! Ich verziehe mich in die Küche und kümmere mich um den Tee. Mit eurem Plan will ich nichts zu tun haben!«

»Was ist unser Ziel?«, fragte Hortensie, ohne mit der Wimper zu zucken, in die Runde, als Rose verschwunden war.

»Dass Luisa mich endlich in Ruhe lässt«, antwortete Juline wie aus der Pistole geschossen.

Hortensie nickte. »Genau. Deshalb braucht sie einen Denkzettel. Wir müssen sie an der Stelle zu fassen bekommen, wo es ihr richtig wehtut. Also lautet die alles entscheidende Frage: Was ist ihr wirklich wichtig? Wenn wir die Antwort auf diese Frage wissen, ist sie schon so gut wie geliefert.«

»Großer Gott ... geliefert. Wie das schon klingt!«, rief Rose begleitet von klapperndem Geschirr aus der Küche herüber.

Hortensie ignorierte das und tauchte ihre Feder erneut in das Tintenfass, ließ sie über dem Papier schweben und schaute erwartungsvoll zwischen Juline und Kasimir hin und her.

»Die Ziege tut immer so etepetete«, erwiderte Kasimir und rollte bedeutungsvoll seine Augen. Dazu ließ er seine langen Wimpern klimpern. »Sie ist so vornehm und wie aus dem Ei gepellt.«

Juline stützte die Ellenbogen auf dem Tisch auf und legte das Kinn auf die Hände. »Richtig, Kasimir. Es ist ihr wahnsinnig wichtig, dass sie perfekt aussieht.« In der Küche pfiff der Wasserkessel. »Ihre Haare, ihre Fingernägel, ihr Gesicht und natürlich ihre Klamotten«, stimmte Juline dem Eichhörnchen zu. »Ständig postet sie Fotos von sich selbst auf *mylife*. Sie hat wohl wahnsinnig viele Follower, die sie von morgens bis abends an ihrem Luxus-Leben teilhaben lässt. Das ist auch richtig wichtig für sie. Von allen will sie bewundert werden. Vor allem von ihrer Schickimicki-Clique.« Die Küchentür schwang auf und Rose trug ein Tablett mit Tee, Kakao für Juline, Kuchen, einem Schälchen mit Nüssen und Geschirr herein. Juline stockte und schlug sich mit der flachen Hand gegen die Stirn: »Oh … ihr wisst ja gar nicht, was *mylife* ist, oder? Also, *mylife* … nee, ich muss das anders erklären … ähhh … kennt ihr das Internet … Nee, oder?«

Bis jetzt hatte Hortensie sich eifrig Stichworte notiert. Doch nun schaute sie verwundert auf. »Natürlich, Juline. Internet. World Wide Web. Posts. Influencer. *Mylife*. Kennen wir alles.«

Während sie das Geschirr auf dem Tisch verteilte, kicherte Rose leise in sich hinein. »Schwesterherz, ich glaube fast, Juline denkt, wir wären von vorgestern.«

Beide Schwestern zogen kichernd die Schultern hoch.

Erstaunt legte Juline die Stirn in tiefe Falten. Woher kannten die alten Damen denn das Internet? Doch bevor sie sich weiter darüber Gedanken machen konnte, fragte Hortensie: »Und was ist mit Geld?«

»Geld ist ihr eigentlich egal, weil ihre Eltern so unglaublich reich sind und sie gewohnt ist, dass es einfach da ist. Ihre Eltern haben ihr sogar eine einige Kreditkarte …« Nur kurz war Juline verführt, den beiden Damen zu erklären, was eine Kreditkarte war, ließ es dann aber sein. Wenn die zwei das Internet kannten, dann wussten sie auch, dass man mit so einer Plastikkarte überall bezahlen konnte. »Also, ihre Eltern haben ihr eine eigene Kreditkarte geschenkt. Sie gibt, glaube ich, wahnsinnig viel Geld aus. Zum einen für die teuren Sachen, die sie ständig kauft und zum anderen für die Mitternachtspartys, die sie häufig schmeißt.«

»Ich fasse zusammen ...«, sagte Hortensie und tippte sich, ohne von ihren Aufzeichnungen aufzuschauen, mit der Feder gegen das Kinn. »Ihre äußere Erscheinung und Luxus sind für sie von großer Bedeutung. Aufmerksamkeit und Beliebtheit bei ihren Freunden sind ihr auch über alle Maßen wichtig. Gut.«

Strahlend schaute Hortensie in die Runde. »Damit lässt sich doch etwas anfangen!«

Hortensies Plan bestand aus drei Stufen, wie sie Juline, Rose und Kasimir wenig später bei Kakao und Tee erklärte. Und sie zögerte auch nicht, gleich Stufe eins in die Tat umzusetzen.

Juline schlug das Herz schneller, als sie hinter Hortensie im schwachen Schein einer Laterne die Kellertreppe hinabschritt. Rose und Kasimir folgten. Sie war ja gegen den Plan – verpassen wollte sie jetzt aber trotzdem nichts. Je tiefer sie kamen, desto würziger roch es. Komisch. In den wenigen alten Häusern, in denen Juline bisher gewesen war, hatte es meistens nach Moder oder Feuchtigkeit gerochen, aber nie nach Wald oder ja, nach Kräutern. Das war es. Juline schnupperte. Rosmarin, Thymian und Basilikum konnte sie ausmachen. Neugierig stolperte Juline weiter. Hinter jeder der vielen alten Türen, die aus groben Holzplanken zusammengehauen worden waren, witterte sie ein magisches Geheimnis. Und von dem langen Gang gingen ziemlich viele Türen ab. Gerne hätte sie sich noch weiter umgesehen, kam aber leider nicht dazu. Denn Hortensie hielt direkt auf die zweite Tür zu. Die Türangeln knarzten leise, als Hortensie sie aufzog. »Willkommen in meiner Kräuterküche!«, sagte sie und Stolz schwang in ihrer Stimme.

Kaum, dass sie den Raum betreten hatten, umhüllte Juline auch schon der satte Geruch von würzigen Kräutern. Aber erst nachdem Hortensie die antike Gaslampe, die wie eine große Wahrsagerkugel von der Decke baumelte, entzündet hatte, konnte Juline das Kräutermeer auch sehen. Zusammengebunden zu kleineren und auch größeren Bündeln hingen die Kräuter zum Trocknen von den Holzbalken herab. Staunend drehte Juline sich im Kreis. Ringsum vom Boden bis zur Decke standen Regale an den Wänden. Auf ihren Brettern drängten sich unzählige Tiegel und Töpfchen, Flaschen und Gefäße mit unbekannten Flüssigkeiten und Pulvern in allen Farben des Regenbogens. Juline atmete überwältigt aus. Was mochte sich noch alles in diesem Puppenhaus verbergen, von dem sie nicht die geringste Ahnung hatte?

Mit festen Schritten ging Hortensie auf den langen, breiten Tisch in der Mitte des Raumes zu, der Juline mit den ganzen Glasapparaturen an den großen Experimentiertisch im Chemiesaal erinnerte, nur dass dieser hier eine massive Platte aus dunklem Holz hatte, die schon ziemlich verschrammt war. Juline entdeckte auch einen Mörser, viele kleine Porzellanschälchen und gläserne Phiolen. Mit großer Konzentration suchte Hortensie sich einen Tiegel, einen Mörser und noch andere Werkzeuge sowie einige Zutaten zusammen. Sie griff nach einer Dose, öffnete sie, linste hinein, schnupperte und nickte dann bestätigend.

»Was machen wir hier eigentlich!«, drängelte Kasimir,

der behände von einem Regalbrett auf das nächste sprang und sich einen Spaß daraus machte, seinem verzerrten Spiegelbild auf den bauchigen Flaschen Fratzen zu schneiden.

Hortensie rührte mittlerweile Kräuter in eine weiße cremige Masse. »Ich komponiere eine ganz besondere Pickelcreme für unsere Luisa!«, raunte sie und schritt ein Regalbrett an der gegenüberliegenden Wand ab.

»Du meinst wohl Anti-Pickel-Creme!«, berichtigte Rose sie und schlang fröstelnd die Arme um sich.

»Nein, Schwester, wie immer meine ich genau das, was ich sage«, beharrte Hortensie. »Eine Creme für Pickel, nicht dagegen!«

»Oje, oje!«, lamentierte Rose, während sie mit skeptischem Blick die Paste im Tiegel betrachtete. »Mir schwant nichts Gutes! Also ich bin dagegen!«

Ohne darauf einzugehen, nahm Hortensie ein Döschen aus dem Regal. Zurück am Tisch drehte sie es auf, streute eine Prise von dem roten pulverigen Inhalt in die Creme und rührte das Ganze mehrmals um. Der Prozess wiederholte sich mit einem gelben und dann noch mit einem schlammfarbenen Pulver. Zu guter Letzt gab Hortensie noch einen Schuss von einer giftgrünen Flüssigkeit aus einer sehr orientalisch aussenden Flasche dazu.

Skeptisch beugte sich Rose über das Schälchen. »Sieht genauso blütenweiß aus wie vorher«, urteilte sie. Sie schnüffelte. »Und riecht nach gar nichts.«

»Danke, Schwester, dass du mich darauf aufmerksam gemacht hast. Denn unsere Creme muss natürlich durften.

Verführerisch! Unwiderstehlich! Betörend!« Suchend schritt Hortensie durch den Raum, bevor sie einen blauen, dann einen roten Flakon von einem Regalbrett nahm und beide öffnete. Mit geschlossenen Augen schnupperte sie erst an dem einen, dann an dem anderen.

»Juline, was meinst du?«, fragte sie und streckte Juline beide Fläschchen entgegen. »Welcher Duft würde Luisa wohl am ehesten verzaubern?«

Nachdem sie an beiden probegeschnuppert hatte, deutete Juline auf das Fläschchen mit der roten Flüssigkeit. »Eindeutig der. Der riecht irgendwie nach Luxus! Nach sehr teuer.«

»Ganz meine Meinung«, lächelte Hortensie zufrieden, nahm Juline die Flakons aus den Händen und mischte zwei rote Tröpfchen in die Creme, die immer noch so weiß war wie Schnee. Nun zog sie eine Schublade auf, in der unzählige Dosen und Tiegel lagen.

»Welche?«, fragte sie knapp.

Juline beugte sich über die riesige Auswahl. Und obwohl ihr die altmodischen Gläser mit den Metallverschlüssen oder die metallenen Dosen mit tollen Verzierungen am besten gefielen, entschied sie sich für ein schlichtes, modern wirkendes Glas mit einem auffälligen, goldenen Deckel.

Hortensie füllte sorgfältig die Creme in das Glas und schraubte es zu. »Jetzt brauchen wir noch einen passenden Namen«, überlegte sie und trommelte mit den Fingern auf der Tischplatte.

»Auf den Tiegeln von Chiara steht immer so was wie *Shine* oder *Glow* oder *Clearness*«, versuchte Juline sich an die Aufschriften zu erinnern. »Wie wäre es mit *Super Wonderglow?*«

»Was sagen die anderen?« Hortensie sah sich nach allen Seiten um. Als Rose schicksalsergeben mit den Schultern zuckte, Kasimir aber zustimmend nickte, setzte sie sich an einen Tisch, nahm ein rosa glitzerndes Etikett und fing an, darauf einen Schriftzug zu entwerfen.

»Und wie bekommen wir Luisa jetzt dazu, die Creme auch zu benutzen?«, fragte Kasimir, als Hortensie wenig später das Ergebnis präsentierte: Eine sehr teuer aussehende Creme namens *Super Wonderglow.*

»Ja, wie?« Die vier schauten sich ratlos an. Nach einigen Minuten murmelte Rose zaghaft: *»Mylife?«*

»Das ist es!« Tatendurstig öffnete Hortensie eine Schublade und entnahm ihr ein funkelnagelneues Tablet.

Juline riss die Augen auf – damit hatte sie nicht gerechnet. Also vor Überraschungen war man hier echt nicht sicher, überhaupt nicht.

Hortensie hatte längst den anderen den Rücken zugekehrt. Für vielleicht fünf, höchstens acht Minuten hörte Juline nichts anderes als eifriges Fingertippen auf dem Display. Dann wirbelte Hortensie wieder zu ihnen herum, strahlte Juline an und schob das Tablet auf die Tischmitte. »Bitte sehr!«

Neugierig beugte sich Juline über das Display. Es zeigte eine Seite auf *mylife.* In einem Kreis auf der linken, oberen Seite war eine Abbildung von Hortensies *Super-Wonderglow-Creme* zu sehen. Daneben las Juline 145 Beiträge. Sie scrollte die Seite runter. Lauter Fotos von dieser Cremedose. Glückliche Gesichter junger Mädchen mit lupenreiner Haut. Und in den Kommentaren bejubelten alle die wahnsinnig, supertolle Anti-Pickel-Wirkung dieser Wundercreme, ohne die man einfach nicht leben konnte. Denn sie sorgte angeblich nicht nur dafür, dass jeder Pickel sofort verschwand, sondern sie verlieh der Haut auch ein umwerfendes Strahlen und Leuchten. Verwirrt schaute Juline zu Hortensie auf.

»Ich liebe es, solche Seiten zu basteln!«, strahlte Hortensie.

In dem Moment ploppte ein neuer Beitrag hoch und Juline riss die Augen auf, denn plötzlich lächelte Luisa ihr von ihrem Profilbild entgegen und daneben stand. *Hey, wo zum Teufel bekommt man diese Wundercreme her? Ich muss sie haben!*

Kapitel 15

Juline schlug das Herz bis zum Hals, als sie mit Hortensies angeblicher Wundercreme im Rucksack am nächsten Nachmittag das Studierzimmer betrat. Gestern hatte Hortensie noch auf *mylife* die Nachricht gestreut, dass die Wundercreme ausverkauft sei, und durch einen Post von Luisa wusste Juline, dass dieses Luxusmädchen einiges dafür geben würde, einen Tiegel dieser Creme zu ergattern. Trotzdem musste Juline vorsichtig sein, Luisa sollte ja keinen Verdacht schöpfen. Den ganzen Tag hatte sie schon auf eine Gelegenheit gewartet, aber Fehlanzeige. Es stellte sich heraus, dass es alles andere als einfach war, Luisa quasi wie durch Zufall über die Creme stolpern zu lassen.

Jetzt schlängelte Juline sich an den voll besetzten Tischen vorbei. Wie immer in der Studierzeit war es super leise, so leise, dass man das Wasser in den Heizkörpern blubbern hören konnte. Draußen war es längst dunkel. Im Schein der Schreibtischlampen beugten sich die anderen über ihre Bücher, kritzelten in ihre Hefte oder tippten heimlich unter dem Tisch auf ihren Handys herum.

Gleich beim Eintreten hatte Juline Luisa und die anderen Schickimickis entdeckt. Wie immer hatten sie sich weiträumig ausgedehnt. Hoch konzentriert saßen sie da und starrten auf ihre Hefte. Schon von Weitem sah Juline, dass die Rucksäcke von Luisa und Chiara auf den Stühlen neben ihnen thronten. Und dann fiel ihr Blick im Näherkommen auf Melli-Nellis Rucksack, der sperrangelweit offen auf dem Boden stand. Und plötzlich wusste Juline, was zu tun war.

Ganz so, als ob sie einen Sitzplatz suchte, näherte sie sich mit verhaltenen Schritten den Schickimickis. Gleichzeitig tastete sie unauffällig in ihrem Rucksack nach Hortensies Cremedose und fischte sie heraus. Alles hing jetzt davon ab, dass keine der vier sie bemerkte. Einen Moment lang war Juline versucht, ihr Vorhaben abzubrechen. Denn das Risiko erschien ihr mit einem Mal zu hoch. Doch dann war sie nah genug am Tisch, um erkennen zu können, was die Aufmerksamkeit der vier so sehr fesselte. Es waren ihre Handys, die sie unter ihren Heften versteckt hielten, um sich gegenseitig Nachrichten zu schreiben. Sie waren abgelenkt! Ein günstigerer Moment würde bestimmt so bald nicht wiederkommen. Und noch ehe Juline selbst begriff, dass sie es tatsächlich getan hatte, blitzte Hortensies Cremedose aus Melli-Nellis Rucksack hervor.

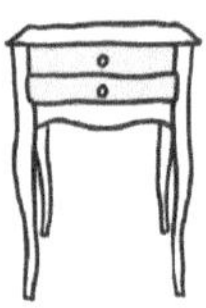

Jetzt hieß es abwarten.

»Oh, mein Gott, Nelli! Du hast tatsächlich diese neue Wundercreme ergattert? Warum hast du mir nichts davon gesagt?« Der schrille Schrei aus der Schickimicki-

Ecke kam fast gleichzeitig mit dem Schlussgong. Von ihrem Platz aus konnte Juline Luisas vor Begeisterung aufstrahlendes Gesicht sehen, als sie ehrfürchtig die Cremedose aus Nellis Rucksack hob, ganz so als wäre sie ein kostbarer Schatz. »Wisst ihr eigentlich, dass die überall, wirklich *überall* ausverkauft ist? Ich habe mir die Finger wundgetippt. Nix zu machen. Wie hast du das nur hinbekommen, Nelli?«

Für eine Millisekunde zuckte ein verwirrter Ausdruck über Nellis Gesicht, sodass Juline schon befürchtete, ihr schöner Plan würde sich gleich in Luft auflösen. Aber dann sagte Nelli genau das, worauf Juline gebaut hatte: »Ich schätze, ich hatte einfach Glück!« Sie lächelte vielsagend. »Ich dachte mir, dass sie genau das Richtige für dich ist ...«

Misstrauisch kniff Luisa die Augen zusammen. »Willst du etwa damit sagen, ich hätte Pickel?«

»Nein, nein! Absolut nicht! Quatsch!«, beeilte Nelli sich zu versichern. »Ich weiß doch nur, wie viel Spaß du an solchen Neuheiten hast. Na ja, da habe ich sie für dich besorgt. Ein kleines Dankeschön für all die tollen Mitternachtspartys.«

Juline hatte einfach gewusst, dass Nelli die Chance nutzen würde, um sich bei Luisa einzuschmeicheln. Und natürlich schluckte Luisa den Köder anstandslos. Dass die Creme angeblich achtzig Euro kostete und dies also ein wahnsinnig teures Geschenk war, störte Luisa nicht im Geringsten.

Auch Chiara beugte sich interessiert über die Dose und beäugte sie neidisch.

»Finger weg!«, zischte Luisa ihre Freundin an, presste die Dose an sich, warf den Rucksack über ihre Schulter und rauschte aus dem Studierzimmer. Leise vor sich hin grinsend packte Juline Hefte und Bücher zusammen und machte sich auf den Weg in den Speisesaal.

»Kannst du dir das vorstellen?« Wie eine wild gewordene Furie rauschte Chiara später am Abend in ihr gemeinsames Zimmer, donnerte ihren Rucksack in die nächstbeste Ecke und funkelte Juline wütend an.

»Was denn?«, erwiderte Juline und drehte sich vom Schreibtisch weg. Selbstverständlich hatte sie im Studierzimmer vor lauter Aufregung nicht eine Sekunde an ihre Hausaufgaben verschwendet. Deshalb musste sie die jetzt nachholen.

»Luisa!!!! Es gibt da so eine irre Creme. *Super Wonderglow.* Ganz neu auf dem Markt.« Chiara machte eine wegwerfende Handbewegung. »Natürlich kennst du sie nicht, sie ist sauteuer. Alle Stars benutzen sie. Wahnsinnig beliebt und deshalb zur Zeit nirgendwo zu bekommen. Ich habe keine Ahnung wie, aber Nelli hat irgendwo noch eine abgestaubt und sie Luisa geschenkt. Und die will mir nicht mal ein winziges bisschen davon abgeben. Dabei wirkt diese Creme gegen alles. Pickel. Mitesser. Rötungen. Und sie macht, dass die Haut strahlt wie Sonnenschein.«

»Wozu brauchst du denn diese Creme? Deine Haut ist doch perfekt«, erwiderte Juline wahrheitsgemäß und schob sich den Füller zwischen die Zähne.

»Siehst du das denn nicht?« Mit krausgezogener Nase und verzweifeltem Blick hing Chiara vor ihrem Schminkspiegel und betastete ihr Gesicht. »Da ist ein fetter Mitesser. Mitten auf der Nase. Oh, nein! Wie grauenvoll! Und das da am Kinn, das wird ein Monsterpickel! Man sieht noch nicht viel, aber er tut jetzt schon wahnsinnig weh.«

Mit unglücklicher Miene wirbelte Chiara zu Juline herum. »Aber im Moment brauche ich es bei Luisa gar nicht erst zu versuchen. Seit eben hat sie eine absolute Kotzlaune. Für Freitag plant sie eine Mega-Mitternachtsparty. Und gerade, wir sitzen so im Aufenthaltsraum, da wollte sie die megagenialen Brownies bei dieser unglaublich angesagten Konditorei, Jimmy Camillo, in New York bestellen. Online versteht sich und mit Expressversand. Und stell dir vor, was passiert: Ihre Kreditkarte ist gesperrt. Also ich glaub ja, dass ihr Vater ihr den Geldhahn wegen der Fünf in Mathe zugedreht hat. Aber sie meint, so etwas hätte er noch nie gemacht. Ansprechen will sie ihn darauf aber auch nicht. Hat wohl Angst, ihn auf blöde Ideen zu bringen, schätze ich. Tja, jetzt ist sie auf jeden Fall ungenießbar. Und wer muss es ausbaden? Ich! Ich meine ... klar ... ist ja auch megapeinlich. Die Sache mit der Kreditkarte. Das darf natürlich keiner erfahren.« Mit einem erschrockenen Blick sah sie auf. »Also halt bloß die Klappe, hörst du?«

Chiara ließ sich auf ihr Bett plumpsen und stieß hörbar die Luft aus. »Wem erzähle ich das eigentlich? Für so etwas hast du ja eh kein Verständnis.« Sie streckte sich der Länge nach auf den Kleidern aus, die sie mal wieder auf ihrem Bett verteilt hatte.

»Genau!«, flüsterte Juline in sich hinein und drehte sich schnell wieder zu ihren Hausaufgaben um, damit

Chiara ihr breites Grinsen nicht entdeckte. Sie musste nicht Albert Einstein sein, um zu erraten, dass bei der Kreditkartensperrung Hortensie ihre Finger im Spiel gehabt hatte.

Nach einem ziemlich bestürzten Blick auf ihr hektisch brummendes Handy hatte Chiara quasi noch vor dem Aufstehen eiligst das Zimmer verlassen. Während Melli und Nelli am gewohnten Tisch der Schickimicki-Clique saßen und frühstückten, als Juline im Speisesaal eintraf, fehlte von Luisa und Chiara jede Spur. Sie waren auch immer noch nicht aufgetaucht, als Juline ihr Tablett zum Geschirrwagen trug und der Gong zum Unterricht rief.

Dass etwas nicht stimmte, konnte Juline schon vom Weiten hören. Sie hörte es, weil sie eben nichts hörte. Obwohl sie unter den Letzten war, die zur Englischstunde ins Klassenzimmer wuselten, drang kein Ton auf den Flur hinaus. Es war, als ob alle beim Betreten des Klassenzimmers von plötzlicher Stummheit befallen worden wären.

»Glotz nicht so blöde, Pumuckl!«, hörte Juline die wohlbekannte Zeterstimme aus der letzten Reihe.

»Ich mache doch gar nichts!«, versuchte Emil sich zu verteidigen, dabei glotze er wirklich. Genauso wie alle anderen, die aber schleunigst sehr beschäftigt damit taten, ihre Englischunterlagen hervorzukramen.

»Und du auch nicht, Schweinemädchen!«, zickte Luisa jetzt Juline an, während Chiara unwohl auf ihrem Stuhl hin und her rutschte. Die Freundinnen sahen aus, als ob sie auf dem Weg zu einer Karnevalsveranstaltung wären. Fast die ganze obere Hälfte ihrer Gesichter verschwand unter wagenradgroßen Schlapphüten, während gigantische dunkle Sonnenbrillen ihre Augen verdeckten. Als wollten sie gleich die nächste Postkutsche überfallen, hatte sich jede von ihnen ein Tuch weit über die Nasenspitze bis unter die Brillengläser gezogen und wahrscheinlich im Nacken festgeknotet.

»Good morning, sweeties!« Miss Fenwick war da, schloss die Tür hinter sich und stellte ihre schwere Aktentasche auf dem Lehrerpult ab. Schnell huschte Juline auf ihren Platz. »Today we are going to ...« Perplex starrte die Lehrerin ihre vermummten Schülerinnen in der letzten Reihe an. »Was habt ihr zwei denn vor? Wollt ihr eine Bank ausrauben?« Als keine von beiden Anstalten machte zu antworten, entschied Miss Fenwick. »Okay, wir haben alle gelacht und ich möchte jetzt mit dem Unterricht anfangen. Deshalb legt jetzt bitte eure Kostümierung ab.«

Schon machte sich Chiara erleichtert daran, das Tuch in ihrem Nacken zu lösen, als Luisa ihr gebieterisch die Hand auf den Arm legte. Auch wenn Juline es nicht sehen konnte, fühlte sie förmlich, wie fest Luisa zudrückte. Die ganze Klasse hielt gespannt den Atem an.

In aller Seelenruhe verschränkte Miss Fenwick die Arme vor der Brust, lehnte sich mit übereinandergeschlagenen Beinen ans Lehrerpult und fixierte Luisa mit einem Blick, der wohl sagen sollte: Ich habe Zeit. Viel Zeit.

»Na gut!«, schnaubte Luisa nach einer gefühlten Ewigkeit wütend, riss Hut und Tuch herunter und nahm die Brille ab. Sofort ging ein erschrockenes Raunen durch die Klasse. Luisa sah aus wie ein Streuselkuchen. Ein böser roter Pickel neben dem anderen bedeckte ihr sonst immer so makelloses Gesicht. Chiara dagegen sah aus wie immer, nachdem sie sichtlich erleichtert ihre Verkleidung abgestreift hatte.

»Good gracious, was ist denn mit dir passiert?«, fragte Miss Fenwick völlig entgeistert.

Trotzig richtete sich Luisa kerzengerade auf. »Das ist nichts. Gar nichts. Ich habe nur eine neue Gesichtscreme. Und das, was sie sehen, ist der sogenannte Erstverschlimmerungseffekt«, klärte Luisa Miss Fenwick und den Rest der Klasse hochmütig auf. »Es sieht schlimmer aus, als es ist. In den nächsten Tagen werden die Pickel sogar noch zunehmen, aber dann klingen sie ab und meine Haut wird strahlend schön sein!«

Juline konnte an Chiaras Augen zwei Dinge ablesen. Erstens, dass sie heilfroh darüber war, dass Luisa ihr kein Fitzelchen von der Creme hatte abgeben wollen und zweitens, dass sie Luisas Behauptung stark anzweifelte.

»Ich würde es trotzdem für eine gute Idee halten, wenn du mal in der Krankenstation vorbeischauen und Schwester Helga einen Blick auf dein Gesicht werfen lassen würdest«, schlug Miss Fenwick vor. »Ich verstehe euch Mädchen einfach nicht. Da habt ihr die ebenmäßigste Haut eures Lebens und ruiniert sie mit diesem ganzen Zeug, das ihr euch ins Gesicht klatscht.«

»Das müssen Sie auch gar nicht verstehen!«, schnappte Luisa verächtlich und setzte Sonnenbrille und Schlapphut wieder auf und rauschte aus der Klasse. Heute, darauf würde Juline Gift nehmen, hätte Luisa wohl keine

Lust, sich gemeine Sachen zu überlegen, um Juline in die Pfanne zu hauen. Heute hatte sie genug mit sich selbst zu tun. Und das war auch gut so.

»Wunderbar!«, freute sich Hortensie und rieb sich vergnügt die Hände, nachdem Juline ihr, Rose und dem schadenfrohen Eichhörnchen in der Mittagspause von der durchschlagenden Wirkung der Creme und der bevorstehenden Mitternachtsparty berichtet hatte. »Demnach habe ich ihr also zum rechten Zeitpunkt den Geldhahn zugedreht. Fein. Fein. Das läuft ja alles wie am Schnürchen!«

Nachdenklich legte sie einen Finger an die Nase. »Wann findet die Party statt?«

»Am Freitag!«

»Also übermorgen schon. Dann haben wir keine Zeit zu verlieren«, entschied Hortensie. »Komm nach dem Nachmittagsunterricht wieder hierher. Dann startet Phase drei.«

Kopfschüttelnd glich Rose die Liste im *Backbuch für besondere Fälle* mit den auf dem Küchentisch aufgereihten Zutaten ab. »Könnt ihr mir das vielleicht mal erklären? Erst mischst du, Hortensie, eine Creme, damit diese Luisa Pickel bekommt. Dann sperrst du ihre Kreditkarte, damit sie kein Geld mehr hat, und jetzt sollen Juline und ich ihr plötzlich die besten, saftigsten und schokoladigsten Brownies backen, die es gibt?« Wieder schüttelte sie heftig den Kopf. »Willst du jetzt doch wieder meine Taktik fahren? Also, ich verstehe das einfach nicht.«

»Ich glaube, ich schon!«, rief Juline eifrig, während sie sich die gerüschte Backschürze umband, die Rose extra für sie genäht hatte. »Zumindest zum Teil. Irgendwie hängen die Brownies unter Garantie mit Luisas geplanter Mitternachtsparty zusammen.« Sie hielt im Schleifebinden inne. »Aber warum müssen wir sie dann so eilig heute backen? Die Party ist doch erst übermorgen.«

»Hackst du die Schokolade?«, unterbrach Rose sie und schob Juline zwei Tafeln und ein Holzbrett rüber. Juline nahm sich ein großes Messer und legte los.

»Und du, Kasimir, sollst die Haselnüsse nicht essen, sondern klein hacken«, forderte Rose das Eichhörnchen auf.

»Wird sofort erledigt!«, versprach Kasimir eifrig.

»Gut kombiniert, Juline!«, lobte Hortensie, die mit ihrem Tablet auf dem Schoss am Küchentisch saß und die angebliche *mylife*-Seite von *Super Wonderglow* im Auge behielt. »Luisa braucht einen Kuchen. Einen richtig guten Kuchen. Für ihre Party. Ihre Freunde sind es gewohnt, von ihr nur mit dem Besten verwöhnt zu werden. Tja, aber leider ist nun mal ihre Kreditkarte gesperrt und selbst wenn sie ihren Vater kontaktieren würde ...«, leise kicherte Hortensie in sich hinein. »... unter uns gesagt, für den Fall habe ich auch Vorkehrungen getroffen. Na ja, auf jeden Fall ist es ihr unmöglich, den gewünschten Kuchen von diesem amerikanischen Superbäcker zu bestellen. Sie ...« Hortensie ließ den ausgestreckten Zeigefinger über dem Bildschirm schweben. »Oh ... wenn man vom Teufel redet!«, raunte sie.

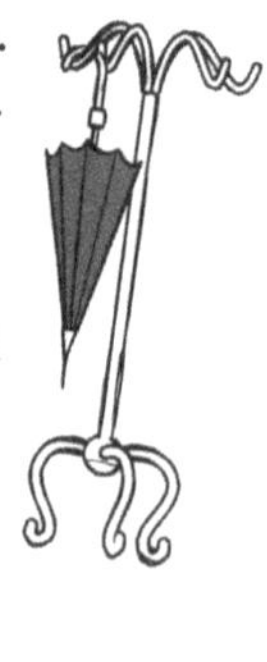

Sofort ließ Juline das Messer fallen, rannte um den Tisch herum und linste über Hortensies Schulter.

»Sie wird doch ein wenig misstrauisch«, murmelte Hortensie.

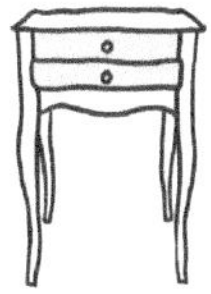

Ich benutze die Creme jetzt seit einem knappen Tag. Ist diese Sache mit dem Erstverschlimmerungseffekt immer so übel? Und wird das wirklich nach ein paar Tagen wieder besser?, las Juline den Kommentar unter Luisas Profilbild.

Schon flogen Hortensies Finger über die Tastatur: *Ja, der Erstverschlimmerungseffekt ist wirklich nicht schön, aber notwendig. Du wirst sehen, nach ein paar Tagen sind alle Pickel weg und du wirst die schönste Haut weit und breit haben. Halte durch!*

»Juline, die Schokolade!«, rief Rose, während sie Eier in eine Schüssel schlug und Zucker hinzugab. Schnell hackte Juline die Schokolade klein, füllte sie in eine Kupferschale um, gab die von Hortensie bereitgestellte Butter hinzu und stellte die Schale in einen mit Wasser gefüllten Topf, den sie jetzt auf den Herd stellte. Wenn man Schokolade im Wasserbad schmelzen wollte, musste man sehr vorsichtig sein. Das hatte Juline bei Rose gelernt. Nur wenige Wassertropfen genügten, und die Schokolade klumpte. Deshalb rührte Juline nur ganz, ganz sachte mit dem Kochlöffel um. Als die Masse in der Schale cremig und spiegelglatt war, zog sie achtsam den Topf vom Herd.

»Dann tun wir dem Kind jetzt also endlich mal was Gutes und helfen ihr mit unserem Kuchen aus der Patsche«, nahm Rose hoffnungsvoll den Faden wieder auf, während sie Zucker und Eier mit dem Schneebesen verrührte. »Denn die Spezialzutaten soll ich ja – Gott sei dank – weglassen.«

»Von wegen: ihr was Gutes tun! Rose, bitte vergiss nicht, dass dieses Mädchen Juline das Leben zur Hölle gemacht hat«, erinnerte Hortensie ihre Schwester. »Juline wollte von *Haus Sonnenbühl* weglaufen!«

Als wollte sie Hortensie mit dem Schneebesen drohen, schüttelte Rose ihn unter ihrer Nase. »Da müssten wir ihr doch eigentlich dankbar sein. Denn hätte Juline nicht weglaufen wollen, hätte sie vielleicht nie den Weg zu uns auf den Dachboden gefunden.«

»Unsinn!«, schnaubte Hortensie. »Der Schuss hätte genauso gut nach hinten losgehen können, Schwester. Wäre sie nicht aufgeschreckt worden und hätte nach keinem Versteck gesucht, hätte sie die Türe vielleicht niemals entdeckt und dann ...«

»Stooooop!«, brüllte Kasimir und hätte sich beinahe an der Nuss verschluckt, die er gerade mit seinen langen Zähnen klein hackte. »Darum geht es doch gar nicht. Luisa ist gemein und fies und soll endlich damit aufhören!«

»Genau!«, pflichtete Juline dem Eichhörnchen bei, während sie die cremige, braune Mischung in Roses Schüssel gab.

»Und deshalb kommt deine Spezialzutat erst später zum Einsatz«, beantwortete Hortensie Roses Frage. »Und dann aber so richtig!« Sie lächelte geheimnisvoll.

Rose antwortete nicht. Aber die Art wie sie jetzt Mehl und Kakao abwog, zeigte Juline deutlich, dass sie nach wie vor mit Hortensies Plänen nicht einverstanden war. Ganz und gar nicht!

Kapitel 16

Eine Ewigkeit hatte Juline sich den Kopf darüber zerbrochen, wie sie es anstellen sollte, Luisa alleine, ohne ihren Hofstaat abzupassen. Denn dass die anderen nichts von Julines Brownies erfuhren, war – und das hatte Hortensie mit erhobenem Zeigefinger extra betont – unerlässlich für das Gelingen des Plans. Dann kam ihr tatsächlich der Zufall zu Hilfe. Manchmal musste man eben einfach Glück haben. Gerade als sie sich mit einem Körbchen voller warmer Brownies zurück in das Schulgebäude schlich, wurde sie nämlich auf der Treppe in den dritten Stock von Luisa überholt. Und sie war ALLEIN!

Und was jetzt? Sollte sie einfach ein Brownie hervorholen und die gleiche Show abziehen wie mit dem Haferkeks? Nein, das wäre zu auffällig. Und wie wäre es mit *Hi, Luisa, du magst doch so gerne Kuchen. Möchtest du mal meine Brownies probieren?* Aber auch die Idee verwarf Juline. Mit unentschlossenem Blick verfolgte sie, wie Luisa eine Stufe nach der anderen dem Schlaftrakt der Siebener entgegenstieg. Gleich würde sie in ihrem Zimmer verschwinden und die schöne Gelegenheit wäre ungenutzt vorbeigezogen. Schon wollte Juline die Gelegenheit als verstrichen abhaken, als Luisa plötzlich auf dem obersten Treppenabsatz stehen blieb, die Nase reckte und schnupperte. Langsam drehte sie sich um und schaute auf Juline herab. Juline erschrak. Zwar hatte Luisa versucht, ihre Pickel unter einer dicken Make-up-Puderschicht zu verstecken, aber das war ziemlich danebengegangen. Jetzt sah ihr bildhübsches Gesicht nicht nur wie ein Streuselkuchen aus, sondern auch noch wie ein panierter.

»Riechst du das auch?«, wandte Luisa sich an Juline. Wie ein Spürhund, der eine Fährte aufnahm, schnupperte sie wieder. Dann stieg sie Stufe um Stufe die Treppe herunter, bis sie direkt vor Juline stand und sie von oben bis unten abschnupperte. Mit einem Ruck riss sie ihr das Körbchen aus der Hand.

»Oh, mein Gott, sind die gut!« Mit geschlossenen Augen kaute Luisa eine Sekunde später einen Brownie. »Wo, um alles in der Welt, hast du diese Köstlichkeiten her?«

»Ich habe sie in der Back-AG gebacken«, behauptete Juline.

»Die sind ja noch besser als alles, was ich jemals in New York bei Jimmy Camillo gegessen habe«, schwärmte Luisa. Plötzlich presste sie das Körbchen an sich und schaute sich verstohlen um. Nachdem sie sich vergewissert hatte, dass sie allein waren, flüsterte sie Juline zu: »Ich will auch so welche! Für Freitagabend! Verstehst du? Für meine Mitternachtsparty! Und *du* machst sie!«

Juline tat so, als ob sie schwer mit sich ringen müsste. »Für übermorgen? Puh, das wird eng. Morgen haben wir doch Theater-AG. Ich muss so schon megamäßig Gas geben, um dein Kostüm rechtzeitig wieder in Ordnung zu bringen. Dann ist da noch die Analyse für Englisch und …« Mit bekümmerter Miene schüttelte sie den Kopf. »Ich weiß beim besten Willen nicht, wann …«

»Vergiss das dämliche Kostüm! Sag schon, was du für die Brownies haben willst!«, drängelte Luisa. »Ich brauche sie. Mein Leben hängt davon ab.«

Gott, war die theatralisch. »Wenn das so ist, dann … okay, ich schaff das schon irgendwie.«

»Gut!«, nickte Luisa. »Langsam scheinst du zu kapieren, wer hier das Sagen hat. Und halte bloß die Klappe über unsere kleine Abmachung. Niemand darf erfahren, woher ich die Brownies habe. Verstanden?«

»Meine Lippen sind versiegelt!«, gelobte Juline, drückte Zeigefinger und Daumen der rechten Hand aufeinander und fuhr sich symbolisch damit über die geschlossenen Lippen.

»Psst, nicht so laut, Kasimir, sonst entdecken sie uns noch!«, flüsterte Juline dem ausgiebig gähnenden Eichhörnchen auf ihrer Schulter zu. Durch die Lamellentür des Spieleschranks hatten sie die Sofasitzecke im Aufenthaltsraum der Siebener genau im Blick. Und da saßen bei Kerzenschein und leiser Musik Luisa, Chiara und die Zwillinge und feierten ihre Mitternachtsparty. In die flauschigen Schulbademäntel gehüllt, die Füße in den gleichen Plüschhausschuhen mit den Perlenschnallen, die Juline schon von Chiara kannte, saßen sie im Schneidersitz um den Sofatisch herum und starrten die Kuchen-Etagere an, als sei sie das siebte Weltwunder. Ordentlich und hübsch dekoriert hatte Luisa darauf die Brownies arrangiert, die Juline ihr am Nachmittag heimlich überreicht hatte. Zu dem Zeitpunkt waren sie noch schön warm gewesen und hatten so verführerisch nach Schokolade geduftet, dass Juline sich richtig hatte zwingen müssen, nicht hineinzubeißen.

»Nicht mal ein Krümelchen darfst du dir von den Fingern schlecken!«, hatte Hortensie sie gewarnt. Während Rose mit verschränkten Armen streikte und sich beharrlich weigerte, die besonderen Zutaten auch nur anzurühren, streute Hortensie in aller Seelenruhe ein, zwei Prisen von einem violetten Mehl in die Schokoladenmasse. Dann gab sie zum krönenden Abschluss noch ein paar Tropfen einer öligen Flüssigkeit, die harmlos nach Vanille duftete, hinzu. »Nicht ein einziges Krümelchen, denn sonst ...« Ein Lächeln breitete sich auf Julines Gesicht aus. Wenn Luisa nur wüsste!

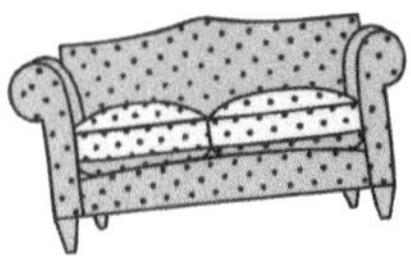

»Es hat mich ein Vermögen gekostet, für uns diese Brownies zu besorgen«, behauptete Luisa großspurig. »Sie kommen aus einer kleinen Konditorei in der Schweiz. Der absolute Geheimtipp. Tausendmal besser als die schäbigen Brownies von Jimmy Camillo. Die sind ja auch so was von out.« Sie deutete auf die Gläser, die vor ihnen auf dem Tisch standen. »Wie ihr seht, gibt es heute nur Leitungswasser!« Sie sah in die skeptischen Gesichter am Tisch und sagte erklärend: »Das ist Absicht. Denn alles andere würde das Geschmackserlebnis ruinieren.«

»Hihi!«, kicherte Kasimir Juline ins Ohr. »Die lügt ja

wie gedruckt. Es gibt Wasser, weil sie kein Geld für Cola hat.«

»Sei leise!« Wenn das Eichhorn weiter so viel schwatzte, war es nur eine Frage der Zeit, bis sie in ihrem Versteck entdeckt wurden.

»Oh, wie toll!«, tat eine der Zwillinge begeistert.

»Sehr originell!«, bestätigte die andere. »Leitungswasser!«

»Und jetzt … bedient euch!«

Chiara war die Erste, die sich einen Brownie von der Etagere stibitzte, ihn mit fachmännischem Blick von allen Seiten begutachtete und dann davon abbiss. Genießerisch schloss sie die Augen. »Mega!«

Für eine Weile herrschte genüssliches Schweigen, das nur ab und an durch ein gehauchtes »Oh, mein Gott, sind die gut!« oder »Luisa, du musst mir verraten, wo du die herhast!« unterbrochen wurde.

»Komisch!«, schmatzte Chiara, als sie sich gierig den dritten Brownie in den Mund schob. »Ich esse und esse und werde nur immer hungriger. Aber egal! Diese Brownies sind einfach ein Traum!«

»Ja, mega-mega!«, stimmte ihr Melli-Nelli zu und schleckte sich genüsslich die triefende Schokolade von den Fingern.

Plötzlich streckte Chiara den Zeigefinger aus und deutete auf den Zwilling ihr direkt gegenüber. »Hattest du schon immer so ein fettes Pfannkuchengesicht, Melli?«

»Wieso?«, antwortete Melli irritiert. »Du hast es gerade nötig. Guck dir mal deinen dicken Hintern an.«

»Was stimmt denn mit meinem Po nicht?« Chiara

drehte den Kopf und versuchte wie ein Hund, der seinen Schwanz jagt, einen Blick auf ihren Popo zu erhaschen. Entsetzt kreischt sie auf. Er war mindestens dreimal so groß wie sonst und beulte sich links und rechts ziemlich aus.

»Was passiert mit mir?«, jammerte Nelli jetzt los. Mit weit aufgerissen Augen starrte sie auf ihren linken Oberarm, der immer dicker und dicker wurde, bis der Ärmel des Bademantels krachend aufriss.

Zu Mellis Pfannkuchengesicht schwollen jetzt auch noch ihre Hände an wie Wassermelonen. Alle vier Mädchen wurden von Sekunde zu Sekunde immer dicker.

»Luisa!«, schrie Chiara ihre Freundin panisch an. »Was hast du uns da zu essen gegeben?«

»Hältst du das etwa für lustig?«, brüllte Melli den Tränen nahe.

»Seid ihr doof? Ist euch schon aufgefallen, dass ich genauso fett werde wie ihr?«, kreischte Luisa. Mit ihren Pickeln und dick und fett wie eine Tonne, sah sie mit Abstand am gruseligsten von allen aus.

»Trotzdem bist du schuld!«, jaulte Melli, deren Gesicht vor Wut rot aufglühte wie ein angestrichener Vollmond. »Immerhin hast du uns den Mist hier vorgesetzt!«

»Von wegen Nobelkonditor aus der Schweiz. Wahrscheinlich hast du irgendein verseuchtes Billigzeug aus dem Discounter besorgt! Bloß, um nicht zugeben zu müssen, dass du keine Kohle hast. So sieht es nämlich aus.« An Melli und Nelli gewandt, schrie Chiara: »Luisa hat nämlich keinen Cent mehr!«

Für einen Moment schien diese Nachricht die Zwillinge viel mehr zu schockieren, als die Tatsache, dass sie von Sekunde zu Sekunde immer mehr aus dem Leim gingen. »Echt jetzt? Deine Eltern sind pleite? OMG!«, riefen sie im Chor.

»Gar nicht wahr!«, versuchte Luisa sich zu verteidigen. »Mein Vater hat scheinbar nur meine Kreditkarte gesperrt.«

»Für mich bist du gestorben!«, heulte Chiara. Verzweifelt versuchte sie, auf die Füße zu kommen, aber weil ihr Po mittlerweile bestimmt fünfzig Kilo wog, kam sie einfach nicht hoch. Da mussten schon Melli und Nelli mit vereinten Kräften ran.

»Für uns bist du auch gestorben!«, schleuderte Nelli Luisa verächtlich entgegen. »Komm, Chiara!«

Ohne Luisa auch nur eines weiteren Blickes zu würdigen, eierten die drei aus dem Raum.

»Schlag ein!«, zischelte Kasimir Juline zu und streckte ihr seine Pfote entgegen. »Jetzt ist die Königin entthront!«

Das ganze Wochenende war von Luisa und ihren ehemaligen Freundinnen nicht eine Haarspitze zu sehen gewesen. Wahrscheinlich hatten sie sich alle in ihre Betten verkrochen, die Decke bis zur Nasenspitze gezogen und darauf gehofft, dass der böse Spuk bald ein Ende haben würde. So hatte es zumindest Chiara gemacht, wie Juline grinsend feststellte. Leider hatte dafür dieser blöde Emil ständig in Julines Nähe herumgelungert und sie immer wieder auf so eine scheinheilig freundliche Art angegrinst. Hielt der sie etwa für blöd? Es war doch sonnenklar, dass er was im Schilde führte.

Aber Juline war wachsam, auch am Montag, als Luisa und Chiara wiederauftauchten, fast wieder dünn wie eh und je, aber etwas mitgenommen sahen sie schon noch aus. Komischerweise hielt Emil sich von ihnen fern und war weiterhin ausgesprochen freundlich zu Juline. Achtung, Falle!, dachte Juline ein ums andere Mal und lieh sich natürlich nicht die Füllerpatrone, die er ihr, ach so ritterlich, anbot, als ihr Füller den Geist aufgab. Und wenn sie die Mathearbeit in der nächsten Stunde mit Bleistift schreiben musste, wäre das allemal besser, als von diesem Luisa-Schleimer etwas anzunehmen! Aber irgendwo musste sie doch sowieso noch Tintenpatronen haben ...

»Juline und Emil ...« Herr Leonard hielt seinen klimpernden Schlüsselbund in die Höhe. »Bringt ihr die Karte zurück in den Kartenraum? Es ist der Schlüssel mit dem grünen Gummirand.«

»Klar!«, rief Juline, warf einen hastigen Blick auf ihre Armbanduhr und stand gleichzeitig mit Emil auf. Es war zehn Minuten vor dem Ende der Unterrichtsstunde. Inklusive der Fünf-Minuten-Pause hatten sie also fünfzehn Minuten Zeit, um pünktlich zur Mathestunde wieder da zu sein.

Juline vorne, Emil hinten schleppten sie die zusammengerollte Geschichtskarte über den Flur in Richtung Kartenkammer.

»Was Herr Leonard da eben über Karl den Großen erzählt hat, war ja schon interessant«, meldete Emil sich räuspernd von hinten zu Wort. Konnte der nicht einfach die Klappe halten?

Irgendwo hinter ihnen öffnete sich eine Tür, um kurz darauf leise wieder ins Schloss zu fallen.

»Na ja, ist ja auch egal ... Fährst du in den Ferien zu deinen Eltern?«, startete Emil einen neuen Versuch mit Juline ins Gespräch zu kommen. Schritte kamen klappernd näher.

»Verzieh dich, Pumuckl!« Erschrocken wirbelte Juline herum und sah Luisa, die sich Emil genähert hatte und Anstalten machte, die Karte von Emil zu übernehmen.

»Aber *ich* soll doch mit Juline die Karte wegbringen«, widersprach Emil leise.

»Bist du taub, Tomatenkopf?« Entschlossen riss Luisa ihm die Karte aus den Händen.

»Vorwärts!«, herrschte Luisa Juline an und schubste sie mit der Karte weiter.

Hoffnungsvoll warf Juline einen Blick nach links und rechts. Alle Klassenzimmertüren waren geschlossen. Logisch, noch war die Stunde ja nicht zu Ende. Über ihre Schulter sah sie Emil. Die Hände tief in die Taschen seiner Hose vergraben, schaute er mit hängenden Schultern hinter ihnen her. Jetzt drehte er sich um und schlurfte in Richtung Klassenzimmer davon. Warum auch nicht? Seine Anführerin hatte ihn schließlich weggeschickt. Luisa redete kein Wort. Den ganzen verschlungenen Weg über den Flur bis zu der unscheinbaren Seitentreppe, die unzähligen ausgetretenen Stufen hoch in den verwaisten Teil des dritten Stocks bis zur einsam gelegenen Kartenkammer ganz am Ende des selten genutzten Korridors schwieg sie wie ein Grab. Erst als Juline mit zitternden Fingern den Schlüssel ins Schloss gesteckt und die Tür zu dem fensterlosen Raum aufgesperrt hatte, zischte Luisa in ihrem Rücken: »Du hältst dich wohl für sehr schlau!«

Eilig tastete Julines Hand nach dem Lichtschalter, drückte ihn und die milchige Glühbirne, die an einem schmucklosen Kabel von der Decke baumelte, strahlte auf. Julines Herz begann hektisch zu schlagen. Vor ihr der winzige Raum, mit all den eingestaubten Geschichtskarten ringsum an den Wänden, direkt hinter ihr Luisa. Das war nicht gut. Gar nicht gut. Julines Atem flog. Schnell stellte sie die Karte zu den anderen in die Mittelalterabteilung und drehte sich wieder zum Ausgang um. Doch da hatte sich Luisa schon mit verschränkten Armen und funkelnden Augen drohend vor ihr aufgebaut. »Was hast du in die Brownies getan?«

»Schokolade, Butter ...«, zählte Juline mit klopfendem Herzen auf. Das stimmte ja auch. Die besonderen Zutaten hatte schließlich nicht sie in den Teig gegeben.

»Ich weiß, dass du irgendetwas in den Kuchen gemixt hast, damit wir alle dick und fett und die anderen sauer auf mich werden«, zischte Luisa ihr zu. Die Wut sprühte aus ihren Augen wie heiße Lava. »Keine Ahnung, was das für ein Teufelszeug war. Ich weiß nur, dass die anderen mich seit Freitag schneiden und dass du schuld daran bist! Aber du wirst es bereuen. Bitter bereuen! Und das ...«

Damit versetzte sie Juline einen Stoß, dass die taumelnd nach hinten gegen die Karten fiel. Einige von ihnen gingen mit Juline zu Boden, dann erlosch das Licht. Und noch bevor Juline verstand, was passiert war, drehte Luisa den Schlüssel im Schloss um. »Das hier ist erst der Anfang!«

Auf allen vieren krabbelte Juline zur Tür und hämmerte mit den Fäusten dagegen. »Luisa, mach die Tür auf! Sofort! Wir schreiben doch gleich Mathe! Luisa, du Miststück!«

»Sie hat die Türe nicht geöffnet!«, schlussfolgerte Hortensie mit mühsam beherrschter Stimme, während sie am Nachmittag desselben Tages wie ein wütender Tiger im Wohnzimmer des Puppenhauses auf und ab schritt.

Immer noch mit einem Wutklumpen im Bauch schüttelte Juline den Kopf.

»Gott, wie schrecklich! Du musst ja tausend Tode gestorben sein!«, rief Rose und drückte Juline an ihren Busen. Sie wuschelte ihr beruhigend durchs Haar und Juline atmete den leckeren Kuchenduft, der von Rose ausging. Langsam beruhigte sie sich. »Diese Kartenkammer ist doch ganz abgelegen. Wenn nicht irgendwer für den Unterricht eine Karte braucht, kommt da tagelang niemand hin. Das habe ich doch richtig in Erinnerung, oder?«

Juline nickte und wischte sich den Rotz von der Nase. Wegen dieser Kuh würde sie jetzt nicht heulen. Nur das nicht.

»Das ist ja furchtbar! Ganz schrecklich. Oh, dieses garstige Mädchen!« Rose war fast noch aufgebrachter als Juline es gewesen war.

»Ich lasse dich nirgendwo mehr alleine hin! Wo du gehst und steht, werde ich in Zukunft an deiner Seite sein, um dich zu beschützen!«, verkündete Kasimir kampfeslustig, zerrte einen Zahnstocher aus dem silbernen Fässchen auf dem Tisch und schwang ihn wie einen Säbel durch die Luft. »Diese Luisa soll mich kennenlernen!«

»Oh, du bist so süß, Kasimir!« Jetzt musste Juline doch lachen. Liebevoll streichelte sie dem Eichhörnchen über sein dichtes Fell.

»Süß? Lass dich von meiner Größe nicht täuschen! Ich bin stark wie ein Bär!«, behauptete Kasimir und plusterte sich zu seiner vollen Größe auf.

»Und die Mathearbeit?«, forschte Hortensie weiter. »Wie ist die dann gelaufen?« Vor lauter Zorn war sie ganz blass um die Nase geworden.

Juline zuckte hilflos mit den Schultern.

»Kein Wunder bei der ganzen Aufregung. Wer soll da denn noch eins und eins zusammenzählen können!«, sagte Rose schnell und schob Juline eine dampfende Tasse über den Wohnzimmertisch zu. »Probier mal von dem Tee. Du wirst sehen, ein Schlückchen reicht und die Welt sieht gleich viel besser aus.«

Juline war viel zu erschöpft, um Rose daran zu erinnern, dass sie doch viel lieber Kakao mochte. Aber sie brauchte dringend noch ein süßes Trostpflaster. »Gibt es noch Kuchen dazu?«, fragte sie deshalb sehnsüchtig.

»Wo bin ich nur mit meinen Gedanken!«, rief Rose, klatschte in die Hände und trippelte mit rauschendem Kleid in die Küche hinüber, um kurze Zeit später mit einer Kuchenplatte wieder zurückzukommen.

»Nur noch ein Stück?«, enttäuscht betrachtete Juline den leer gefutterten Teller. Erst gestern hatte Rose den

Käsekuchen gebacken. Als Juline hatte gehen müssen, war er noch viel zu warm gewesen, als dass man ihn hätte probieren können und jetzt war nur noch dieses mickrige Stückchen übrig. Wie seltsam! So viel Kuchen konnten die beiden alten Damen doch niemals allein verputzt haben.

»Und wer hat dich schlussendlich aus deinem Gefängnis befreit?«, wollte Hortensie noch wissen.

Wieder zuckte Juline mit den Schultern. »Ich weiß es nicht. Plötzlich war die Tür nicht länger abgeschlossen. Irgendwer muss sie aufgesperrt haben, ohne dass ich auch nur das Geringste bemerkt habe.«

»Was passiert ist, tut mir unendlich leid!« Hortensie hatte ihren Marsch beendet und schob sich neben Juline auf das Sofa. »Ich mache mir große Vorwürfe«, gestand sie und schaute Juline ganz fest in die Augen. »Zumal wir damit hätten rechnen müssen, dass Luisa sich nicht widerstandslos geschlagen geben würde. Aber ihre Reaktion hat auch ihr Gutes. Denn sie verrät, dass unser Plan funktioniert.« Mit erhobenem Zeigefinger fuhr sie fort. »Habt ihr auf die Feinheiten geachtet? Ihre Freundinnen behandeln sie seit der Mitternachtsparty wie Luft. Und genau das war es doch, was wir erreichen wollten.«

»Und jetzt muss ich auch noch ihr blödes Kostüm zurechtflicken. Dabei hat sie es zerrissen. Mit voller Absicht!«, seufzte Juline und nickte unglücklich auf das Kleid, das neben Rose über der Armlehne des Sofas hing, bevor sie an der Blümchenteetasse schnupperte. Sofort schloss sie die Augen und atmete ganz tief diesen unvergleichlichen Duft nach Liebe, Trost und Geborgenheit ein.

»Das ist also Luisas Kostüm«, flüsterte Rose und kniff nachdenklich die Augen zusammen. Mit spitzen Fingern hob sie es hoch und inspizierte den Schaden. »Da hat die Dame ja ganze Arbeit geleistet. Aber das kommt meinen Zwecken sehr entgegen. Lass es hier, Juline. Ich werde mich darum kümmern.«

»Morgen Nachmittag brauche ich es aber. So kurz vor der Aufführung finden die Proben jetzt zweimal in der Woche statt«, sagte Juline zwischen zwei Gabelladungen Käsekuchen. Hmm, wie der mal wieder schmeckte!

»Du kannst unbesorgt sein. Spätestens morgen Mittag wird es so gut wie neu sein. Und dann wird dieses verzogene Kind erfahren, was es wirklich heißt, von anderen wie Luft behandelt zu werden. Jetzt bin ich bei euch! Jetzt kenne auch ich kein Pardon mehr. Dieses Mädchen hat sich eine Gemeinheit zu viel geleistet!«

Kapitel 17

Immer zwei Stufen auf einmal nehmend sauste Juline am nächsten Abend die Wendeltreppe zum Dachboden hinauf. Bei der Erinnerung daran, was sich bei der Theater-AG zugetragen hatte, stahl sich immer wieder ein Grinsen auf ihr Gesicht. Rose hatte Luisas Kostüm mit einem Unsichtbarkeitsfaden genäht, was ein genialer Einfall gewesen war und eingeschlagen hatte wie eine Bombe. Kaum hatte Luisa das Kostüm widerwillig von Juline entgegengenommen und übergestreift, war sie auch schon für den Rest der Welt absolut unsichtbar gewesen – und gehört hatte ihr nerviges Gezeter auch niemand mehr. Egal, was sie auch angestellt hatte, niemand hatte von ihr Notiz genommen. Völlig verzweifelt war sie vor den Augen der anderen herumgesprungen wie ein Hampelmann, hatte ihre Mitschüler und selbst Miss Fenwick angeschrien und angebrüllt, wütend mit den Füßen aufgestampft und geheult vor Zorn. Aber geholfen hatte ihr das alles nicht. Schäumend vor Wut hatte sie dabei zusehen müssen, wie Miss Fenwick ihr ein Minus wegen unentschuldigten Fehlens verpasst hatte. Weiß wie die

Wand war sie aber erst geworden, als sie ein Selfie von sich im Kostüm schießen wollte und feststellen musste, dass sie auf dem Foto einfach nicht vorhanden war. Und das Beste war, dass Juline die ganze Show hatte sehen können. Ob das wohl auch mit der besonderen Gabe zusammenhing, wegen der sie die Schönheit des Puppenhauses, Rose, Hortensie und Kasimir sehen konnte? Bestimmt.

Keuchend blieb Juline auf dem obersten Treppenabsatz stehen. Kaum hatte sie die Tür einen Spaltbreit geöffnet, schnupperte sie erwartungsvoll. Hmm ... Der unschlagbar leckere Duft nach Roses frisch gebackenem Kirschkuchen! Unfassbares Glück durchkribbelte Juline vom Kopf bis zu den Zehenspitzen. Was war sie doch für ein Sonnenkind! Das Puppenhaus. Rose und Hortensie. Kasimir. Wie lieb sie die drei hatte!

Wie gespannt sie schon auf deren Gesichter war, wenn sie ihnen gleich alles haarklein von ihrem gemeinsamen Erfolg berichten würde. Sie war fast da. Schon leuchtete ihr das warme Licht der Gaslampen aus den Fenstern des Puppenhauses entgegen. Aus dem Wohnzimmer drangen Stimmen. Juline konnte es gar nicht abwarten, bis sie bei den anderen saß. Hastig ließ sie sich vor dem Puppenhaus auf die Knie sinken, pflückte vorsichtig eine Kirsche vom Baum und wollte sie sich gerade in den Mund schieben, als sie ganz schrecklich erschrak. Augenblicklich wich sie in die Dunkelheit zurück. Ihr Herz hämmerte so fest gegen ihre Rippen, dass es richtig wehtat. Konnte das wirklich wahr sein? Vorsichtig beugte sie sich noch einmal vor, kniff die Augen zusammen und linste durch eines der Sprossenfenster in das Wohnzimmer des Puppenhauses.

Bitte, lieber Gott, mach, dass ich mich geirrt habe! Rose und Hortensie saßen wie immer am Wohnzimmertisch. Kasimir hockte auf Roses Schoß und alle drei lauschten andächtig auf das, was die Person, die ihnen gegenübersaß, gerade erzählte. Die Person, die wie selbstverständlich auf Julines Platz saß, ihren Kuchen aß und Kakao trank – plötzlich begann sich alles in Julines Kopf wie wild zu drehen – war Emil! Juline bekam kaum noch Luft. Was machte dieser Widerling in ihrem Puppenhaus? Bei ihren Freunden? Hatte er die Gabe?

Verrat, war das Einzige, was sie in diesem Moment denken konnte. Und das tat unglaublich weh! So schnell sie konnte, krabbelte Juline rückwärts. Es war ihr völlig gleichgültig, ob sie außer Hörweite war oder nicht. Sie sprang auf die Füße und rannte davon. Tränen strömten ihre Wangen herab, während sie die Stufen hinunterpolterte. Sie war wütend, traurig, eifersüchtig, zutiefst verletzt und das alles gleichzeitig. Die ganze Zeit hatte sie geahnt, dass noch jemand anderer im Puppenhaus ein und aus ging. *Mylife,* das Tablet, der weggefutterte Kuchen und ach … und jetzt hatte sie die traurige Gewissheit, dass ihr Verdacht gestimmt hatte. Aber Emil? Ausgerechnet der? Warum hatten Rose und Hortensie ihr nicht davon erzählt, dass sie ihn kannten, ihn bei sich verköstigten und ganz offensichtlich auch noch mochten?! So fest sie nur konnte, knallte Juline die Tür in der Schulmauer zu. Das linderte ein wenig diesen schrecklichen Schmerz in ihrem Herzen. Nie wieder würde sie Rose und Hortensie besuchen. Nie, nie, nie wieder! Und Kasimir wollte sie auch nie wiedersehen. Gerade *er* war doch so ein Plapper-

maul. Warum hatte er nicht ein Sterbenswörtchen erwähnt? Wenigstens *er* hätte ihr von Emil erzählen müssen. Alle hätten es müssen. Es wäre ihre verdammte Pflicht gewesen! Ausgerechnet dieser Idiot! In ihrem Puppenhaus! Bei ihren Freunden!

Es war irgendwas nach vier. Freitagnachmittag. Das Dämmerlicht ging bereits in die Dunkelheit des Abends über. Juline war es nur recht so. Schon eine halbe Ewigkeit saß sie, das Kinn tief in ihren Schulschal vergraben und den Reißverschluss ihres Wintermantels bis nach ganz oben zugezogen, auf dem Rand des zugefrorenen Brunnens im Park. Jedes Mal, wenn sich jemand dem Schulgebäude näherte, die Schultern zum Schutz vor der Kälte bis zu den Ohren hochgezogen, knirschte der Schnee unter seinen Füßen. Weihnachten stand vor der Tür. Juline schob ihre Wollmütze etwas tiefer in die Stirn und schielte dabei wie zufällig zu den Dachluken hinauf. Sie wollte nämlich vor sich selber nicht eingestehen, dass ihre Gedanken ständig zu dem Puppenhaus und seinen Bewohnern dort oben wanderten. Wie gemütlich es jetzt im Puppenhaus sein musste! Wahrscheinlich hatten die beiden alten Damen alles wunderhübsch adventlich geschmückt. Mit Tannenzweigen, dicken roten Kerzen, deren Licht bis in den Vorgarten und auf den Kirschbaum fiel. Ob der Puppenhausgarten auch verschneit war? Und Rose würde mit Mehl in den Haaren und vor Eifer geröteten Wangen ein Blech Weihnachtsplätzchen nach dem anderen backen. Zimt, schoss es Ju-

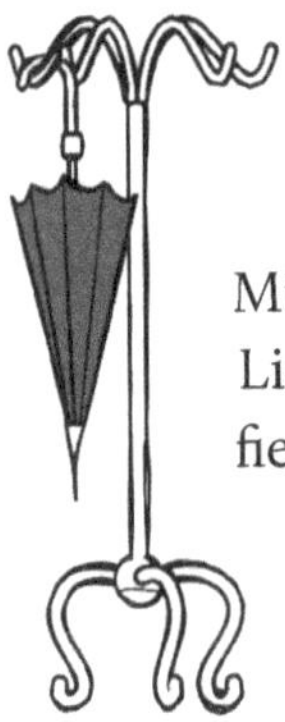

line durch den Kopf, bestimmt duftete der ganze Dachboden nach Zimt, Lebkuchen und Clementinen. Und Kasimir würde eifrig Nüsse knacken, klein hacken und nicht jede zum Teig geben. Juline schlang fröstelnd die Arme um sich und pustete mit ihrem warmen Atem die steif gefrorenen Finger warm. Grimmig legte sie die Stirn in Falten. Und wer würde die Weihnachtsplätzchen zusammen mit einer Tasse dampfenden Kakaos auf ihrem, Julines, Sofaplatz in sich reinschaufeln? Emil!

Kopfschüttelnd verbannte Juline alle Gedanken an diesen Widerling und ihr einstmals so sehr geliebtes Puppenhaus aus ihrem Kopf. Vor allem aber aus ihrem Herzen. Seitdem sie diesen Blödmann im Puppenhaus erwischt hatte, war sie nicht wieder auf den Dachboden gestiegen. Und das würde sie auch bestimmt nie wieder tun! Klar, ihr Leben war einsam geworden. Denn jetzt hatte sie niemanden mehr, mit dem sie reden konnte und bei dem sie sich so wohlfühlte wie bei Rose und Hortensie. Aber ... ach, Juline zog ihr Handy aus der Tasche, um ihre Nachrichten zu checken. Zu Weihnachten flog sie ja schon nach Sydney zu ihren Eltern, und dann würde sie den beiden sagen, dass sie wegwollte von *Haus Sonnenbühl*. Egal, wohin. Nur weg.

Ah, Brooke hatte eine Mail geschrieben. Gelangweilt scrollte Juline sich durch die unendlich vielen Zeilen. Seitdem Brooke an dem Ballettinternat in Paris aufgenommen worden war, kannte sie nur noch zwei Themen: Ballett und wie großartig sie selber war.

Ihre Eltern hatten ihr schon heute Morgen geschrieben. Es ging ihnen gut, die Tournee lief ganz fantastisch und sie freuten sich schon so sehr darauf, Juline bald in die Arme schließen zu können.

Gerade wollte Juline das Handy wieder zurück in ihre Jacke stecken, als es unvermittelt aufbrummte. Ohne sonderlich viel Interesse öffnete Juline den Messenger-Dienst. Verwundert schossen ihre Augenbrauen in die Höhe. Sie hatte eine neue Nachricht erhalten. Das war ja klar. Aber das Profilbild zeigte ... Marc-Henri mit seinem unverkennbaren Lächeln. Juline schreckte hoch und hämmerte mit dem Zeigefinger wie wild auf den Anfang der Nachricht, um sie komplett lesen zu können.

Hi, Juline, heute Abend läuft um acht Uhr im Schülerkino Harry Potter auf Französisch. Zeit und Lust? À bientôt, Marc-Henri

Mit offenem Mund starrte sie ihr Handy an. Marc-Henri wollte mit ihr ins Kino gehen? Mit ihr?! Ein prickelndes Gefühl durchströmte Juline. Er hatte sie gefragt. *Sie,* Juline. Fünf vor halb fünf sagte ihr Handy. Um fünf begann die Studierzeit. Julines Gedanken spielten Achterbahn. Dann also jetzt schnell aufs Zimmer flitzen, umziehen, Haare kämmen ... Schnell tippte sie: *Super gerne! Wo wollen wir uns treffen?*

Die Antwort kam sofort. *Zwanzig vor. Im Kinofoyer. Magst Du Nachos oder lieber Popcorn?*

Popcorn, tippte sie schon auf dem Weg zum Schulgebäude.

Cola oder Fanta?

Mineralwasser.

Super! Dann bis gleich!

Tausend Gedanken schossen durch Julines Hirn, als sie

die Stufen zu ihrem Zimmer hochraste. Was sollte sie nur anziehen? Jeans und Pulli? Jeans und Bluse? Rock und Pulli? Hmm. Nur nicht übertreiben. Und sie brauchte Geld. Für Popcorn und Wasser. Vielleicht würde Marc-Henri sie ja sogar einladen. Aber darauf wollte sie sich lieber nicht verlassen.

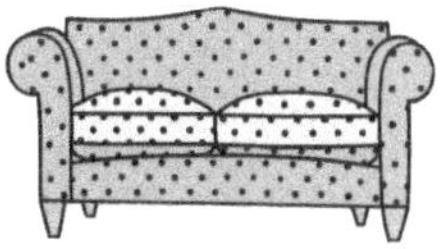

Glücklich hüpfte sie die letzte Stufe hoch. Sie ging mit Marc-Henri ins Kino. Ein Lichtblick! Wie wunderbar!

Die Schlange vor der Snackbar im Kinofoyer schob sich nur langsam vorwärts. Eine gefühlte Ewigkeit stand Juline schon neben dem riesengroßen Harry-Potter-Plakat, zupfte ihr Sweatshirt mit dem Hogwarts-Wappen drauf zurecht, für das sie sich schließlich entschieden hatte, und ließ den Eingang zum Foyer nicht aus den Augen. Bis jetzt hatte sie Marc-Henri nirgends entdecken können. Wieder ließ sie ihren Blick zur Snackbar rüberhuschen. Vielleicht hatte sie ihn ja nur im Gedränge übersehen und er stand gerade noch für Popcorn und Getränke an. Fehlanzeige. Kein Marc-Henri. Aber dafür auch keine Luisa, keine Chiara und keine doofen Zwillinge in Sicht. Juline hatte gleich geahnt, dass sie auf die hier nicht treffen würde. Was Französisch anbelangte, war keine von den vieren die hellste Kerze auf der Torte.

Dreimal hintereinander ertönte ein tiefer, mahnender Gong. Der Film fing gleich an. Ratlos zog Juline ihr Handy hervor. Hatte Marc-Henri ihr vielleicht abgesagt oder geschrieben, dass er sich verspätete?

»Hi!«

»Da bist du ja!«, rief Juline erleichtert und strahlte Marc-Henri an.

»Ja, klar bin ich hier! Ich meine, Harry Potter und dann auch noch auf Französisch«, lachte Marc-Henri. »Und Tim hab ich mitgeschleppt, obwohl er kaum Französisch spricht.« Freundschaftlich klopfte er dem schwarzhaarigen Jungen neben sich auf die Schulter. »Er hat den Film schon so oft gesehen, da macht es gar nichts, wenn er nichts versteht.«

Juline biss sich auf die Unterlippe. Eigentlich hatte sie gedacht, dass sie alleine ins Kino gehen würden.

»Hey, ihr steht voll im Weg!«, beschwerte sich ein Mädchen. Zwei Popcorntüten gegen die Brust gepresst, hatte sie alle Hände voll damit zu tun, drei Getränkebecher gleichzeitig ins Kino zu balancieren.

»Wir sollten uns beeilen. Der Film geht gleich los«, sagte Juline und zog den ordentlich gefalteten Zehneuroschein aus ihrer Hosentasche. »Nachos oder Popcorn?«

Angeekelt zog Marc-Henri die Nase kraus. »Igitt! Das Zeug kann doch kein Mensch essen. Aber ich will dich nicht aufhalten. Viel Spaß beim Film. Wir gehen dann schon mal rein.«

»Aber …« Ohne es zu wollen, hatte Juline nach Marc-Henris Arm gegriffen und hielt ihn jetzt fest. »Ich dachte … ich meine, du hast mich doch … ich verstehe das jetzt nicht.«

»Was verstehst du nicht?«, verwirrt zog Marc-Henri die Augenbrauen zusammen, während dieser Tim hinter ihm ungeduldig von einem Fuß auf den anderen trat.

»Wir waren doch verabredet. Zum Kino. Du hast mir doch geschrieben …«

»Ich?«, ungläubig tippte Marc-Henri sich gegen die Brust. »Dir?«

Er hätte nicht den Kopf schütteln müssen. Juline hatte schon vorher verstanden, dass hier gerade etwas schrecklich schieflief. Juline zog ihre Hand zurück und zwang sich zu einem Lächeln. »Da muss ich wohl etwas falsch verstanden haben«, krächzte sie.

»Hey, was soll's? Du kannst doch trotzdem mit uns mitkommen«, schlug Marc-Henri locker vor. Doch Juline schüttelte nur stumm den Kopf. Um sie herum schoben sich die letzten Zuspätkommer kichernd und tuschelnd in den Kinosaal. Hätte sich doch nur der Boden unter Juline aufgetan und sie für immer und ewig verschluckt! Jetzt ließ dieser Tim eine Hand auf Marc-Henris Schulter donnern und brummte: »Können wir endlich?« Ohne eine Antwort abzuwarten, schob er seinen Freund ins Kino. Wie ein begossener Pudel stand Juline in dem immer leerer werdenden Foyer und wusste noch nicht mal, wo sie hinschauen sollte. Alle hatten ihren peinlichen Aufritt mitbekommen. Und wer nicht selbst dabei gewesen war, würde die Geschichte bestimmt brühwarm erzählt bekommen. Hilfe suchend betrachtete sie Harry, Hermine und Ron. So wie die drei Zauberschüler ihren Blick erwiderten, wussten selbst sie keinen guten Zauberspruch, um den ganzen peinlichen Auftritt ungeschehen zu machen. Ratlos zog Juline ihr Handy hervor, um noch mal den Chatverlauf mit Marc-Henri zu überfliegen. Seine Nachrichten waren doch eindeutig gewesen. Wie hatte sie da etwas missverstehen können? Stirnrunzelnd stand sie im verwaisten Foyer, als sich in die Titelmusik von Harry Potter leises, hämisches Gekicher mischte. Juline hob den Kopf. Wurde ihr gleich schlecht oder warum schwankte das Plakat? Im nächsten Moment taumelte Luisa dahinter hervor. Während sie sich kringelte vor Lachen, hielt sie ihr Handy hoch. Jetzt wurde Juline wirklich schlecht. Auf dem Display sah sie sich selbst und Marc-Henri, wie er gerade sagte: »Du kannst doch trotzdem mit uns mitkommen …«

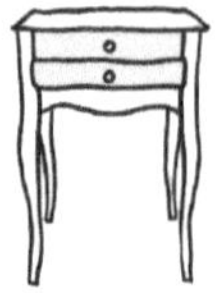

»Jederzeit und so oft du willst ab sofort auf *mylife*«, japste Luisa atemlos vor Lachen. »Und … ehm … ehe ich es vergesse: Dein schauderhaftes Kostüm ist im Übrigen im Müll gelandet! Ich habe schon längst ein anderes in Paris bestellt.«

Damit drehte sie sich um und verließ hoheitsvoll das Kino.

Okay, das war jetzt wirklich zu viel! Juline gab sich nicht die geringste Mühe, die Tränen zurückzuhalten. Sie war fertig mit *Haus Sonnenbühl.* Nicht eine Sekunde länger wollte sie mehr hier verbringen. Auf ihre Eltern konnte sie nicht länger Rücksicht nehmen. Und sie konnte auch nicht mehr bis zu den Weihnachtsferien warten. Sie *musste* ihre Eltern anrufen, denn sie *musste* hier weg. Sofort!

Vielleicht konnte sie einfach bis Weihnachten bei ihrer Oma in Stuttgart wohnen und bei ihr in die Schule gehen.

Und wenn nicht. Auch egal! Hier konnte sie auf jeden Fall nicht länger bleiben.

Julines Finger zitterten, als sie ihr Handy hervorzog und die Nummer ihrer Mutter auswählte. Eine halbe Ewigkeit passiert nichts. Dann endlich das erlösende Freizeichen. Juline wartete. Und wartete. Und wartete. Dann endlich. Die Stimme ihrer Mutter ... »Hier ist die Mailbox von Jana Taubert. Leider bin ich gerade nicht ...« Juline legte auf. Die Zeitverschiebung! Diese verdammte Zeitverschiebung. An die hatte sie gar nicht gedacht.

Es war gerade zehn nach acht und das bedeutete, dass es in Sydney gerade mal zehn nach vier in der Früh war. Mitten in der Nacht also. Ihre Eltern schliefen und hatten ihre Telefone wahrscheinlich auf stumm geschaltet. Sie musste sich bis Mitternacht gedulden. Bis dahin würde sie sich in ihrem Bett so gut es ging vor der Welt verkriechen.

Mutterseelenallein hockte Juline in der hintersten Ecke des Speisesaals. Samstags gab es immer Croissants mit Nugatfüllung, die Juline normalerweise besonders gerne mochte, aber heute lag das Hörnchen unberührt auf ihrem Teller und auf ihrem Kakao hatte sich schon eine dicke Rahmschicht gebildet. Sie brachte heute Morgen einfach nichts hinunter.

Überall, an jedem Tisch, gluckten die anderen zusammen, hatten die Köpfe über mindestens ein Handy gebeugt, kicherten, lachten laut und tuschelten. Und Juline wusste ganz genau worüber. Über ihren peinlichen Auftritt gestern Abend im Kinofoyer, den Luisa natürlich längst online gestellt hatte, und den sich jetzt alle auf *mylife* anguckten. Juline presste die Lippen aufeinander.

Und das Schlimmste war, dass sie nun doch nicht früher aus dem Internat verschwinden konnte. Juline hätte sich ohrfeigen können. Denn sie war trotz oder vielleicht auch wegen der ganzen Aufregung völlig erschöpft eingenickt, hatte Mitternacht verschlafen und auch nicht den Eingang der Mail, die ihr Vater ihr geschrieben hatte, mitbekommen. Wegen eines Wasserschadens im Opernhaus von Sydney hatten die Musiker ein paar Tage frei und ihre Eltern hatten sich dazu entschlossen, diese Zeit für einen kurzen Ausflug ins Landesinnere zu nutzen. Und das bedeutete im Klartext: Sie hatten keinen Handyempfang. Oma hatte Handyempfang, weilte aber bei ihrer besten Freundin in Hamburg, um der im Weihnachtsgeschäft in ihrem kleinen Töpfereiladen unter die Arme zu greifen.

»Hört ihr mal alle her?«

Juline schaute auf. Neben dem Lehrertisch stand Frau Mahlmann, Herr Leonards Sekretärin, und reckte den rechten Zeigefinger in die Luft. Das Lachen und die Gespräche erstarben sofort – jeder wusste, dass die grimmige Frau Mahlzahl keinen Spaß verstand.

»Wie schon lange angekündigt, wollen wir Herrn Leonard, der über das Wochenende wegen einer wichtigen Angelegenheit wegmusste, mit einer Entrümpelungsaktion überraschen.«

Juline zog die Augenbrauen zusammen. Von dieser Entrümpelungsaktion hatte sie nichts mitbekommen.

»Wir starten sofort nach dem Frühstück. Und wenn alle tüchtig mit anpacken, sind wir bis heute Nachmittag fertig. Die Oberstufenschüler, die einen Flur zu beaufsichtigen haben, werden euch mitteilen, wo ihr eingesetzt werdet. Alles, was an Gerümpel zusammenkommt, stellt ihr einfach in der Einfahrt vor der Schule ab. Die Müllabfuhr kommt das Ganze dann abholen. Ich danke euch jetzt schon für euren Einsatz!«

Juline hörte nur mit halbem Ohr zu, als ein Oberstufenschüler nach dem anderen Namen aufrief und Einsatzorte bekannt gab. Am Rande bekam Juline mit, dass Emil für den Keller unter dem Westflügel der Schule eingeteilt wurde. Hannah stieß einen Jubelschrei aus, als es hieß, sie solle dem Bibliothekar zur Hand gehen.

»Juline, Theresa, Greta, ihr helft den Kunstlehrern im Material- und Lagerraum. Da oben sind zwar schon ein paar starke Jungs, aber wenn ihr schlecht gefrühstückt haben solltet, dann schiebt rasch noch ein Brötchen nach. Da oben steht ne Menge an Plastiken und sonstigen Kunstwerken von Kunstkursen aus dem letzten Jahrhundert, die alle auf den Müll gehören«, verkündete Sophie, als sie an der Reihe war. »Chiara, Luisa, Melli und Nelli ihr nehmt euch den Dachboden vor!«

Juline erstarrte zur Salzsäule. Den Dachboden??? Großer Gott! Das Puppenhaus!

Kapitel 18

Juline wurde es heiß und kalt. Das Puppenhaus war für sie wunderschön und sie käme im Traum nicht auf den Gedanken, dass es auf den Müll gehörte. Aber nur, weil sie die Gabe hatte. Für alle anderen war es alt, vergammelt, hässlich und schrottreif, schoss es durch Julines Kopf, als sie sich mit einigem Abstand zu Greta und Theresa auf den Weg zum Kunstsaal machte. Hinter sich hörte sie Luisa irgendwas darüber maulen, dass ihre Eltern nun wirklich nicht so viel Schulgeld zahlten und so großzügig spendeten, damit sie hier schuftete.

Während Juline sich wie ein Verdurstender die Treppe hinaufschleppte, überlegt sie: Es gab genau zwei Möglichkeiten. Die erste war ... oh, bitte, nein ..., dass diese Schreckschrauben von Luisa, Chiara und den Zwillingen ... bitte, bitte, nein ... das war ja nicht auszudenken ... auch die Gabe hatten und demnächst wie dieser blöde Emil bei Rose und Hortensie im Puppenhaus ein und aus gingen.

Die zweite Möglichkeit: Sie hatten die Gabe nicht. Das bedeutete aber wiederum, dass sie das Puppenhaus mit absoluter Sicherheit auf den Sperrmüll werfen würden. Juline schnappte nach Luft. Okay sie war echt sauer, wegen Emil und so. Aber hier ging es um Rose, um Hortensie, um Kasimir und um ihr zauberhaftes Zuhause. Die drei ahnten ja nicht mal, in welcher Gefahr sie schwebten. Blitzschnell wirbelte Juline herum. Die Stufen unter ihr waren leer. Keine Spur mehr von Luisa, Chiara und den Zwillingen. Wahrscheinlich waren sie irgendwo abgebogen, um von einer der kleineren Treppen aus auf den Dachboden zu gelangen. Juline hätte sich ohrfeigen können, dass sie selbst nie andere Wege, die auf den Dachboden führen könnten, ausgekundschaftet hatte. Vor Juline trabten Theresa und Greta in ein Gespräch vertieft weiter die Stufen in Richtung Kunstsaal hinauf.

»Ich muss mal aufs Klo. Komme gleich nach!«, rief Juline. Ohne eine Antwort abzuwarten, jagte sie die Stufen wieder hinunter bis ins Erdgeschoss, von dort in den verschneiten Park, hinter den Rhododendron und den einzigen Weg auf den Dachboden hinauf, den sie kannte. Keuchend stieß sie die Tür auf und hielt gespannt den Atem an. Im trüben Licht des Wintermorgens lag der Dachboden verschlafen vor ihr. Kein Klavier, kein Cello, keine Geige. Nichts zu hören. Doch dann ... Stimmen. Mädchengeplauder. Luisa und ihr ehemaliger Hofstaat. Sie hatten den Dachboden noch nicht erreicht, aber sie näherten sich. Ein Versteck. Juline brauchte ein Versteck. Nicht eine Sekunde zu früh krabbelte sie hinter den blinden Spiegel. Gerade eben zog sie zum Schutz die große Seemannskiste neben sich, als irgendwo ein Schlüssel krachend in ein Schloss

fuhr, eine Tür sich öffnete und die betagte Glühbirne an der Decke aufflackerte.

»Igitt, wie sieht es denn hier aus?« Melli oder Nelli. So ähnlich sie sich sahen, so gleich klangen auch ihre affektierten Stimmen.

»Alles voller Spinnweben und Staub. Ich fass hier unter Garantie nichts an!« Luisa. War ja klar.

»Ob es hier Ratten gibt?«, frage Chiara mit einer Mischung aus Ekel und Faszination. Wie aufs Stichwort kreischten die Zwillinge los.

»Was für ein Plunder!« Das war jetzt wieder Luisa gewesen.

Eine Weile hörte Juline nichts als langsame Schritte und das Quietschen von Scharnieren, wenn eine Kommode oder ein Schrank geöffnet wurde.

»Melli, Nelli, was meint ihr? Das kann doch wohl alles weg!«, wandte Chiara sich betont auffällig nur an die Zwillinge. Aha. Luisa war also immer noch Luft für ihre Freundinnen.

»Seht mal, ein Puppenhaus!«, brachte Luisa sich eifrig in Erinnerung. »Wer spielt denn heutzutage noch mit einem Puppenhaus? Das muss ja wohl aus dem letzten Jahrhundert übrig geblieben sein!«

Keine Reaktion.

»So gammelig, wie es ist, ganz bestimmt sogar!« Luisas Lachen klang gezwungen. »Das Dach hat Löcher, die Gardinen sind zerrissen, die Möbel völlig verdreckt und diese Holzpüppchen hier lassen sich ja noch nicht mal bewegen!«

Mit klopfendem Herzen lugte Juline vorsichtig aus

ihrem Versteck. Sie hätte schreien können. Luisa hielt Hortensie in den Händen und versuchte, mit Gewalt die Arme zu bewegen. Juline war drauf und dran zu schreien: *Hör auf damit! Lass sie los!* Aber sie blieb stumm.

»Das Ding wandert so was von auf den Sperrmüll. Aber bevor wir loslegen, holen wir uns erst mal bei Sophie Handschuhe. Mit bloßen Händen packe ich hier ganz bestimmt nichts an.« Nach einer kurzen Pause setzte Luisa ungewohnt unterwürfig hinzu: »Also, ich meine ja nur. Oder wollt ihr euch hier ernsthaft die Hände schmutzig machen?«

Ohne Luisa zu beachten, tauschte Chiara mit den Zwillingen einen kurzen Blick, dann rauschten die drei einfach an ihr vorbei. Luisa stieß einen tiefen Seufzer aus.

Juline wartete, bis auch Luisa hinter den dreien vom Dachboden geschlurft war, dann stürzte sie zum Puppenhaus, das in ihren Augen immer noch genauso wunderschön und zauberhaft war wie eh und je. Sie ließ sich auf die Knie fallen und beugte den Kopf zum Wohnzimmer herab.

»Rose. Hortensie. Holt Kasimir. Ihr müsst hier weg. Kommt schnell, ich nehme euch mit!«

»Juline, Kind, da bist du ja! Endlich!«, in Windeseile öffnete Rose ein Fenster. »Lässt du dich auch mal wieder blicken?« Täuschte sich Juline oder hatte Rose Freudentränen in den Augen? Drinnen knisterte das Kaminfeuer, auf dem Tisch standen noch die Reste vom Frühstück und jetzt gerade betrat Hortensie von der Garderobe aus den Raum. Mit schmerzverzerrter Miene rieb sie sich die Schulter. »Unmöglich. Rose, hast du das mitbekommen?

Dieses Mädchen hätte mir beinahe den Arm verdreht.« Dann sah sie Juline vor dem Fenster. »Juline, meine Liebe. Wo um alles in der Welt *warst du*?«

Juline antwortete nicht, sondern rief nur schnell: »Ihr müsst hier weg – Entrümplungsaktion. Die kommen gleich wieder und dann wollen sie euer Puppenhaus auf den Sperrmüll werfen.«

»Was? Unser Zuhause?«, entrüstet riss Rose die Augen auf. »Das dürfen sie nicht!«

»Juline, wir brauchen deine Hilfe.« Hortensie war sofort pragmatisch und tatkräftig. »Kannst du das Puppenhaus hochheben und es irgendwo verstecken?«

»Ich kann es versuchen!« Juline schlang die Arme um das Puppenhaus und hob es an.

»Vorsichtig! Vorsichtig, Juline! Du wirfst ja alle Möbel um!«, kreischte Rose. Juline hörte es scheppern. »Oh, nein, Mutters Teekanne ist zu Bruch gegangen«, jammerte Rose.

»Ich glaube, Schwester, du hast den Ernst der Lage noch nicht erkannt«, hörte Juline Hortensie sagen. »Wenn Juline unser Puppenhaus nicht in Sicherheit bringt, verlieren wir nicht nur Mutters Teekanne.«

Mit einem Rumps landete das Puppenhaus wieder auf dem Boden. »Ich schaffe es nicht!«, seufzte Juline. »Für mich alleine ist es viel zu schwer. Ihr müsst rauskommen.«

Traurig schüttelte Hortensie den Kopf. »Wir können doch unser Zuhause nicht im Stich lassen, Juline. Was denkst du dir nur?«

»Aber … aber …« Julines Atem flog. Ihre Augen blitzten in die Richtung, in der sie die Tür zum Dachboden vermutete, durch die jeden Moment Luisa und ihr ehemaliger Hofstaat kommen würden. »Okay«, keuchte sie. Sie brauchte Hilfe. Ob es ihr passte oder nicht. Es gab nur einen, den sie darum bitten konnte. »Ich gehe Emil suchen. Bin gleich zurück!«

»Beeil dich, Juline! Beeil dich!«, klang ihr Roses Flehen in den Ohren, während sie in den Keller rannte wie eine Irre.

»Emil!«, brüllte Juline, sobald sie die Stufen der steilen Kellertreppe zu dem langen, gewölbeartigen Gang hinuntersprang. Viele erstaunte Gesichter blickten ihr im Licht der grellen Neonlampen entgegen. Juline sah sich um, konnte Emil aber nirgendwo entdecken. »Habt ihr Emil gesehen? Wisst ihr, wo er ist?« Von Kellerraum zu Kellerraum fragte sie sich durch. Immer wieder musste sie sich flach wie eine Flunder an die Wand drücken, um den eifrigen Helfern mit ihren Kisten und Kartons den Weg zum Ausgang nicht zu verstellen. Hier unten herrschte ein Treiben wie in einem Ameisenhaufen. Juline lief die Zeit davon. Wenn sie Emil nicht bald fand, war Roses und Hortensies Schicksal besiegelt. Und das durfte niemals geschehen. Okay, wenn Emil nicht hier unten war, dann war er vielleicht gerade oben, um einen ausgedienten Stuhl oder was auch immer zum Sperrmüll zu schleppen. Julines Atem ging stoßweise, von der ganzen Rennerei stach es sie schmerzhaft in die Seiten, aber sie biss die Zähne zusammen und stürzte aus der Tür hinaus. In der Zwischenzeit hatte heftiger Schneefall eingesetzt. Beinahe wäre

sie in dem dichten Treiben direkt mit Emil zusammengeknallt.

»Emil!«, keuchte Juline und packte ihn an den Oberarmen. »Du musst mir helfen!«

»Ich?«, verwirrt wischte er sich eine Schneeflocke von der Nasenspitze.

»Nicht direkt mir. Rose. Und Hortensie. Und Kasimir!« Hilflos riss Juline die Hände in die Luft. »Ich habe jetzt keine Zeit für große Erklärungen. Komm einfach mit!«

Emil zählte zwei und zwei zusammen und verstand sofort. Zusammen rannten sie los, schlugen sich durch den Rhododendron, rissen die geheime Tür auf und jagten die Stufen hoch. »Luisa und die anderen Ziegen«, japste Juline auf ihrem Weg nach oben. »Ich weiß, ihr seid Freunde. Aber sie wollen das Puppenhaus zum Sperrmüll stellen. Deshalb musst du jetzt mal etwas tun, worüber Luisa vielleicht nicht schallend lacht. Nämlich mir helfen, es rechtzeitig vor ihnen in Sicherheit zu bringen. Vielleicht kennst du im Reitstall einen verborgenen Winkel.«

»Luisa und die Schickimickis ... die sind doch nicht meine Freunde«, widersprach Emil heftig.

»Auch egal!« Juline stob gefolgt von Emil auf den Dachboden, rannte an den ausgedienten Stühlen und Schulbänken vorbei, den alten Tafeln, den verstaubten Büchern und den mottenzerfressenen Theaterkostümen dahin, wo bis gerade noch das Puppenhaus gestanden hatte.

Es war weg. Verschwunden.

Da, wo es vorhin noch gestanden hatte, blitzte ihnen jetzt ein dunkles Holzbodenrechteck entgegen. Sie waren zu spät. Das Puppenhaus und seine Bewohner waren nicht mehr da.

Juline stürzte an eine der Dachluken und stieß sie energisch auf. Den Sperrmüllberg vor der Schule konnte sie zwar von hier aus nicht sehen, aber dafür die Auffahrt und darüber rumpelte gerade unaufhaltsam …

»… der Müllwagen! Verdammt!«, zischte Emil über ihre Schulter.

»So schnell geben wir nicht auf!«, rief Juline kampfbereit. »Das sind wir unseren Freunden schuldig!«

»Bin dabei!«, gelobte Emil und schon flitzten sie gemeinsam los.

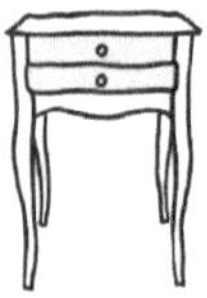

»Nicht das Puppenhaus!«, brüllte Emil noch von Weitem dem muskelbepackten Müllmann entgegen, der Roses und Hortensies Zuhause hochhob, als sei es aus Watte. Zögernd stand der vor der Müllpresse, die noch irgendetwas Großes, Sperriges krachend zermalmte.

»Was?«, brüllte der Müllmann und versuchte das Krachen der Müllpresse zu übertönen.

»Nicht das Puppenhaus!«, brüllte Juline und hielt sich die vor Seitenstichen schmerzende Seite. »Das ist ein Irrtum. Es soll nicht weg.«

»Sagt wer?«, schrie Luisa mit hochrotem Kopf zurück. Scheinbar hatten ihre ehemaligen Freundinnen sie ordentlich schleppen lassen.

»Wir!«, antworteten Juline und Emil im Chor. Sie waren immer noch zu weit entfernt, um eingreifen zu können.

»Und eure Meinung zählt seit wann genau?«, keifte Luisa höhnisch. Dann nickte sie dem Müllmann gebieterisch zu und Juline sah wegen der Entfernung und dem Lärm nur die Mundbewegung, aber die Worte waren klar: *Weg damit!*

»Nein!«, schrien Emil und Juline im Chor und gaben noch mal Gas, aber der Müllmann hatte das Puppenhaus schon hochgewuchtet. Juline meinte, Hortensie und Rose am Fenster um Hilfe schreien zu sehen.

Die Presse öffnete sich jetzt wie das Maul eines gefräßigen Ungeheuers.

»Niiiiiicht«, schrie Juline mit letztem Atem.

»Das war wirklich in allerletzter Minute«, sagte Emil immer noch japsend zu Herrn Leonard. Und Juline konnte es immer noch nicht fassen – so sehr hatte sie sich noch nie über das Auftauchen eines Lehrers gefreut. In wirklich allerletzter Sekunde war der Direktor mit seinem Jeep vorgefahren, hatte mit quietschenden Reifen gebremst, war rausgesprungen, mit Riesenschritten zum Müllwagen gehechtet und hatte dem verdutzten Bären von einem Müllmann das Puppenhaus entrissen.

Fast beschützend drückte er jetzt die Spielzeugvilla an sich und atmete hörbar erleichtert aus. »Das nennt man wohl Punktlandung! Meine Güte, ich hätte keine Sekunde später kommen dürfen.« Bestimmt war sein Flüstern mehr für ihn selbst bestimmt gewesen als für Juline, aber sie hatte es trotzdem gehört.

»Voller Einsatz!«, sagte Emil bewundernd und Juline fragte sich, wen er meinte, denn er guckte sie an.

»Ja, das war es wohl!«, gab Juline zurück. »Dein Einsatz war auch super. Danke!«

»Wofür?«, fragte Emil.

»Na dafür!«, antwortete Juline und nickte mit dem Kopf in Richtung von Herrn Leonard, der sich schon mit dem Puppenhaus in Richtung Schulgebäude aufgemacht hatte.

»Gerne würde ich weiter dieser romantischen Szene beiwohnen, aber wir haben einen Dachboden zu entrümpeln«, säuselte Luisa mit zuckersüßer Stimme. »Aber ich freue mich außerordentlich, dass sich die zwei Loser der Klasse endlich gefunden haben!« Dann winkte sie den anderen, ihr zu folgen. Doch Chiara, Melli und Nelli machten sich als Dreiergrüppchen auf den Weg und ließen ihre ehemalige Anführerin einfach links liegen.

Emil vergrub die Hände in seinen Hosentaschen. »Rose, Hortensie und Kasimir sind doch unsere Freunde. Und für Freunde ist man doch da, oder?«

Juline nickte. Eine Weile standen sie und Emil im herabrieselnden Schnee einfach nur da und scheinbar wusste Emil genauso wenig, was er sagen sollte, wie Juline.

»Ich ... ehm ...«, brach er schließlich das Schweigen. »Ich wollte mich schon lange bei dir entschuldigen. Wegen ... weil ... weil ich so ekelig zu dir war. Luisa, Chiara und die Zwillinge haben mich seit Ewigkeiten gehänselt und drangsaliert. Wegen meiner Haarfarbe und dann wegen meines Stipendiums.«

»Du hast auch ein Stipendium?«, sagte Juline total verblüfft.

Emil nickte. »Ja. Ich kann ganz gut reiten. Es ist ein

Sportstipendium. Keine Ahnung wie, aber Luisa hat irgendwie davon Wind bekommen. Ab dem Tag hatte ich hier nichts mehr zu lachen. Ich habe nie irgendjemandem davon erzählt, weil es mir so peinlich war. Ein Junge, der sich nicht gegen ein Mädchen wehren kann. Und dann kamst du. Und Luisa hat sich auf dich gestürzt. Irgendwie hab ich wohl mitgemacht, weil ich so heilfroh war, nicht länger ihr Opfer zu sein.« Emil senkte schuldbewusst den Kopf. »Das war gemein und feige von mir. Als ich Rose und Hortensie davon erzählt habe, haben sie mir geraten, mich bei dir zu entschuldigen. Aber irgendwie war ich auch dazu zu feige.«

Wieder nickte Juline nur stumm. Eine Weile lang blieben sie schweigend im Schneegestöber stehen.

Dann gab Juline sich einen Ruck und nickte Emil zum Abschied kurz zu: »Ich muss zum Kunstsaal. Die anderen wundern sich bestimmt schon, warum ich so lange weg bin.«

»Klar doch!«, erwiderte Emil unsicher. »Ich ... ehm ... ich geh dann auch mal wieder in den Keller.« Er war schon ein paar Schritte neben Juline durch den Schnee gestapft, als er leise raunte: »Es tut mir wirklich leid, dass ich bei Luisas bösem Spiel mitgespielt habe. Das tut mir schon lange leid, aber du hast mir überhaupt keine Chance mehr gegeben, irgendetwas wiedergutzumachen. Deshalb habe ich ja auch ...« Er zögerte. »Schon mal drüber nachgedacht, wer dich aus der Kartenkammer befreit hat?«

»Das warst du?«, fragte Juline verwundert, aber da war schon die Eingangstür zur Schule hinter Emil zugeschlagen.

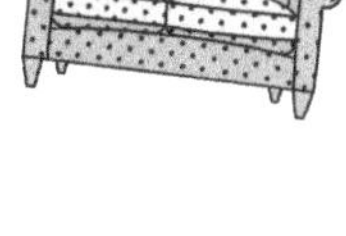

Kapitel 19

Hinter dem Vorhang hörten sich die vielen Stimmen der Theaterbesucher an wie ein aufgeregter Bienenschwarm. Neugierig linste Juline durch den schmalen Spalt in dem schweren Stoff. Die ganze letzte Woche hatte die Theater-AG unterstützt von der Kunst-AG die Aula weihnachtlich geschmückt. Riesengroße Sterne aus Goldpapier klebten an den Wänden und hingen von der Decke herab. Neben den Eingängen funkelten die Lichterketten der Weihnachtsbäume um die Wette. Aus dem Foyer waberte der zimtige Apfelduft des Weihnachtspunschs, den es in der Pause geben würde, durch die Aula.

»Ich weiß nicht, was du mit meinen Haaren angestellt hast, Nelli! Hast du noch nie einen richtigen Weihnachtsengel gesehen? Solche Locken wollte ich haben: lang gezogen, königlich, ebenmäßig, aber ganz bestimmt nicht diese Pudellocken. Los, bürste sie raus und zwar schnell«, schimpfte Luisa hinter Julines Rücken. Schon die ganze Zeit zeterte und meckerte sie herum wie eine Filmdiva. Und in dem mit Hunderten von Swarovski-Glitzersteinen besetzten Kleid, das sie sich nun doch von der Schneiderin ihrer Mutter in Paris hatte schneidern lassen, sah sie auch genau so aus. Von außen betrachtet wunderschön. Über den Zwischenfall mit der Unsichtbarkeit hatte sie zwar keinen Ton mehr verloren, aber Juline mutmaßte, dass ihr der Zusammenhang mit dem alten Kostüm nicht entgangen war.

»Übertreib es nicht, Luisa!«, warnte Nelli sie ungewohnt aufmüpfig. »Sonst kannst du dich gleich selber frisieren!«

Juline guckte hoch. Wow, hier schien sich ja einiges verändert zu haben!

»Schon gut, Nelli! – Pumuckl, wo bist du wieder?«, wütend stampfte Luisa mit dem Fuß auf. Ratsch! Juline wusste nur zu gut, was dieses Geräusch zu bedeuten hatte. »Juline, der Saum ist aufgerissen. Worauf wartest du, los, näh ihn wieder fest!«

Juline guckte Nelli an. Was die konnte, konnte sie schon lange.

»Hier, Luisa!« Sie hielt der entmachteten Königin Nadel und Faden hin. »Machs selber!«

Luisa starrte sie an, dann nahm sie langsam die Nadel in die Hand. »Aber ich kann das gar nicht.«

Juline zuckte nur mit den Schultern.

»Hast du meinen Text, Pumuckl?«, keifte Luisa im nächsten Moment, als sie Emil mit einem dicken Buch unter dem Arm auftauchen sah.

»Deinen und den der Schauspieler«, sagte Emil, der nämlich in letzter Minute den Posten des Souffleurs übernommen hatte, nachdem Miss Fenwick bemerkt hatte, wie unsicher vor allem Luisa in der Textbeherrschung war.

»Sollte ich einen Hänger haben und du souffliersт mir nicht schnell, dann wirst du dein blaues Wunder erleben!«

»Oh, wie einschüchternd«, spottete Emil. »Sei lieber ein bisschen netter zu mir, wenn du nicht willst, dass ich dich hängen lasse.« Er grinste schadenfroh. »Wir alle wissen, wie sehr du deinen Souffleur brauchst. Ohne bist du verloren!«

»Halt die Klappe!«, war alles, was Luisa dazu herausbrachte.

Eine Weile saß sie still, ließ sich die Haare machen, mühte sich mit ihrem Saum ab und sagte kein Wort.

»Wie lieb von dir, Melli«, säuselte Luisa zuckersüß, als Melli ihr ein Glas mit einer orangen Flüssigkeit entgegenhielt. »Mein Multivitaminsaft. Halt ihn noch so lange, bis ich so w…«

»Wer bin ich, deine Dienerin?«, schnappte Melli zurück.

»Ich kann das Glas so lange halten, bis du fertig bist«, bot Juline sich schnell an und nahm Melli das Glas aus der Hand.

Kaum, dass Melli sich umgewandt hatte und Luisa sich wieder ganz auf die Näharbeit konzentrierte, zog Juline einen kleinen Beutel aus ihrer Hosentasche. Den hatte sie von Rose und Hortensie bekommen, nachdem sie ihnen von Luisas gemeinem Hinterhalt mit Marc-Henri erzählt hatte.

Genauso wie die beiden es ihr gesagt hatten, schüttete sie jetzt unauffällig die vielen kleinen, bunten Blüten in Luisas Glas. Absolut geschmacksneutral, hatten die beiden ihr versichert, aber dafür mit einer überwältigenden Wirkung. Mit welcher überwältigenden Wirkung zu rechnen war, hatten sie allerdings wieder einmal nicht verraten.

»Luisa, auf deine Position! Es geht los! Es geht los!« Wie eine Taube flatterte Miss Fenwick über die Bühne.

»Mein Glas!«, kommandierte Luisa. Mit einem letzten prüfenden Blick vergewisserte sich Juline, dass sich auch wirklich die allerletzte Blüte aufgelöst hatte, dann gab sie Luisa das Getränk. Mit einem einzigen großen Schluck trank Luisa das Glas aus und drückte es Juline wieder in die Hand.

»Guten Abend, meine lieben Gäste. Eltern, Kollegen, Schülerinnen und Schüler. Ich freue mich sehr, dass Sie alle so zahlreich erschienen sind, um mit unserem diesjährigen Weihnachtsstück das Jahr ausklingen zu lassen«, war Miss Fenwicks Stimme hinter dem schweren Samtvorhang zu hören. »Die Jungen und Mädchen haben sich sehr viel Mühe gegeben, viel Zeit investiert und alles darangesetzt, damit wir alle einen schönen Abend erleben ...« Luisa begab sich mit rauschendem Kostüm auf ihre Position in der Mitte der viktorianischen Straßenkulisse. Juline und alle anderen, die nichts auf der Bühne zu suchen hatten, duckten sich in die Bühnenzugänge. Emil hockte schon im Schein der winzigen Leselampe im Souffleurkasten. »Und nun darf ich Sie einladen zu Charles Dickens' *A Christmas Carol*! Ich wünsche uns allen einen unvergesslichen Abend!« Applaus brandete auf, weißer Kunstschnee rieselte auf die Bühne herab und der Vorhang schwebte zur Decke hoch. Der Scheinwerfer tauchte Luisa in ein warmes, kreisrundes Licht und sie begann mit glockenklarer, fester Stimme zu erzählen.

Schon komisch, schoss es Juline durch den Kopf, wie konnte jemand so engelsgleich wirken und doch im tiefsten Inneren so eine Hexe sein.

Luisa erzählte und erzählte, schon ging sie langsam auf den linken Bühnenrand zu, um gleich in die Dunkelheit einzutauchen und den Schauspielern die Bühne zu überlassen, als sie plötzlich mitten im Satz abbrach. Erschrocken riss sie die Augen auf, drückte die flache Hand auf die Brust, räusperte sich und hickste mehrfach hintereinander.

»Entschuldigung. Ich weiß gar nicht ...« Sie stieß einen mächtigen Rülpser aus. »Oh, pardon, ich weiß gar nicht, was mit mir ...« Das Publikum wurde unruhig. Luisa packte sich an den Hals und kaute ein Wort hervor: »Juline!«

Verwundertes Geflüster ging durch die Aula.

Das war der falsche Text.

»Ich kann sie nicht ausstehen! Auf dieser Schule habe ich das Sagen und ich entscheide, wer hierhergehört und wer nicht. Und genau deshalb habe ich alles getan, um sie von meiner Schule zu vertreiben.«

Was war denn in Luisa gefahren? Bestimmt nicht der Geist der Weihnacht, sondern wohl eher Roses und Hortensies Wahrheitsblüten.

»Aaaalles!«, knurrte sie sehr zufrieden, griff sich aber nur Millisekunden später verzweifelt an den Hals, als wollte sie die Worte daran hintern, sich herauszuwinden. »Sie hat hier nichts verloren. Stipendiaten gehören einfach nicht hierher. Die müssen alle weg! Juline, Emil ... alle. Julines Deutsch-Hausaufgaben waren unlesbar, weil ich«, stolz tippte sie sich mit dem Finger auf die Brust, »Nutella draufgeklatscht habe! Das Cola-Bad hat sie genommen, weil ...«, wieder tippte sie sich mit dem Finger auf die Brust, »... ich Emil dazu gezwungen habe, die Dose kräftig zu schütteln, bevor er sie ihr gab.« Plötzlich begann Luisa wie irre zu kichern. »Jaaa, ich habe mir eine Menge einfallen lassen. Das Beste war aber die gefälschte Verabredungsnachricht von Marc-Henri! Das hier ist meine Schule. Und ich entscheide, wer sie besucht und wer nicht! Und egal ...«, sie hickste wieder, »was Juline alles anstellt, um mich mundtot zu machen, und sie stellt einiges an, ja das tut sie ... ich werde niemals aufgeben! Spätestens, wenn ... wenn ... oh, ihr werdet noch alle euer blaues Wunder erleben. Wartet es nur ab!«

Weiter kam sie nicht, denn Monsieur Bertrand und Herr Bach waren schon auf die Bühne geeilt und führten die hicksende und sich heftig wehrende Luisa hinter die Kulissen.

Betretenes Schweigen machte sich in der Aula breit.

»Emil?« Miss Fenwick kniete sich neben den Souffleurkasten. »Emil, du musst uns allen aus der Patsche helfen.«

»Ich? Wie – was – warum denn?«

»Wir haben jetzt keine Erzählerin mehr!« Die Stimme der Englischlehrerin klang flehend. »Du kommst auf die Bühne und trägst Luisas Part vor.« Miss Fenwick schluckte. »Bitte!«

»Ich?«, erschrocken tippte sich Emil auf die Brust. »Aber mein Englisch?«

»Deine Aussprache ist super!«

»Du schaffst das!«, zischte Juline ihm vom Bühnenrand aus zu. »Tausendmal besser als Luisa!!«

»Ich will aber nicht alleine da oben stehen!«, wisperte Emil ängstlich. »Ich bin für die Bühne nicht gemacht!«

Juline überlegte kurz. Sie stand seit ihrer Kindheit mit ihrer Geige auf der Bühne. Es war schwer für sie, sich vorzustellen, was daran so schwierig sein sollte. Emil wäre die beste Zweitbesetzung, keine Frage – er musste den Part einfach übernehmen! »Ich helfe dir«, versprach Juline. »Warte kurz.«

Als Juline zurückkam, senkte sich gerade Dunkelheit über die Schauspieler. Die erste Szene war vorbei. Und im Licht des Scheinwerferkegels tauchte Emil auf, notdürftig mit einer Schlägerkappe, Hosenträgern und viel zu großem Mantel auf alte Zeit getrimmt. Bei den ersten Sätzen von Luisas Text zitterte seine Stimme bedenklich, doch dann erfüllte ein seidenweiches Geigenspiel die Aula, das Emils Stimme sachte trug. Im nächsten Augenblick trat Juline mit ihrer Geige neben ihn auf die Bühne. Die beiden tauschten ein Lächeln und mit jedem weiteren Wort wurde Emils Stimme fester und selbstbewusster. Wie gebannt lauschte das Publikum auf Emils Worte und Julines Musik und endlich konnte das Weihnachtsstück wirklich beginnen.

Als wäre es nie anders gewesen, saßen Emil und Juline nach der Aufführung bei Shortbreads, Tee, Kakao und zur Feier des Tages Holunderblütensaft nebeneinander auf dem gemütlichen Sofa im Wohnzimmer des Puppenhauses. Rose und Hortensie hatten ihnen gegenüber Platz genommen und lauschten gespannt auf ihren Bericht von der Theateraufführung. Stolz, als sei es *sein* Werk gewesen, Luisa dazu zu bringen, aller Welt von ihren Schandtaten zu erzählen, stolzierte Kasimir dabei über den weihnachtlich gedeckten Tisch.

»Ich frage mich nur, was jetzt aus Luisa wird!«, sagte Juline, als es wie aufs Stichwort an der Tür des Puppenhauses klopfte.

»Ich denke, da kommt jemand, der dir diese Frage ganz genau beantworten kann«, antwortete Hortensie geheimnisvoll. Schon näherten sich von der Garderobe aus Schritte und dann betrat ein Mann das Puppenhaus, lächelte freundlich in die Runde, ging auf Rose und Hortensie zu, umarmte sie und drückte jeder von ihnen einen sanften Kuss auf die Wange.

»Da bist du ja, mein Junge!«, begrüßte Rose ihn strahlend und strich ihm mit dem Handrücken sanft über die Wange. »Aber muss denn dieser kratzige Dreitagebart wirklich sein?«

Der Besucher zuckte lächelnd mit den Schultern.

»Herr Leonard?«, prustete Emil völlig überrascht die Shortbreadkrümel quer über den Tisch.

»Ich kann es nicht leugnen!«, lachte Herr Leonard und zog sich einen Sessel an den Tisch. »Hab mich schnell hier hinaufgeschlichen – raus aus dem Abfahrts-Tohuwabohu. Frau Mahlzahn hat alles im Griff, denke ich.«

»Holunderblütensaft, mein lieber Sebastian«, fragte Rose und schwenkte den Saftkrug.

Hortensie rügte ihre Schwester: »Welche Frage, Rose, seit bestimmt zwanzig Jahren trinkt er doch bei uns nichts anderes!«

»Was machen Sie denn hier?«, brachte Juline endlich hervor, nachdem sie sich von der Überraschung einigermaßen erholt hatte.

Herr Leonard hatte bereits den Mund zu einer Antwort geöffnet, da plapperte Rose schon los. »Na ja, er hat auch die Gabe. Wie ihr zwei und wie deine Eltern, Juline. Wir kennen uns seit seinem ersten Tag auf *Haus Sonnenbühl*. Auch er wollte damals davonlaufen, genau wie du. Stimmt es, Sebastian?«

»Stimmt. Von der ersten Sekunde an fand ich es hier ganz grauenvoll und wollte weg. Dann habe ich das Puppenhaus entdeckt«, erklärte Herr Leonard, nachdem er sein Glas wieder abgesetzt hatte.

»Aber ...«, verwirrt schüttelte Juline den Kopf. »Aber Sie sind doch erwachsen. Warum können Sie sich noch an das Puppenhaus erinnern?«

»Ich weiß es selber nicht«, erwiderte Herr Leonard und hob unbestimmt die Schultern. »Vielleicht bin ich so eine Art Peter Pan und werde nie richtig erwachsen. Auf jeden Fall habe ich mir damals geschworen, das alles hier niemals zu vergessen, und vor allem habe ich mir fest vorgenommen zurückzukommen, um das Puppenhaus und seine Bewohner zu beschützen. Deshalb bin ich hier Schuldirektor geworden. Und dann habe ich doch nicht gut genug aufgepasst und fast wären Hortensie, Rose und Kasimir mit dem Puppenhaus in der Müllpresse gelandet. Wenn ihr nicht gewesen wärt und den Müllmann aufgehalten hättet, dann … ich darf mir gar nicht vorstellen, was dann passiert wäre.«

»Na, na, es ist ja noch mal alles gut gegangen«, nickte Rose und tätschelte tröstend Herrn Leonards Arm.

»Dieses erste Halbjahr hatte es einfach in sich. So viele Termine und dann auch noch dieser Ärger mit …« Für einen kurzen Moment hatte Juline das Gefühl, als ob Herr Leonard sich ihnen anvertrauen wollte, dann ließ er aber das Satzende unvollendet in der Luft hängen.

»Luisa?«, schlug Emil vor.

»Genau!«, pflichtete Herr Leonard ihm eine Spur zu schnell bei. Und auch wenn der besorgte Blick, den Rose und Hortensie mit ihm gewechselt hatten, wirklich nur sehr kurz gewesen war, so war er Juline doch nicht entgangen. Zwischen den dreien schwebte ein Geheimnis in der Luft und Juline spürte, dass es etwas Bedrohliches war.

»Genau – diese Luisa. Was machst du denn jetzt mit diesem schrecklichen Kind?«, nahm Hortensie schnell den Faden wieder auf. »Ich würde ja zum Schulverweis raten.«

»Das wäre keine Lösung, denke ich«, schüttelte Herr Leonard den Kopf, während er auf der Suche nach dem goldigsten Shortbread Daumen und Zeigefinger über der Gebäckplatte schweben ließ. »Es wird meine Aufgabe sein, ihr zu zeigen, dass ihr Weg der falsche ist. Und das kann ich nicht, wenn ich sie wegschicke.«

»Schade!«, murmelte Emil bedauernd.

»Aber ich verspreche, in Zukunft aufmerksamer zu sein. Denn dass ich euch beide und eure Sorgen übersehen habe, ist wirklich unverzeihlich. Nur gut, dass Rose und Hortensie wie immer zur Stelle waren!«, seufzte Herr Leonard und schenkte den beiden alten Damen ein liebevolles Lächeln.

»Hey!«, beschwerte sich Kasimir. »Ich war auch da. Das wollen wir doch mal nicht vergessen!«

»Nein, Kasimir, niemand vergisst dich. Ganz bestimmt nicht!«, lachte Juline. »Selbst im fernen Sydney werde ich jeden Tag an dich denken und daran, wie sehr ich mich auf ein Wiedersehen freue.«

»Dann kommst du also ganz bestimmt zurück?«, fragte Rose hoffnungsvoll nach.

»Na klar!«, lachte Juline und wischte die Sorgen und Nöte, die sie seit Wochen belastet hatten, mit einer entschiedenen Handbewegung für immer fort. »Ich muss doch Luisa auf die fein manikürten Finger schauen. Wer weiß, wer ihr nächstes Opfer wird.«

»Das nenne ich Kampfgeist!«, lachte Hortensie und erhob ihr Glas zu einem Toast. »Frohe Weihnachten, meine Lieben, und kommt alle gesund zurück ins Puppenhaus!«

Glückselig schlenderte Juline über den Flur auf ihr Zimmer zu. Morgen früh würde sie in das Flugzeug nach Sydney steigen, um dort mit ihren Eltern die Weihnachtsferien zu verbringen. Weihnachten im Bikini am Strand. Nicht nur darauf freute sie sich schon sehr. Sondern auch darauf, hierher zurückzukommen. Zu Rose, Hortensie, Kasimir und natürlich auch zu Emil. Denn sie waren längst, eigentlich ohne es richtig zu bemerken, Freunde geworden. Gerade als sie ihre Hand nach der Türklinke ausstreckte, zischte ihr von hinten eine Stimme ins Ohr. »Ich habe keine Ahnung, wie du das machst, aber ich weiß, dass du für all die Dinge verantwortlich bist, die mir in letzter Zeit passiert sind.«

Juline wirbelte herum und blickte direkt in die hassfunkelnden Augen von Luisa. Sie war in todschicke Klamotten gehüllt, die wahrscheinlich ein Vermögen gekostet hatten. Eine Prada-Handtasche baumelte von ihrer Schulter. Sie war bereit für den Wintersport, zu dem sie gleich mit ihren Eltern aufbrechen würde.

»Du hast angefangen«, erwiderte Juline in einer Seelenruhe, die sie selber ganz erstaunte. »*Ich* wollte Frieden schließen.«

»Wir können über einen Waffenstillstand reden«, stieß Luisa mit erstickter Stimme hervor. »Meine Freundinnen sind zur Zeit nicht so megagut auf mich zu sprechen. Aber das legt sich. Wenn du versprichst, mich in Ruhe zu lassen, hetze ich die anderen nicht mehr auf dich. Ich gehe dir in Zukunft eh lieber aus dem Weg.«

»Mach das!« Juline nickte.

Nachdem Luisa auf dem Absatz kehrtgemacht und in ihren ledernen Winterstiefeln davongeeilt war, stellte Juline sich in ihrem Zimmer ans Fenster, warf einen Blick in den fallenden Schnee hinaus – und spürte, wie das Glück in ihrem Herzen tanzte.